女帝からは逃げないと。

霧江牡丹

イラスト｜OX

一迅社ノベルス

目次

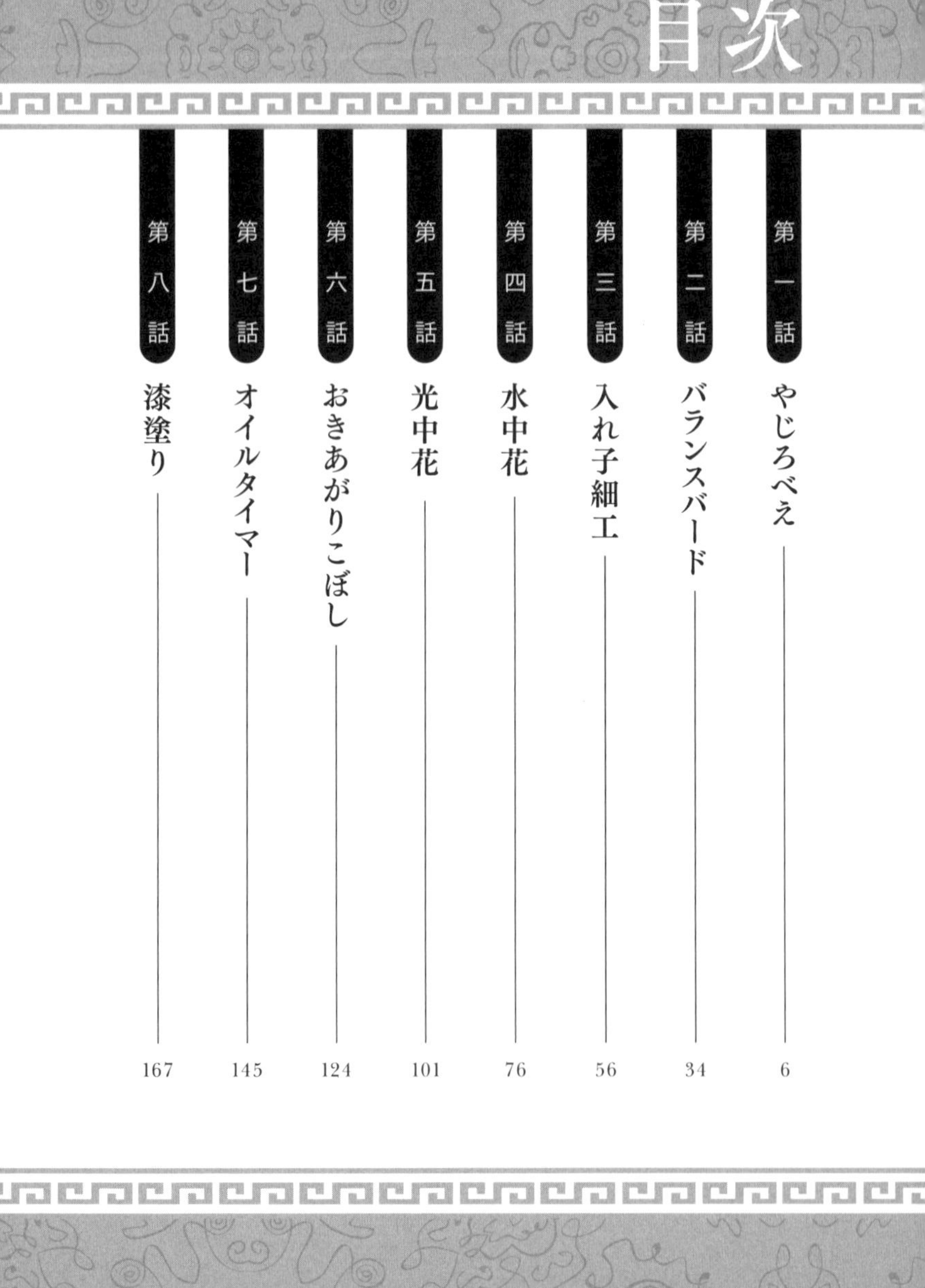

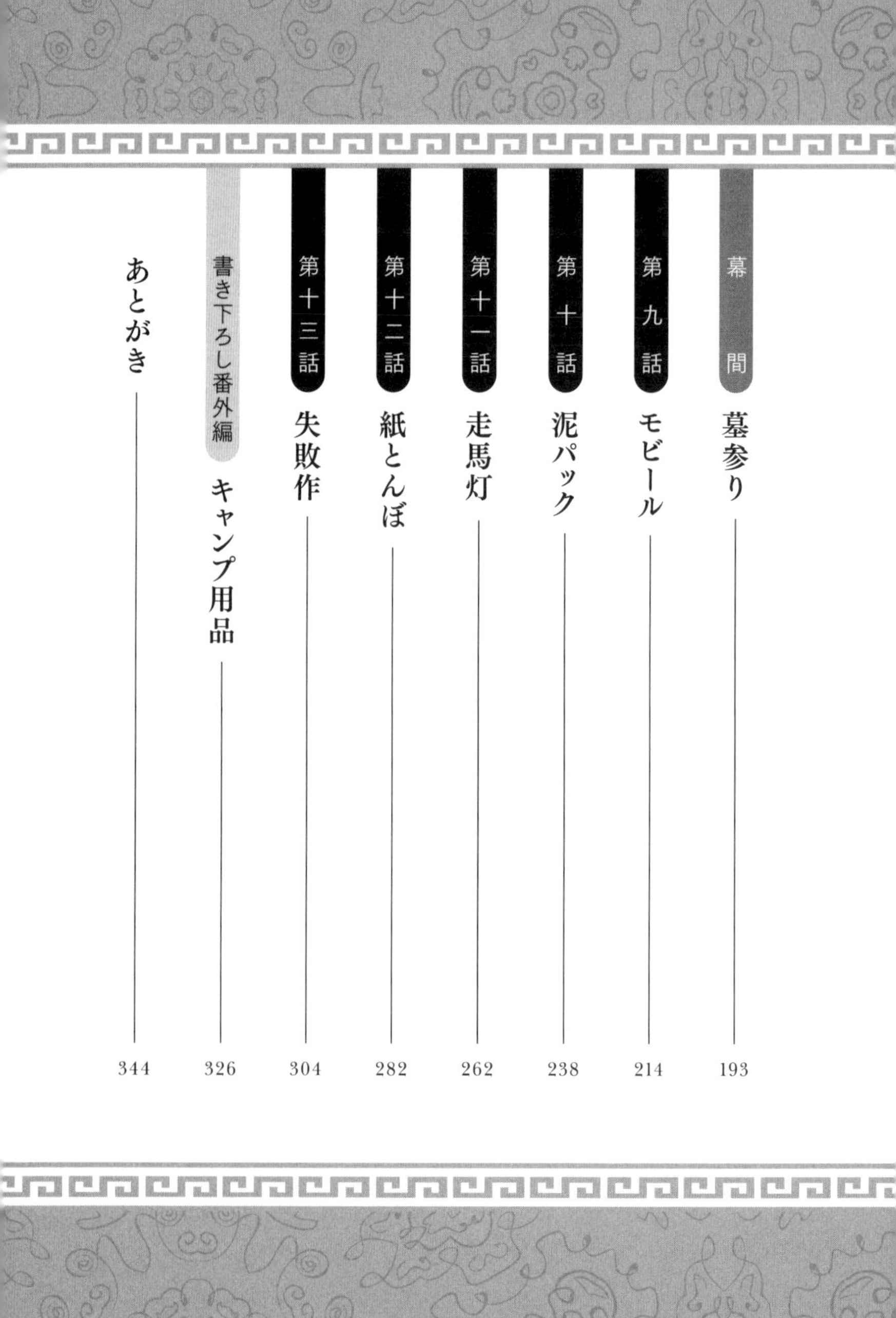

第一章　やじろべえ

1

転生した。

の、だと思う。ただここが元の世界と同じかどうかが微妙だから、異世界に生まれ直した、と表現するべきかな。

場所は青州（シーシュウ）という所のはずれもはずれ、水生（チーシン）。音の響きだけで言うと中国とか香港とかソッチ系に聞こえるけれど、会話を聞く限りの文字文法は英語っぽいし、読めないけど多分横書き。容姿はアジア的……だけど時折緑っぽいのとか青っぽいのがいるので……まぁ、十中八九異世界。髪にダメージ行きまくる髪染めが流行り散らかしている時代、とかでもなければ、だけど。

歴史は苦手だ。作法も苦手だ。テーブルマナーとか全く知らないし、世界史はおろか日本史もほとんどわからない。言われたら「あー、あの、あれの時代のアレね」くらいのソレ。

だから異世界であると逆に都合が良い……というか、仮に違ったとしても私にとっては異世界同然というか。

貧乏暇なしとは言うけれど、田舎（いなか）過ぎると仕事も無い。なのでぶっちゃけ暇。

まぁ、都会に行けば花街やら宮廷やらと、何やら危ない予感しかしないものがこれでもかとあるらしいのだけど、興味も無ければ機会も無い。この水生、馬車が通ることなどひと月にあるかないかくらいで、基本的には田畑を耕すじーさんばーさんとトンボや蝶を追いかける子供達がいるばかり。

年若い男女は街へ出稼ぎに行っているらしく、私の両親もそう。祖父母と私の三人暮らし。家は……まぁ、現代の生活水準と比べたら天地だけど、私が生まれた時よりかは良くなったはずだ。開きまくっていた風穴は全部塞いだし、釜土も修繕した。簡単なDIYなのになぜ放っておいてあったのかが疑問で仕方がないけれど、祖父母は歳が歳だ。普段通りでない行動をすれば腰がやられる可能性も高い。他、子供でもできる家の修繕作業は大体やった。

貧乏暇あり。暇を使えば生活が快適になる。

……だからこれを「働き者」と称されるのは些か思う所があるのだけど。

ちなみに、DIY自体は前世でもやっていた……ということはない。小物づくりは多少経験があったし、創刊号とそこからの毎月にパーツが送られてくるタイプのものづくりには心得があったけど、大工仕事のようなDIYはほとんどやってこなかった。

つまり、そんな私でもできる程度のDIYだ。教育における木工の域を出ない工作となる。

「祆蘭、祆蘭」

「ん？　……どうした明未」

「うちの井戸の蓋が壊れちゃって……お願いできる？」

「駄賃次第だ、っておばさんに言っといて」

「椪柑の果醤じゃダメ？」

「……つまりお前が壊したんだな、明末」

「うっ」

果醬。つまりジャムのことだ。ポンカンジャムで私の労働の駄賃を賄えると思っていやが……思っているらしいこの女の子は、水生の中でもそそっかしさナンバーワンと言われている明末。私の中ランキングなので他人に言われているかどうかは知らない。貧乏村の子供には然して珍しさもない布衣に、これまた珍しさのないおかっぱ頭。そそっかしくてドジだけどどこか打算的で、頭の回転は速い方……に思えないでもない、一応私の親友。

……何かあった時、互いを売ることはないだろうけど、逃げられるのなら一目散に逃げる。そんな関係の少女だ。

明末の家では庭で椪柑の木を育てているから、最近果醬の作り方を習ったとかなのだろう。

そんな簡単なもので私が釣られると思ったら。

「壊れた井戸の蓋、持って来られるか？　無理なら私が行くから」

「転がして行けば大丈夫！」

「それは無理って言うんだ。良い、今日明日で直せるかどうか含めて見に行くから、お前はおばさんを引き留めていろ」

「さっすが祆蘭、頼りになる!!」

釣られるのである。

いやね。甘味、塩味。貧乏片田舎にゃ無い無い。砂糖菓子は今生において見たことすらないし、砂

糖そのものもてんでさっぱり。明末の家の果醤だって、出すトコに出せば少しはお金になる代物。甘いってだけで充分だから。

それがちょっとのトンテンカンで手に入るんなら安い安い。

水生において何かを作っている、というのはそれだけで価値のあることだ。育ての親たる爺さんも田んぼを有しているけれど、収穫量は売りに出せるほどじゃない。ほとんど趣味の領域。だから日々の暮らしは両親の稼ぎで賄われていて、私の駄賃稼ぎなど薬にもしたくない程にしかならない。

もう少し……十二歳くらいになったら大人に交じって働き始める子供もいるようだけど、九歳では雇われ自体が発生しないのでどうしようもない。本当にトンボをおいかけるくらいしかやることがないのである。

さて、五歳の誕生年に貰ったトンカチを腰に佩いて、適当なぼろ布を何枚か持って明末の家へと向かう。整備されていない道。畑や柵の一部が壊れていても、誰も直さない。それが水生。

「そうだ、袄蘭は墓祭り、出るの？」

「出るワケ。そんなことをやっている暇があったら工作でもしているよ」

「えー、勿体ない。年に一度のお祭りなんだから、みんなと一緒に騒げばいいのに」

騒いで何かが得られるのか。

墓祭り。字面はちょっと肝試しチックだけど、要は供養祭のこと。鎮魂祭でもいい。今年死んだ死者や今までの死者への手向けと供養にと、その日ばかりは夜通し灯りをつけて贅沢をする。

なんでもその日は死者が楽土から帰ってきて私達の様子を見に来る日で、その日にいつも通りのくらーい顔をしていたら、死んだ人達が心配になって戻ってきてしまう。それで幽鬼にでもなられたら大変。だからどんちゃん騒ぎをして自分達は大丈夫だって見せつける……のだとか。

最初はそれで良かろうが、その絡繰りを知っている者が楽土に行った時点でハッタリだって全部バレるじゃないか、とか思わないでもない。ま、死者だの幽鬼だのを本気で信じている者はいないのだろう。騒ぐための口実だし、子供を黙らせるための口実でもあるからな、そういうのは。

飲酒可能年齢は日本より遥かに低い十二歳……だけど、思考を鈍らせる毒を呷って何が楽しいんだか。これについては前世から同じ主張。一時忘れたってつらい現実は変わんないんだから、向き合って飲み干してやり過ごして、という時間を設けた方が遥かに建設的に思う。無論祭りの利点も理解してはいる。場が浮かれたら財布の紐が緩くなる、というのは全世界共通だから、多少不味くても屋台を出して料理を売ればガッポガポだろう。

私の作るくだらない工作とて、酔っ払いには売れるのかもしれない。

……同時に祭りというのはどーやったって騒ぎを引き起こすもの。余計なトラブルに見舞われるのが嫌なら、明るい夜中を家の中で有益に使うが吉。

「うん？　……あー」

「祆蘭？　どうしたの？」

「お前の家の門を見ればわかる」

明末の家の門。

そこには――優しい優しい笑顔で、割れた井戸の蓋を持つ女性が一人。

「……祆蘭」

「観念しろ明末。蓋は直してやるし、駄賃は椪柑果醬でいいから」

「そういうことじゃなくて……あっ」

彼女の察する声に目を向ければ、こちらを認知した女性……明末の母が凄まじい速度でにじり寄って来ていた。止める間もなくその手が明末の着物の襟首を掴む。

南無。……で、いいのか？　仏教じゃないのは確実だろうが、なんと唱えればいいのやら。

「おばさん、それこっちにください。寸法見て、直しておきます」

「……ダメよ、祆蘭。こういうのはね、お金が発生するの。どうせこの子は椪柑果醬なんかで済ませようとしたのでしょう？」

「少しの価値も発生するとも思っていないので大丈夫です。見た感じ裏板の張り替えだけで良さそうですし」

「それでもダメ。それに……自分の間違いを隠す、だなんて、子供の内からそんなんじゃ、将来どんな悪い子になるか。祆蘭、あなたもその片棒を担ぎかけたのだから」

「こんな綺麗に割れているってことは、相当な重さのものを上から落としたか、裏板の腐食が激しかったか、どっちかの二択です。最悪の場合明末が井戸に落ちていた可能性も考えれば、普段から井戸の手入れをしていなかったおじさんの不手際では？　明末は別に普段から井戸水の汲み係をしている、というわけではないのでしょう？」

全く以ておばさんが正しいけれど、少ない労力で椪柑果醬が手に入った方が私にとっては得だ。仮に金銭が発生したとてどこで使う。それこそ墓祭りくらいでしか使えない。それでいてこんな小娘が大工修理並みの賃金を腰にぶら下げていたら恰好の的。

おばさんは子を叱る、私は椪柑果醬を手に入れる、井戸の蓋は無事直って、明末は教訓を得る。

全員に得があるのはこの道だけだろう。まぁ明末はこの結果を得だとは思わないだろうが。それは大人になってからわかることだから。

「……」

「……」

「……じゃあ、ここまで明末に付き合ってくれたお礼で、ウチの椪柑果醬をひと瓶あげる、って言ったら、どうかしら？」

「大人しく引き下がりまーす」

「祆蘭!?」

別にワーカホリックじゃないので、労せず報酬が手に入るならばそれに越したことはない。

このまま詭弁を並べ続けるとおばさんやおじさんまで貶さなければならなかった。ので、それは本心ではない。且つ、明末が今日水汲み係をしているのはその当のおじさんが腰をやったからだろうことも把握済み。昨日の夕方大きいのが来た、というのを耳にしていた。

ぎっくり腰とて尾を引く場合もある。普段から水汲み含む腰に来る作業をしていたのならこの先もずっと、かもしれない。そんなおじさんを不手際扱いで責め立てるのは心が痛む。

「――時に」

腰に佩いていたトンカチを抜いて、振り向き様に殴りかかろうとし――それを中断して平身低頭。足音が無さすぎてそれこそ幽鬼か、あるいは人攫い的なアレソレだと思ったら……紫色の帯が見えたので、瞬時に頭を切り替えた。

無学な私でも知っている。それは高貴なお方しか纏えない色。

背後で明末とおばさんも顔を伏したのがわかる。まずい。本当にまずい。

今殴りかかろうとしたこと、バレていないよな？　不敬だからって水生全員死刑とかならん、よな？

「ふふ……そう畏まらずとも良い」

「……青清君、であればなぜ着替えもせずに出て来たのですか？」

「む？　私がどこで何を着ていようと勝手だろう」

「わざわざ紫の帯を付けて、それでは民に威光を振り翳しているのと変わりません」

とてもまずい。まずさが上がった。

ここは青州。だから、名前に青を持っている人はとんでもない地位である可能性が高い。それと、

二人もいたのか。全く気付けなかった。

……まぁここは地面に頭擦り付けておけばやり過ごせるだろう。世間知らずのお嬢様と常識人の従者って感じだし、取り計らってくれそうな気配はする。

「そうなのか。では外そう」

「そういう問題ではありませんし、人前で帯を外さないでください」

危ない。ツッコミそうになった。

不敬罪極まりないので即刻首刎ねもあり得る。……殴りかかろうとしたんだけど。

「まぁ良い。見逃せ。……して、そこなおなご」

「……」

「今私を害そうとしたおなご、そなたを指している」

わぁ、諸(もろ)にばれていたみたい。

「……」

「おなご、顔を上げろ」

……えー。

択だなコレ。上げないと命令違反。上げたら……わからない。何か違反するのかコレ。

高貴な方は顔も見ちゃいけない、というのは知っているから……いやまぁ所詮ガキのやることだし見逃してくれるか？

「私は顔を上げろと、そう言った」

「……」

顔を上げる。

ピリ、とした感覚。……昔野犬に囲まれた時にも感じた、捕食者の殺気のようなソレ。

「名は？」

「……」

「むぅ。……発言を許す。そなた、名は？」

「祆蘭」

……と、申します。までつけるべきだったか？

勘弁してくれ、まだ敬語なんか勉強できていない。日本語脳だから翻訳に時間がかかりすぎるのを考慮してほしい。

「祆蘭……ふふ、とても大工仕事をする名には思えんな」

「それに、先ほどのような剣気を放つ存在とも思えませんね」

「……」

剣気ってなぁに。

大工仕事って……ああこのトンカチのこと？

「祆蘭。あの井戸の蓋を直すのだろう？　少し、その様子を私に見せてほしい」

「……？　あー……ご命令とあらば？」

一瞬何を言われているのかわからなかった。

えーと。なに？　……トンテンカンしろって命令でいいの？

……従者、というか護衛かな？　の男性も特に動く気配が無いので、恐る恐る立ち上がって……ずっと顔を伏せたままのおばさん達のもとへ向かう。「蓋、借りますよ」と断りを入れて、割れた蓋を入手。

一応彼女らからも離れ、地べたに胡坐（あぐら）をかいて座る。……今更だけれど、この「高貴なお方」、馬車で来たのか。足音どころじゃない音が鳴りそうなものだけど。……というか馬は？　人力車？

なんにせよ、直せって言われたのだから直すか。

井戸の蓋。そんなに上等なものじゃない。貧乏なのは明末の家とてそう変わらないから。

ただ板材を縦横に組み合わせ、それを円形に切り抜いたもの。ひっくり返してみれば……予想通り、裏板が腐食している。……これ全部張り替えないと同じ事が頻発するかなー。

「……」

あー。これ、意見というか……「ここでは直せません」って言っていいものか？　直せって言われているのに？

いや、直す様子を見せてほしい、だから、直せ、じゃない……のかな。

ふむ。

「何か言いたいことがあるのならば言え。発言を許しているぞ、私は」

「板材が足りないのでここでは直し切れません。……ああ、子供なので言葉遣いが荒いのは許してください」

私の意世界Ｅｎｇｌｉｓｈの先生は主に野盗と酒飲み昔語り爺。汚く、男らしく、粗暴で粗野な言葉であればネイティブに操り得る。……逆に丁寧な言葉はてんでさっぱりだ。水生にいれば関係ないと思っていたから。子供にしては喋り得る方だと思うけれど、「高貴なお方」と対面する言葉ではない。

「ふふ、子供がそれを言うのか。……良い、良い。どのような板が足りぬのだ？」

「え？　ああ、まぁ、この裏面にはりつける板ですよ。適当な材木から板材切り出して、良い感じに調整するのに一日くらいは必要なんで……」

——光が集まる。

光だ。光の粒。……なんだ。なんだ、これは。

従者の様子は……溜め息？　呆れだ。少なくとも脅威のあるものではない？

だとして、なんだ。

この「高貴なお方」の前に集まっていく光は……。

「ふふ……これで良いか？」

「……は」

気付けば。

そこには、板材があった。……浮いている。

取れ、とでもいうかのように私の方へ寄ってくる板材。恐る恐るそれを掴むと……うわ上質ぅ。

じゃなくて。いや、待て私。ツッコムな。大声を出すのは不敬だ、多分。

そうだ、ここは多分異世界。ファンタジーがあっておかしくはない。動揺するな現代日本人。異世界に魔法なんてありきたり過ぎてもうマンネリ化しているだろ。

「どうした？　それでは足りぬか？」

「あ……まぁ、そうですね。全部張り替えないと結局意味ないので……」

「そうか。良い良い。全てやろう」

と言って、また光を集めて板材を作る「高貴なお方」。それも……円形の輪郭に初めから切り落とされた板材を。

余計な事しやが……してくれる。こんな上質そうな板割りづらいんだからこっちのやり方でやらせろ、とか言えるはずもなく。

単純作業……井戸の蓋の釘(くぎ)を曲げないように抜いて、貰った板材に組み合わせて、もう一度釘を打つ。表板が腐食していた場合は釘を打つ場所を変えなければならなかったけれど、裏面がこれだけ上質ならそこまで気にしなくてもいい。それでも耐久的に危なそうな部分へは少しだけ細工を入れる。まぁ組み木細工の超簡易版みたいなものだ。

最後にその蓋を持ち上げて、明末の家の敷地に入り……井戸のある場所へ。

蓋をそこにおいて、落ちないか、逆に出っ張った部分が無いか、あるいは怪我(けが)をしそうなささくれなんかが無いかを精査し、終了。

トンカチを腰に佩き直して門の前に戻れば……笑顔の「高貴なお方」と額に手を当てた従者の人が。

「終わりか？」

「ええ、まぁ。……これ以上の作業も、特別なことも、何も無いですよ」

「進史(シンシ)」

「はい」

従者の人が、何かを取りだす。

何か。それは。

「これは、お前が作ったものか？　祆蘭」

「いえ、存じ上げませんね」

「そうか……。では水生の者達にこれの作者が誰かを聞くが、構わないな？」

「いえ、それは困りますね」

「ふふ。それはどうして？」

「……」

従者の人が取りだしたのは……私が暇潰しに作ったやじろべえ。

最早ＤＩＹなんて関係ない代物だけど、工作好きが高じたというか、家の修繕をしていたら工作好きになったというか。

それで玩具を色々作っては近所の子供達に渡して……まぁ、その。それを売名として、こうやって明末含む近所の人達からも「祇蘭は大工仕事が得意」という名声を得ていたわけで。

だから当然、それの作者を聞き回られたらどんなルートを辿って（たど）も私に辿り着いてしまう。

「祇蘭。お前、家はどこか」

「あっちです」

「案内（あない）せよ」

「……はい」

嘘（うそ）を吐（つ）いた罪で家族諸共（もろとも）打ち首ですか？

だったら適当な場所に引き連れて脱走……は、無理そうだな。

なぜか「高貴なお方」に抱えあげられて。

なぜか馬車が浮いているもの。

浮くなよ馬車は。馬に引かせろよ。

……ああ、だから気配がしなかったの。

これは……二度目の人生、早くも終了？

2

「というわけで、一年ほど祆蘭を借り受けたい。良いか？」

「……」

説明になっていないし、爺さんも婆さんも腰を抜かしてしまっている。私を連れて家に赴いて、突然呼び出してこの言い分。流石だ「高貴なお方」。素晴らしい傲岸不遜だよ。

「発言を許す。良いか？」

「……」

「む？　進史、この者達はなぜ声を出さぬ」

「驚いているからでしょうね。そしてあなたが何も説明をしないからですよ、青清君」

「し……シーシェイクン……!?」

「州君が何故このようなところに……！」

あ、再起動した。二人はそのままぎこちない動作で膝を折り、深く深く頭を下げる。

で……なんだって？　州君？　……それは、青州で一番偉い人、か？

「もう一度問おう。一年ほど祆蘭を借り受けたい。良いか？」

「……問いは、許されますでしょうか」

「良い。許す」

「祆蘭は……何をさせられるのでしょうか。それは……この子の、命に係わるようなことでしょうか」

やめとけ爺さん。

こういう「高貴なお方」の発言だ、たとえそうだとしても覆らん。

「場合によっては」

青清君のその返答に、爺さんは——。

「落ち着け、爺さん。ちょいと幼いが娘が一年奉仕してくるだけだ。なぁに、このお方は一年借り受けると言った。この方の高貴さを考えれば、私の代わりに返すものなどそれはもう大金しかない。労せず金が手に入る可能性があるんだ、喜べど悲しむな、怒るなよ。勿体ないだろ」

「祆蘭、お前……」

おいおい、こっちが折角悪ぶったのに言葉遣いを乱すなよ。

フケイ、だろう？

「ま、父さんと母さんにはよろしく言っておいてくれ。それと同時に、ちょっとやそっとで死んでやるつもりもないからな。一年後、待ちに待った大金じゃなくて私が帰ってきても文句言うなよ？」

ギリ、という歯噛みの音。

愛されているねぇ。まぁ、息子夫婦が出稼ぎへ行っていて、そんな中の孫娘。可愛がる気持ちもわかるが……たった一年だ。

「逆に一年後爺さんたちが死んでいたら金を受け取る奴がいなくなる。それは勘弁だ。——死ぬなよ、爺さん。婆さんも。というか婆さんこそ暴走すんなよ」

「……私達はあなたではありませんから、しませんよ、そんなこと」

「どうだか。私が風邪を引いた時、その弱い足腰で街まで薬を買いに行ったことは忘れていないぞ、こっちは。村の若いのに任せりゃいいのに、焦ると周りが見えなくなる。若い頃から変わってないって八百屋(やおや)の爺(じじい)が笑っていた。……二人が死んでいたら、その場で後追いする可能性もあるから、そのつもりでよろしくな」

軽い感じで。

もう不敬だとか知ったことではない。私の身柄が狙いなら、今ここで言葉遣い程度の理由で殺されることはないはずだ。

「話は終わったか？」

「はい」

「では、もう一度問う。祆蘭を借り受けたい。良いか？」

「……承知、いたしました。……孫娘を、よろしくお願いいたします」

「うむ」

そんなこんなで。

私は九年間を過ごしたこの村を出ることになったのである。

夕刻。空飛ぶ馬車はまだまだ空にある。

かなり遠い所へ行くらしい。眠っていてもいいと言われたけれど、この絶景を見逃すのは流石に惜し過ぎる。薄紅色に染まる空。美しい輝きと共に燃え落ちていく陽。雲の上だから当然晴天。眼下に広がる地面をまだらの白が覆い尽くし、やがて完全に見えなくなるまで馬車は上昇する。

――すべて見えなくなる前に、脱走経路を脳裏に焼き付けないと。

「祆蘭」

「はい」

「先ほどもそうであったが、輝術(きじゅつ)を見るのは初めてか？」

「青清君……平民に輝術は使えません。ですから、知らなくて当然です」

輝術。……が、さっきの光る魔法の正式名称らしい。

なんとも安直なネーミングセンス。光っているから輝術なんだろうなぁ。

しかし、私の知識でいうところの魔法に該当するものであるのなら、魔力だとかMPだとかを消費しているはず。

でないとあらゆるものが作りたい放題になるし、エネルギー保存とか質量保存とかがとんでもないことになる。異世界にそれら法則があるかどうかは知らんが。

……疲れないのだろうか。物質生成に物体浮遊。ファンタジー知識で言うと、どちらも結構難度の高そうなモノに思えるけど。この馬車いきなり落ちたりしないよね？

ま、平民に使えない技術だというのなら興味も無い。そして逆に……輝術の使える使えないで血筋がどうのとかお家騒動とか跡目争いとか、考えるだけで頭痛のしてくることがたくさん起きそうなことで。

大変だねぇ、お貴族様も。

「そろそろ見えてくるぞ、祆蘭」

何が、と聞こうとして──理解した。

それは、雲の上。浮遊する超巨大な岩石の上に造られた──青い城。日本で見たことのあるどの城よりも大きく、荘厳であり、威圧感を覚える造り。青い瓦が夕陽に照らされ、爛（らん）と滑らかな光を宿している。

……雲の下。広がる理路整然とした区画は……あそこが宮廷、かな？

「青宮城（シーキュウジョウ）、ならびに青宮廷（シーキュウテイ）。あれが我が城にして、今日よりお前が過ごす場所だ」

つまりあの岩が破壊されたら終わりって認識でよろしいか？

何か言葉を発するとか、守衛らしき人に声をかけるだとかもなく、馬車は静かに城の門へと入っていく。……何も言わずに素通りできるほど偉い人、ということだろうか。

それで、城。城だ。中央が吹き抜けになった巨大な城。

単なるＤＩＹ女子には城の建築様式なんぞの知識は無いので何とも言えないけど、流石にヨーロピアンではないのはわかる。でも日本の城かというと微妙だし、中国の城かといわれても微妙。中国の城ってあれでしょ？　赤黒緑が基本色の……それはもっと昔の話だっけ？

……タンクトップの男が中国拳法を使う映画くらいしか知らないからな、あっちの映画。

とかく、知識を頼れない城の中は……静謐（せいひつ）の一言。人の気配が無いわけじゃないけど、とても静か。ただ中央に鎮座する滝とその周囲の水路がせせらぎを奏で、それが……形容詞として正しいかは知らないけれど、風情ある趣となっている。

そこに降り立つは、ぼろ布を纏い、トンカチを腰に佩く少女。イッツミー。

向けられる視線は奇異。けれど、私が乗っていた馬車と……そしてそこから降りて来る「高貴なお方」に気付いた途端、それらの顔は慌ただしく伏せられた。

成程。威を借りるには持って来いなのか、この人。

とはいえこちらも平民。袖を合わせて手を隠し、その輪に頭を入れて顔を伏せる。当然床しか見えなくなるけれど、この格好が「高貴なお方々」の前の平民の基本スタイルだ。

「そのまま聞いてください、祆蘭」

「……はい」

「少し歩きながら、雇用契約について説明させていただきます。こちらへ」

歩きだす青清君と進史さん。その足元を見ながら、二人についていく。……綺麗な場所だな。しっかり整備されているのがわかる。掃除も行き届いていて、破損している場所など見当たらない。水生とは比べるべくもなし。異世界でこの言葉を使うのが正しいのかはわからないけど、別世界だった。

「まず、契約について。これよりあなたの身柄はここ、青宮城に属するものとなります。身分は青清君直属の美藝師（ビゲイシ）。給金は青宮城に勤める貴族達と同等のものが払われ、その金子はあなたの祖父母のもとへ送られます。ここまでで何か疑問は」

「進史、飽いた。どの道祆蘭の在り方には関わり合いの無い話であろう？　それら契約については、お前と、祆蘭の祖父母が知っていればいい話だ」

「いえ、ですが青清君。これは必要なことで」

「長いと言っている。つまらぬともな。……そうだ、祆蘭。私がこの城の案内をしてやろう。そら、ついて来い。ああ、顔も上げて良いぞ。私が許す」

また横暴な。……ありがたいけれど。お金の話も、まぁ確かに私が知っていなくとも良い話だからな。一年もあるんだ、聞きたくなったら後で聞く。この様子だと不正なんかもしなそうだしな。

今度は恐る恐るじゃなく、普通に顔を上げる。ううん、やはりこの姿勢は首が凝るなぁ。

「まず、一層目だ。……ふむ、その前に……湯浴みを済ませるべきだな」

「……はぁ。ええ、そうですね。そうすべきでしょう。……既に湯浴み場への話は通してあります。機の合う時にご利用ください。私は……諸々の処理を行ってまいりますので」

「うむ、任せたぞ」

理解した。進史さんは……苦労人だ。わかる。

ぺこりと頭を下げた進史さんは、そのまま吹き抜けの方に近づいて……浮かび上がった。と……当然のように飛ぶのか。まぁ馬車を飛ばすことができるのなら、確かにそれくらいはできる、か？

……。

……あれ？

「祆蘭。何をしている？　何を見ている？」

「……階段が無いな、と思いまして」

「ああ。発露の大きさに差あれど、貴族であれば誰しもが輝術を使い得る。そして、基本的にその階に仕事を持つ者はその階以外には行く必要のない仕組みになっている。だから階段など必要が無いのだ。仮に、例外的に上下階へと用向きがある者は、ああして浮かびあがり、その階へと辿り着く」

ああして、と青清君が指差す先で、ふわりと浮きあがる男性。

二つ上の階までひとっ飛びした彼は、なんでもない顔でそのまま歩いていった。周囲も何も気にしていない。進史さんや彼だけじゃない、上の階を見れば皆がそうであるらしく、空中を行き交う人々が見えた。……そんなに階段使うの嫌かね？

いや、討ち入りを難しくさせるためとか？　……中央が吹き抜けになっている時点で意味無さそうなものだけど。流石は「高貴なるお方々」、平民の想像の域を飛び越えていくなぁ。

そんな感想を抱きつつ、歩きだした青清君の後を追う。む……不思議な感覚だ。こうも真っ平らな地面を歩くのは。……前世では当然に近いことだったのに、今生では、そしてこの幼子の身体では初めてだから……形容のできない違和感を覚える。ちなみに一層目の床は石造り。上階からは木で作られているらしい。木の板を足場にするのも今生では初めてだな。

と……前方に、木枠の入り口らしきものが見えて来た。微(かす)かな檜(ひのき)の香り。

「ここが女人の湯浴み場だ。湯浴み場では専用の者がそなたの身体を洗う。行ってこい」

「はあ」

青清君に促されるままそこへ入れば……あー、ええと。侍女、だっけ。それとも女中？　女房？　いや宮女……下女？　わからないけれど、同じ格好の女性がずらりと並んでいて、あれよあれよの間に身ぐるみを剥がされた。

流れるように髪や身体を洗われて、お湯に浸(つ)けられて、出されて、髪を乾かされて、新しい服……木綿の、これまた上質な服を着せられて。

トンカチは返してもらって。

流れ作業にも程がある。私は洗濯物か？

つるつるとした肌触りの服に違和を感じながら湯浴み場を出れば、何もない中空に腰を掛けた青清君の姿が。……輝術で作った何かに座っているのだろうけど、見た目は空気椅子で滑稽である。

「汚れは落ちたな。それでは他の場所だ。上階はそなたにあまり関わりのある部屋ではないから、このまま一層を回るぞ。……と、その前にこれをやる。服のどこかに付けておけ」

「ええと、ありがとうございます？」

手渡された物は……ワッペン、だろうか。いやブローチ？　何とも言えない不思議な手触りの紋章は、右下の部分が青く染められた……う、デザインについての造詣が深くないから、花柄、としか言えない作りになっている。

とにかく、括ることのできる形状になっているらしいそれを……とりあえず前帯に付ける。

「ふふ、良い良い。そこに付ける者は珍しいが、悪いことではない。では、行くぞ祆蘭」

促されるまま、言われるままについていく。……正解があるなら初めに教えてくれ。

さて、どうやら私の寝泊まりする階層はここ……一層目にあるらしい。居住区画が一層目なのか、それとも何か特別措置でもされているのだろうか。

ああ、けれど……青清君の後をついていく限り、そして彼女の説明を聞く限りでは他の城勤めの人達の居住スペースがここにある、という口振りではない。城というのは住むものではなく働く場所だからなのか、そもそも居住区画がないようにも見える。

案内されたのは鉱石倉庫、植物倉庫といった素材類を保存しておく場所。また水回り……厨房や男性用の湯浴み場、厠などがあるらしく、それらの番や専用の動きをする者以外はいないのだとか。

そうして回って、歩いて回って……最後にそこへと辿り着いた。

「ここがそなたの寝泊まりする部屋となる」

と、通された部屋は正方形な階層の角。隅も隅な部屋。中を覗くと……うん、オンボロ。広さは六畳くらいありそうだけど、どうにも土っぽいというか埃っぽいというか。

元は倉庫で、中身を全部運び出した、みたいな気配がする。……ここで寝泊まりね。成程、何をさせたくて連れてきたのかは知らないが、反感ポイントが一ポイント溜まった。百ポイントになったら……夜にでも出て行こうかね。

「内装は好きに作り替えて良い。必要な建材や工具があれば都度言え。余程の贅沢品でもなければ用意してやる」

ふぅん？　巣作りは自分でやれってこと？　……反感ポイントが一下がった。私がＤＩＹ女子だと知っていてのそれなら、まぁいいだろう。

何より建材……材料費無料でそれをやらせてくれるというのなら、ありがたいことこの上ない。

「では早速、この部屋を半分埋めるくらいの板材を私の目線の高さくらいにまで。厚みはこれくらいで。それと、鋸、釘、鉋、鑿、鑢をお願いします」

「良い。手配させよう」

さて――この州で一番偉いお方の戯れ事。

なんでも作り出せる魔法を持っておきながら、ＤＩＹ女子を必要とする理由。

見せてもらおうじゃないか。異世界が如何ほどのものか、というところ含めて！

そのまま普通に夜になった。

食堂へ一堂に会する……とかもなく、何も言わない女性がお膳を置いて去っていって、夜。

夕飯は……まぁ、よくわからない。多分豪華なのだろうけど、果たして私の口に合うかどうか。

おいし。

「……怪しさしかない」

思わず口に出す。

なんだこの好待遇。確かに通された部屋はオンボロも良い所だったけど、私の工作技術を買って城に招き入れたのならそれが大したデメリットにならないことはわかっているはず。

というか今更だけど、やじろべえに興味示す「高貴なお方」ってまず何。そんでもって何を期待されている？　やじろべえを量産しろ、ということ？　どんぐりと竹串いっぱい持ってきてくれたら死ぬほど作れるけどそういうこと？

それとも……情報収集しろ、ってこと？　それを求められている？　推理力を試されている？

だったら期待外れもいいところだ。私にそんなものはないし。

あるのは詭弁をつらつら連ねる舌くらいだ。

……この食事に毒が入っていて、毒見を、とか？　こんな個室で？

わ、わからない……。偉い人の考えることは平民には思いつかない……。

「それとも……ここが倉庫じゃなくて罪人を一時的に拘留しておく場所だ、ということを気付かせたい感じか？」

いやね、これは多分正解。

これだけしっかりした城なのに、倉庫だけこんな汚いなんてナイナイ。それに、微かだけど血の臭いもしたし。今は暗いから見えないけど、昼間血染みを見た気もするし。

多分本格的な取り調べや処刑なんかは地上の青宮廷とかいう所でやるんだろう。だから恐らく、ここに入れられていたのはこの城勤めの人間。進史さんの言い方からしてこの城にいる人間は誰でも輝術を使えるみたいだから、イコールこの城勤めの人間は全員貴族。貴族の中で罪を犯した者をすぐに裁く、ができないからここで一旦拘留するとかそんな感じだろう。

じゃあ私は罪人扱いなのか……というと、多分それも違う。

本当にこの部屋は改築される予定だったというか、そうさせるつもりで私を連れて来たのだ。

でも理由はそれだけじゃない。この城本来の大工を使わずに私を使った理由がある。

それは、まぁ、答えは出ているのだけれど。

「——事故物件、ってことね」

青色の着物を着た青白い肌の女性が、私の背後にいた。

何かを喋っている。でも聞こえない。

……なんだっけ、幽鬼の言葉は生者には聞こえない。聞こえたとしたら、それは死者に近づいている証拠。すぐに寺院に駆け込むように……みたいな話をむかーし婆さんにされた気がする。

こういうのって輝術とやらで祓(はら)えないものなのだろうか。祓えないから放置していたのかな。だとしてなんで事前説明をしないのか。……いや、これで私が叫び出すような奴だったら追い出されていた？　選考基準が鬼畜すぎる。

ふん。

「——何の恨みがあるのか、何の未練があるのかは知らぬがな。——私の魂にでも触れてみろ。それで大体解決するだろう」

言いながら、幽鬼らしき女性を通り抜け、窓を開ける。

……月が近い。雲一つない……と言おうとしたけど、そういえばここ雲の上だった。そりゃないわ。

窓を背に幽鬼の方へ振り向けば……目を見開いて、わなわなと口元を震えさせ……「本当？」とでも言いたげな顔。

「お前達の方が魂には詳しかろうよ。そして、想い人に会えるかどうかはお前次第だ。強く願って楽土へ行け」

幽鬼は。

決心したような顔で……消える。

消えた。

転生者。

私の存在そのものが、未練を断ち切る希望のようなものだから。

幽鬼特効、だろうな。

……え、で、結局このために呼ばれたの？　私。

第二話　バランスバード

1

珍物屋。

古今東西のあらゆる「珍物」……つまり珍しい、あるいは奇妙な、もしくは面白おかしいガラクタを収集し、それを売り物とする商売がある。

「以前、進史に何か面白いものは無いか、と問うたらな、一日と経たぬ内にこれを買って来た。単純なつくりだが、なるほど面白い。子供の遊び道具としても、大人の教材としても」

「そして、これを作ったのが誰かを知りたい、と青清君が仰られたのが始まりでして。つまり、祇蘭。あなたの生活を壊したのは私です。お詫び申し上げます」

「はぁ。……まぁ私の脇が甘かった、ってことですか」

水生の誰かが売ったんだろうなぁ、と。

貧乏村だ、珍物商がどれほどの金を出したのかは知らないけど、はした金でも売るだろう。たかだか玩具で、しかもタダで貰ったものなのだから。

この話が出たのは今朝、青清君が朝餉に呼んでいるという旨を進史さんが伝えに来たのが始まり。

彼と共にこの天守閣まで浮遊して昇ってきて、用意されていた三人分の食事の席へと着いて、匙（さじ）を転がしていたら、青清君の方から聞いてきたのだ。

何か聞きたいことはないか、と。だから、どうして私を見つけたのかを問うたらこの答えだった。

「そこで、だ。祆蘭。他にもこういった玩具はないか？　簡易なもの、複雑なもの。なんでも良い」

「……十数個くらいなら。それ以上はちょっと」

「そんなにあるのか！」

食事中に叫ぶな、行儀悪い。

……とはいえここではこの人が行儀だろうから、何も言えないけど。

「行儀が悪いですよ、青清君」

「む。……いいではないか、ここには進史と祆蘭しかいない。音が漏れることもないのだから、行儀など忘れてゆるりとしろ。祆蘭も行儀などない方が良いと思うだろう？」

「私は行儀作法を知りませんので」

「口調が硬い。お前の爺や婆に話していた時の話し方をしろ。少なくとも人目に付かないこの場では。進史、お前もだ。いい加減その外行きの丁寧口調をやめろ。祆蘭も怖気（おぞけ）が走る。

「いえあの、一応平民の前ですから……。ああ、わかりました。わかりましたからその目をやめてください。……そういう話だ、祆蘭。普段通りのお前で構わないぞ」

……たかだか玩具細工を作る相手にそこまで気を許すものか？　なんて疑ってはみたものの、それがご命令とあらば、だ。

「ふん。行儀以前に、口に物が入っている状態で口を開けるな、気色悪い。行儀作法とかそういう話じゃなく、他人に対する慮り(おもんぱか)の話だ。偉いからってなんでも許されると思うなよ」

「な……」

「おお！」

青清君は……ガーン、というオノマトペが最も似合う表情を。

進史さんは、それはもう期待の籠った目で私を見てきている。

「作法は疎(おろ)か読み書きもまともにできんガキにここまで言われているんだ、配下の者にどこまで揶揄(やゆ)されているのやら」

「……外ではしっかりする。問題ない」

「普段していることは何気ない日常動作でボロが出る。座っている時、立っている時の姿勢、重心の位置、首の角度。食事もそうだ。食べながら口を開けて喋(しゃべ)る者は、奥歯で食物を磨(す)り潰す音が聞こえない。自分の声の大きさにかき消されるからだ。尚且(なおか)つその音は口が開いていることで反響し、くちゃくちゃと不快な音を立てる」

それが大半のクチャラーである。

まぁ口が閉じていてもくちゃくちゃ言う人もいるけど。

「お貴族様にどんな会合があるかは知らんがな、陰での噂(うわさ)は耳に届かんぞ」

「……祆蘭。加減してくれ」

「そっちがこっちで良いと言ったのに、我儘(わがまま)な姫様だな」

「いや、人前ではダメだが、この三人でいる時はもっと口厳しく言ってやってくれ。私がどれほど言っても聞かないが、祆蘭の言葉なら届く」

「だとしたら進史様、あんたも甘やかしすぎだな。護衛だか従者だかお目付け役だか知らんが、主人が間違おうとしているのならたとえ罰則を受けることになっても止めるのが従者だろうに。結局なぁなぁで許しているからこういう〝我儘な子供〟が出来上がる」

――無論、椪柑果醤欲しさに明末の過失隠蔽を手伝おうとした私にこんな常識を説く資格はない。言っていいと言われたのだから言わせてもらっているだけ。そしてここで私がどういう人間かを叩き込むべきと判断した。

あるいは、嫌気が差して追い出されるやもしれん。

「コホン。……あー、そうだな。それで……部屋の改築はどこまでいった？　手伝いは必要そうか？」

「要らん。要らんし、何を思ってあんな場所に私を入れた。昨夜幽鬼が出たぞ」

「！」

「……そうか」

ん。

……ん？　なんだ、故意じゃないのか？

「どのような幽鬼だった？　いやそれより……何かされたか？」

「長い黒髪の女性だった。目は琥珀色。爪紅は……記憶違いでなければ、左の薬指と小指だけにされていたと思う」

「……」

「何もされなかったのか？」

「背後に立たれた。ので、祓ってやった。今楽土にいるのか違う場所にいるのかは知らんが――」

「祓った!?　幽鬼を祓えるのか!?」

おお、凄(すご)い勢いの進史さん。

……昨日まで幽鬼の存在自体疑っていた私にとって、それを祓うことがどれだけ凄いことなのかは理解できていない。

もしかしてマズいことをしたか？

「まぁ、祓ったというより諭したが近い。あっちの言葉は聞こえないが、こっちの言葉は聞こえるようだったからな。二、三言葉を贈ったら、決心の付いた顔で楽土へと消えていったよ」

「……幽鬼を諭す、か。ふふ……やはり私の目に狂いは無かったな」

「輝術(きじゅつ)で無理矢理祓うのではなく……対話で……！」

いや、ごめんなさい。対話だけじゃないんです。私の特性なんです。

……これは。

「なんだ、幽鬼祓いのためにあんな部屋に閉じ込められたとばかり思っていたが、違うのか」

「そんな鬼のようなことをするものか。……ただ、私のところにも一層目に幽鬼が出る、という話は上がっていた。それがまさか登城早々のお前のところに現れるとは……」

「あれだけ陰気な部屋だ、現れて当然だろう」

「陰気？」

ええ。

そこまで知らないの……？

「あそこは罪人の拘置所だろう。この城で罪を犯した貴族の」

「いや……そんなことはない。あそこはただの倉庫だ。それに、たとえ貴族であってもこの城内で罪を犯さば、すぐに地上の青宮廷（シーキュウテイ）……その刑罰機構へと送られる。罪人を青清君と同じ空間に居座らせる理由が無いからだ」

……確かに。言われてみればそう。

じゃあ何、あの血の臭いは。あの陰気さは。

……えー。殺人と監禁……というか、監禁の末に殺したか、不慮の事故で死んじゃった的なやつ？

それをしたのがこの城内にいる感じ？

「やっぱり、こういう場所は権術権謀渦巻いてこそだな。はぁ、お貴族様はこれだから」

「確かにそれは貴族と切って離せぬものだが……城内で監禁と殺人か。……進史」

「はい。すぐに」

切羽詰まった表情で出て行く進史さん。

察するに、城内では起きない……というか、なんらかの術により「起き得ない」ことなのかも。

これ祓ったのミスかな？　もうちょっと何か聞き出すべきだった？

「それで？　さっき、幽鬼の特徴を言った時、ずっと黙っていたが、青清君は何か心当たりでも？」

「いや……当人に心当たりがあるわけではないが、私もその幽鬼を見たことがあるのだ。ただ……」

「ただ？」

「私は、見逃すことを選んだ。この世に未練があるということは、それを果たさねば鎮魂も難しかろう。輝術によって無理矢理に幽鬼を殺すこともできるが、それでは楽土へ行くことができない。……死した後くらい、苦しみなく楽土で過ごしてほしいと思うのは……私の身分ゆえか？　祆蘭」

「自覚があって悔悟があるなら充分。ま、その通りだ。私達平民は不慮の事故や病で死ぬことはザラで、殺し殺され奪い奪われだって横行している。それでも私はこの城に来るまで幽鬼を見たことがなかった。なんでかって、そりゃ多分割り切れるからだ。誰もがそうで、誰に言ったって仕方がない。平民に生まれた以上はそういう運命で、未練を残したところで何も変わらない」

でも。

「お貴族様は違う。殺される身分ではなく、謀られる存在ではなく、平民より多く溢れた欲望は……志半ばの死を強い未練として残すんだろう。平民から言わせれば贅沢極まりない未練を。……それを解消させてやりたい、ってのが優しさだ、なんて口が裂けても言えないよ。青清君。あんたは絶対にそうならないから、高みから憐れんでいるだけ」

「……」

「そもそも未練って言葉自体がくだらないからな。どれほど理不尽な運命でも、〝残念無念〟で割り切れないガキがそういうものを遺す。死者が此岸にしがみついて生者に迷惑をかけているんだ、輝術とやらで暴力的に祓われたって文句は言えないし、言う資格も無い。今回の幽鬼はこの城に留まっていたから良かったが、あれが下に降りていたら騒ぎだった。あるいは私に害を為していたかもしれない。それら被害が生まれるのは、憐れんで見逃したあんたのせい、ってことになる」

詭弁だ。

別に見逃すも殺すも自由だろう。幽鬼だろうと殺人鬼だろうと。

一番偉いからってそれを強制させられる謂れは無い。あるとすれば、運悪くその幽鬼を見てしまったことに対して、くらいか。

だから。

「と同時に。青清君。あんたが見逃してくれたおかげで、あの幽鬼は楽土へ行けた。いつか輝術で祓われるはずだった幽鬼は、偶然にも幸運にも私と出会い、私の存在によって変えられた。何かに縛り付けられて未練を吐き続ける幽鬼が変わるって凄いことさ。その奇跡はあんたが見逃したからこそ生まれたもの。あんたが私をここへ連れて来て、あの部屋へと押し込めたからこそ生まれたもの。流石は青州の州君、持っている運命力が違うね」

「慰めているつもりか？　嫌味にしか聞こえないが」

「十割嫌味だからあんたの耳は腐ってないよ」

あの時、爺さんに対して「場合によっては」と答えた時点で、私の反感ポイントは五十くらい溜まっている。昨日一増えて一下がった程度で私からの態度が変わることはない。

……さて。

不敬とは、これだけ言っても許されるものなのか。

「そうだな。……そうだな」

大丈夫……そう？　落ち込んでいるだけか？

「それで、そろそろ教えてくれ」

「む……何をだ？」

「幽鬼祓いが仕事じゃないのなら、私は何用でここに連れて来られた。まさか玩具を作るためだけ、なんてことはないだろう」

「いや……それが理由だが」

だから、信用できないって。

「逆に問うが、何をさせられると思ったのだ？」

「わからないから聞いているんだよ」

「なら、再度言おう。本当にそれだけだ。ゆっくりとで構わない。私の暇を潰せる玩具を作ってほしい。材料はいくらでも用意できる」

そう言って……それだけ言って。青清君は器を掴んで匙で料理を掻きこむ、なんて行儀どころの騒ぎではない食べ方をして、そのまま部屋を出て行ってしまった。

普通に用事があったのか、それとも……。

2

豊富な建材と水生に居た頃より暇である、という事実から、倉庫の再建は一日をかけずに終わった。断熱材とか余計な事仕込もうかと思ったけれど、この城、雲より上だと言うのに暑くも寒くも無い適温であることから、多分輝術のなんらかが働いているのだと予想。見た目が古代中国、古代日本だからといって発展具合を下に見るのはやめたほうがいい、という話。貧富差とて、見た目が変わっただけに過ぎないのだろう。

というわけで暇を持て余してしまった私は、ご要望通り細工玩具を作ることにした。

今回作るのは、やじろべえ亜種。バランスバードというやつ。重心が嘴側に強く寄っていて、ひっくり返ろうとする。けれど尾の広がりが本体を反対側にひっくり返そうとする……というところから生まれる均衡による指乗り玩具。日本の伝統玩具というわけではないけれど、まぁ指乗りトンボよりバランスバードの方が見栄えが良いからこっちにした。

作り方としては色々あるけれど、今回のは誰もが思いつく作りにした。

まず適当な板材から鳥を彫り出して、それを上下二つに割る。頭部を球形に刳り貫いて、鉛の錘を入れる。あとは鳥をもう一度重ね合わせて、何度かの微調整を重ねて、終了。

指先、その腹を上に向け、そこに鳥の嘴を乗せる。

そして鳥を持っていた方の手を離せば……身体の大きさに見合わず、嘴だけで指に止まる木製の鳥が一羽、と。

……無骨すぎる。着色するかね。

形は違うけれど、色合いは相思鳥でいいか。本来のバランスバードはインコとか、あるいは鷹がモデルになっているけれど、あんまり西洋っぽ過ぎるのも強そう過ぎるのもイメージが悪い。

平民でも思いつく野鳥と言えばこれ。よく道端で死んでいる。

黒と黄色で着色し、目元だけ白。嘴は鮮やかな紅。

造型時に出てしまった木屑は麻袋に詰めて保存しておく。

「祆蘭。進史だ、入っても構わないか？」

「はい、どうぞ」

平民に何の許可を取っているんだか、と思わないでもないけど、一応私も女だから、か？　無論こんな子供を襲うのなら、それこそ懲罰モノだろうが。

扉を開けた進史さんは、部屋の中をきょろきょろと見回している。まぁ、見違えたからな。床板こそ張っていないけれど、壁と天井は完璧に打ち直してある。フローリングは流石に異国文化過ぎてマズいだろうと判断したので没。タイルを張ることも考えたけど、流石に女児の細腕で大理石を始めとした岩石の加工は厳しい。最悪文字通り骨が折れる。

だから床はそのまま。ただ血染みが何か所かあったので、現場保存にと木屑を白線代わりに囲ってある。今朝の話を聞いた後で物的証拠を動かす気にはなれなかった。

「いい出来だ。誰に師事した？」

「特には。大工仕事のできる若者は街へ出稼ぎに行くから、風穴の空いた壁や雨漏りする天井を直すのは専ら私の役目で。とはいえ急造極まりない修繕をしたところでボロの連鎖が起きるだけ。ならちゃんと直すのが手っ取り早いと、自分で効率化していった結果がこれだ」

「あくまで独学だ、と」

「……何か言いたげだな」

「いや。青宮廷の大工師に見せたのなら泡を吹いて倒れるのではないかと思っただけだ」

そんなことはない。あくまでＤＩＹの範疇。こっから家を作れとか城を作れとか言われたら、それこそ私が泡を吹いて倒れてしまう。……言われない、よな？

「それで、此度は何用だ？　ああ、青清君用の玩具ならもう出来ているが」

「いや、その仕事の早さには頭の下がるところだが、できるのなら小出しにして欲しい。あの方は珍しいものや面白いものを好むが、同時に飽きも早い。あのやじろべえとやらに青清君が完全に飽きてから次のを出してくれ」

「……成程。だったらこの部屋に青清君を呼ぶのはやめた方が良さそうだ。どうにも暇すぎて、思いつけばすぐに行動を取りかねん。今作ったコレも進史様、あんたが持っといてくれ」

指に乗せたバランスバードを渡す……渡そうとして、そもそも進史さんが何かを抱えていることに気が付いた。

「それは、相思鳥か？」

「それは……絵画？」

声が重なる。

玩具の受け渡しなどどうでもいいので、円座から立ち上がってバランスバードを机の角に置く。この円座も机も私が作ったものだけど、人と卓を囲めるほどの大きさにしていないので、使わない方がいいだろう。進史さんだけを立たせておくのは流石に不敬が過ぎるだろうし。

この口調も内心ビクビクしていたりしていなかったり。青清君と三人の時は許されたけど、進史さんと二人きりの時に許されたと言われた覚えはない。だからもしや、と。

見た感じ、何も気にしていないようなので安心している。

「ああ、絵画だ。確認を取りたくてな」

と、話を続ける進史さん。白布に包まれたそれを取り出し、壁に立てかける。

描かれていたのは――。

「間違いない。昨日見た幽鬼だ。……爪紅が全指分あることだけが相違点だが」

「この女性は青宮城（シーキュウジョウ）で働いていた、蜂花（フォンファ）という者だ。ひと月ほど前に青宮廷の方へと降り、妃の宮女となったはずだった。が……青宮廷に確認を取ってみれば、降りて来た記録はあれど働いていた痕跡が無い。妃もその宮女達も、蜂花が来るという話すら回ってきていない、と証言した」

調べるの速っ。

情報の伝達速度が尋常じゃない。これも輝術の恩恵？　昨日の今日どころか今朝の昼なのだが。インターネットがあっても手続きやら証言やらを集めるのに一日は要するんじゃないか？

やっぱり見た目で文明の発達具合を推し量るのはやめた方が良い。自戒が教訓にまでなった。

「どう思う？」

「どう思う、って……。まぁ妥当に考えるなら、その手続きをした者が蜂花様の監禁者で、あるいは青宮廷で記録を取った者も仲間だった、くらいしか浮かばん」

「私もそう考えて、蜂花の降城に関する手続きを進めた者を調べた。また、青宮廷の記録係に繋(つな)がりを持っていそうな者もな。その容疑がかかっているのがこの三人だ」

白布から、蜂花のそれよりかなり小さい絵画を三枚出す進史さん。

……絵画、だよなこれ。なんか証明写真っぽいというか……。まさかこれも輝術の恩恵だったりするのか？　こう……念写的な。

「左から、忠延(チューエン)、李塔(リィター)、河香(コォニャン)という者だ」

頬のこけた男性、目つきの鋭い男性、ふっくらとした女性。

「はぁ。……まさかとは思うが、私に推理しろ、と言っているわけではないよな？」

「できないか」

詭弁、捏造(ねつぞう)、でっち上げ。

それでいいならいくらでもこじつけを言うことはできる。だけど、それが真実であるという確証には至れない。

私は自分の脳をそこまで信じていない。推理小説も大して読んでこなかったし。

「流石に名前と顔だけではなんとも。……進史様は答えがわかっている、ということか？」

「何もわかってはいない。だから聞きに来ている」

「ふぅん……。この三人と蜂花様との関係性は？　男女の関係にあった、とかは」

「無い。それぞれの同僚からも情報を集めたが、男女の付き合いがあった、というような証言は得られなかった。忠延、李塔、河香の三人ともが、だ」

「蜂花様自体にそういった話は？」

「恋人に先立たれている、という噂はあった」

だから……朝から昼のこの時間でどんだけ調べているんだ。

もしや輝術は分身の術とか使えたりする？

……あー、男女の関係にないのなら、一方的に男側が女にホの字だった、ということもあり得るけれど……しっくりこない。

何がしっくりこない？

「……犯人は、なぜ監禁してから殺した？　愛憎云々ならその場で良いだろうに。わざわざ監禁して……苦しみを与えるほどの恨みがあって、それでいて……」

ここは元倉庫。だから、誰が入って来てもおかしくない場所。

私が犯人だとして、愛憎持つ相手をそんな場所に閉じ込める？　……いーや。これだけ静謐な城だ、少しでも暴れたら誰かが気付く。だったら自室に閉じ込めていた方がまだ安心できる。

あるいは……だから、逆に。

見つけさせるのが目的だった、としたら。

「死体はまだ上がっていないのか？」

「ああ。人体の重さを考慮し、青宮城から投げ落とせる範囲の全ての場所を精査したが、死体はなかった。青宮廷の外の林は野生動物が入れるような場所でもない。ただ、輝術によって運んだという可能性がある以上、捜索範囲の拡大はあるいは青州(シーシュウ)全土にまで及ぶ可能性がある」

「輝術はどこまでできるの？　青清君がやっていたように、無から有を生み出す……その逆で、有を無に帰すことはできる？」

「帝(みかど)や州君程の者であればできるだろう。だが、これら容疑者の力量では無理だ」

なる、ほど？

輝術の力量はそのまま階級……なのかな？　よくわからないけれど。

「このひと月間で火の手が上がった、という報は」

「無い。念のため城の外壁に焦げ跡等が無いかも調べたが、無かった」

「この大きな城の外壁全てを調べたの？」

「……調べ漏れがある、と言いたいのか？」

いや、そうじゃなくて。

仕事が早いどころじゃない、というのを疑っているんだ。

「生憎(あいにく)平民、輝術に関してはそちらを全面的に信用するしかない。その上で聞くが、幽鬼とは死後どこまで離れた姿で出てくるものなのか？」

「死した直後の姿で出る、というのが定説だ。だから罪人は首を刎ねる。幽鬼となれど、首が無ければどうにもならないからな」

「ということは、小指と薬指にしかなかった爪紅は確実な証拠だな。加えて……あの幽鬼の身体にはこれといって目立った傷が無かった。痛めつけられて殺されたのなら、あんな綺麗な肌にはならない。となると、この床の血染みは」

「血染みがあるのか？」

「ああ。だから私はここを罪人の拘置所と勘違いした。……待って、まさか血染みから記録を探る、というような輝術でも」

「そんなものは無い。だが、……そうだな。不快だろうが、それは証拠だ。輝術によって血を抜くことはできるから、この件が解決するまでそのままにしておいてほしい」

……ん。

ん？

「輝術によって血染みを抜くことができる。それは……この容疑者達にも可能か？」

「まぁ、それくらいであれば誰にでも可能だろう」

「なのに、していなかった。倉庫に監禁したこと自体阿呆に思うけれど、たとえ殺したのだとしても、その痕跡を消さないのはもっと阿呆だろう。というか倉庫番は気付かなかったのか？」

「……倉庫番も抱きかかえられている、と？」

「こういうものはあまり登場人物を増やすべきではないのだがな。ひと月前の失踪事件がここまで気付かれない、というのは些か不審が過ぎる」

オッカムの剃刀で考えるなら、たとえ不確定要素であろうと必要でないものは削ぎ落としていくべき。

だけど、ここまで云々頭を捻らせなくとも犯人が見えるというのならそれでいい。

「そもそもここが私の部屋になる、というのはいつ決まった話だ」

「三日前だな。青清君が私の買って来たやじろべえを見て、作った者をそこに住まわせると言い出したのがその日だ」

「……その日まで蜂花様が生きていた、というのは流石に考え難い。血は乾ききっているし……」

だから……この血は、犯人が意図して残したものではないし、なんなら犯人も気付いていないものである可能性が高い。

ダイイングメッセージ、というやつだ。元は全指にあった爪紅が二本にまで減っていることも含めてダイイングメッセージ。

ストップ。私は推理素人。だから……もっとシンプルに考えろ。事件というのは大抵そこまで大したトリックは使われていない。化学反応をトリックに使うのは少年漫画か大捜査線だけ。

単純に考える。この血は誰の血？　……蜂花のもの。犯人のものであれば、染みるほど放置しておく理由が無い。

この血はどこの血？　蜂花が女性だから月モノという可能性もゼロではないけれど、だったらもっと異臭がしているはず。それはつまり、糞尿さえも放置していた、ということになりかねないから。

……だから、これは……指の爪紅を消した時の血、か。シンプルだ。シンプルに考えればそうだ。

監禁されていた。手足を縛られていたか、輝術で動けないようにされていたかは定かではないけれど、蜂花には床に指をこすりつける程度の自由はあって、ガリガリと指の皮が剥けることも気にせずに爪紅を剥がし続けた。

その間は……自分の身体で隠していた、と見るべきか？　以上から、血染みに関してはダイイングメッセージから外していいと考えられる。

だから、考えるべきは一つだけ。

蜂花は爪紅を全て消したかったのか、敢えて二本残したのか。残っていた爪紅は左手の薬指と小指だけ。

……。ふむ。

「私は無知だ。だから問う。爪紅には意味があるはずだ。左手の薬指と小指の爪紅には、それぞれ何の意味がある？」

「……少し待て。今聞いている」

こめかみに指を当て、目を閉じる進史さん。

ああ、やっぱりそういう遠隔連絡手段のようなものがあるのだな。だからこんなに早いのか、調べるの。だからといって城の外壁全部は……それも人海戦術ならいける、のか？

「……左手の薬指は、結婚する。小指は、結婚しない。そこだけに爪紅をつけているとしたら、そういう意味がある、可能性が高いそうだ」

「ということは……蜂花は結婚するかしないかを迷っていた？」

爪紅をつけることそのものはただのファッションだ。それくらいは知っている。

もし彼女のそれに意味をこじつけるのなら、全て消すのが目的なのではなく、その二つを残すこと

が目的。そして最大のヒントは、彼女が消えたことそのものなのでは？

続きがあると知ったから未練を断ち切ることができた。逆に言えば続きが無いことを悔やんでいたとも取れる。あの決心の顔は……恋人との別れを決めた顔というより、現世を離れる恐怖を振り切った、というような顔だった。

「未練だけど、恨みじゃない……？」

自身の口からこぼれた言葉。それが……なんとも、しっくりくる。

もしこれが本当だとしたら。蜂花は犯人を恨んでいないのだとしたら。

「――蜂花は匿(かくま)われていた、ということか？」

「流石、私なんかより頭の回転がお速いことで」

事件、じゃないんだ。そもそも。

監禁されていたわけじゃないんだ、そもそも。

そうだ、血染みがあったから、幽鬼が出たから私はこれを事件だと決めつけていたけれど……血染みが蜂花本人の作ったものであるのなら、幽鬼に恨みが無いのなら。

これら容疑者に動機が無くてもおかしくはない。

「進史様。――この国で、自死は罪か？」

「少なくとも青宮城、青宮廷の中では罪だ。青州全体でそうかと問われたら、首を横に振らざるを得ない」

それはそうだろうな。平民の自死なんかフツーにあるし。

「蜂花様の位は、この三人より上か？」

「ああ」

「なら話は終わりだ。蜂花様は死にたがっていた。この三人はそれを叶えようとしたか、手伝わされたか。そして被害者と加害者双方の協力によって手口は見事隠蔽され、蜂花様の自死は成った」

「爪紅については、なんだったと思う？」

「進史様は花占いというものを知っているか？」

「……まさか、自身の爪で？」

ということだと思う。

多分他の指にも結婚や恋愛に関する意味がある。それを消して行き……最後に残ったのがその二つ。決めきれなかったか、決める前に事切れたかはわからないけれど。

少なくともあの顔は、恋人の魂を遺していく顔ではなく、楽土にいる……あるいは〝次〟があると知って、その〝次〟で好きな誰かに会いに行くための決心の表情。

死ぬ前は、楽土で恋人に会えるかどうかを考えていて。

それでも消える恐怖から幽鬼となり、結果的には私に会って覚悟が決まった、と。

つまり、傍迷惑な自殺と、一応自殺幇助かな。

「言っておくが、今のは全部憶測だし、動機もこじつけ。真実と思わないように」

「無論だ。事実確認くらいはこちらでやる。——それでも、助かった。祆蘭。確認の取れ次第その血染みは消すから、もう少しだけ待っていて欲しい」

「はいはい」

そうして出て行く進史さん。

……色恋沙汰、じゃないけれど。なんというか、アレだな。

「重心が傾きすぎ……なんて」

それこそこじつけかな？

第三話　入れ子細工

1

輝術というのはやはり血筋が関係しているらしく、たとえどれほどを学ぼうとも平民には使えないらしい。

もし使える者がいたとしたら、それは没落した貴族や亡命した「高貴なお方」の子孫、あるいはその当人だろう、と。

なんでもできるもの、というわけではないようだけど、少なくとも私にはなんだってできるように見える。力量によってできる範囲が決まっているだけで、輝術を使って疲れる、ということはないとかなんとか。それはエネルギーとかどうなっているんだろうとか。私は科学者ではないのでどうでもいいけれど。

とにかく卑賤の出には関係ない技術。よくわからん原理の発電所が意思を持って歩いているくらいの認識で良さそうだ。

「だからこそ、祆蘭。お前が幽鬼を祓い得る、ということは吹聴してはならぬ。要らぬ誤解を与えるからだ」

「言われずとも言いふらさないし、言いふらす相手もいない。青宮城に来てから湯浴み場と倉庫、そしてこの部屋にしか行き来をしていない以上交流が生まれるわけもない」

基本、青宮城の中にいる人達は皆仕事をしている。忙しなく動き回っていたり、忙しなく浮かび上がっていたり。

また、どれほど情報が伝わっているのかは知らないけれど、相手はお貴族様だ。私の身分が知られたのなら、そこで余計な軋轢が生まれることなど想像に難くない。威を借りるには持って来いな青清君だけど、同時に私の役職が何か、という問いには答えられないので使いづらい。

そこのけそこのけ、私は青清君の……玩具作り職人だぞ、とか。別に職人でもないし。

今述べたように私の行く部屋は決まっている。

自室になった倉庫と、一日目に使った湯浴み場。そして毎朝進史さんに連れられて行く青清君の部屋こと天守閣。まぁ天守閣って呼ぶのかは知らないけど、多分そう。

一日の全てをこの三つの部屋で完結できるほど仕事が詰まっておらず、けれど進史さんから「小出しにしてほしい」というオーダーがあった以上、もう自室でぽけーっとするしかやることがない。

水生に居た頃はなんだかんだ仕事三昧だった。仕事……というか駄賃稼ぎの押し売りバイトというか。明末の家もそうだけど、壁を直してくれだの屋根を直してくれだの釜土や暖炉を直してくれだの、そこそこのお願いごとが舞い込んできていて、少ない労力で一二〇パーセントくらいの駄賃を貰えていた。

ところがこの豪勢な暮らしになってから、それがない。給金が出ているのかどうかは知らないが、使う場所が無い。なんせ小腹が空かないくらい豪勢な朝昼夕餉が出るうえでやることがないのだから。

ぶくぶくに太らせて飼い殺すのが目的だと言うのなら、なるほど効率的だ。

けれどそうではないのなら。

「仕事が欲しい。切実に」

「お前は面白い玩具を作ってくれたらそれでいい」

「青清君には聞いていない。進史様、本物の職人には遠く及ばないだろうが、床の修繕やちょっとした家具の修繕程度であれば私にもできる。何かそういうものはないか？　あるいは雑用でもいい」

「……働かずとも食にありつけるというのに、働きたいのか？」

「暇だ。青清君がそうであるように、私も暇なんだ」

ただ……生憎と私は読み書きができない。言葉も粗雑だ。

だから、お貴族様のもとへ何かを手伝わせに行く、というのは少々難しい話になるだろう。できれば一人で黙々とできる仕事で、この城に必要なもの。

「と言われても困るのだがな。手が足りなければ貴族を雇用する。雑用とてそれを行う者がいる。お前が仕事をするということが、彼らから仕事を奪うということに繋がりかねない」

そこまで大した仕事はできないのだけど。

しかし、なるほど。もうキャパシティーがＭＡＸなのか。一分の隙も無いというか。

であれば。

「この城を好きに歩き回っていい許可を出してくれ。仕事は自分で見つける」

「それならばもう出している。お前の容姿と名は、青清君の名のもとにこの青宮城で働く全員に共有されている。もしお前の姿を見て何か言ってくるような者がいたのなら、それは恐らく賊ゆえ、近くの大人に助けを求めると良い」

……輝術、怖い。

ああでもそうか。先日の蜂花（フォンファ）に纏（まつ）わる事件でわざわざ絵画を持ってきたのは、私が輝術を使えないからか。

貴族同士なら多分離れた所に居ても容姿の照合なんて簡単にできるのだろうな。

「だが、自由に動くと言っても、お前は輝術を使えない。移動はどうするつもりだ？」

「別に、これくらいの鼠返（ねずみがえ）し程度越えられる」

「……」

「なんだ、雅（みやび）ではないからダメ、とかいう規則でもあるのか？」

「落ちた場合、助けに入り得る者が近くにいるとは限らんぞ」

この城は真ん中が吹き抜けになっていて、そこに巨大な滝が存在している。

構造的には内部で水を汲（く）んで滝風に落としているだけなのだろうけど、その高さは青宮城そのものの九割程を占める。その上で青宮城は形状的に台形……つまり、上階へ行けば行くほど孤立していく構造だ。

吹き抜けにある滝は登ったり降りたりできるものではない……というか、お貴族様が明らかに避けているのを見るに、多分触れちゃいけない系の神聖なもの。仮に上階で足を滑らせた場合、この滝を避けてどこかで止まらなければならないという無理難題を突きつけられることになる。

ふむ。リスクヘッジは大事か。

「初めは一層目と二層目だけを探索する。それより上階へ行くのは慣れてから。これでいいだろう」

「……怪我(けが)をするでないぞ、祆蘭」

「無論、最悪の場合手と頭は守る」

「そういうことではない。……輝術は命を蘇(よみがえ)らせることはできない。忘れるな」

へぇ。

そういえば……どこの階層かは忘れたけど、移動中に医院に似た部屋があるのを見た気がする。もしや怪我や病も無理か、輝術。

「留意しておく」

気遣い痛み入るが……そこまで大人しい性格をしていないぞ、私は。

2

一層目は、私の住まう場所以外の物置や、湯浴み場。それと洗濯をする場所だったり調理を行う場所だったりと、水回りの施設が多いように感じられた。流石に厠(かわや)は全階層にあるだろうけど、水道の配管周りがどういう仕組みになっているか気になる。気になるだけだ。くまなく調べたりはしない。

仕組みといえば、これほど真ん中がぶち抜かれていると耐震性なんかも気になる……けど、よく考えたらここ浮いている岩の上の城だった。輝術万歳ということでよろしいか。

さて、水生に居た頃からは考えられないほど上質な装束を着て城内を歩き回っているわけだけど、ううむ、慣れない。

特に腰にトンカチが無いのが慣れない。一応忍ばせてはいるけれど、ぼろ布にぼろ帯、そこにトンカチ、というのが私の基本スタイルだったから……慣れない。

「軋む床も無し、腐食している柱も無し。……完璧すぎて本当にやることないな、この城。流石は青清君の住まう城、なんだろうけど……」

未だどういう仕組みなのかわかっていないところがある。

青清君は女性である。それが青州の州君、つまり一番偉い人である。が、進史さんは帝がいる、ということを言っていたし、城下にある青宮廷には妃がいるのだという。

単純に考えるなら青州含む全州を取りまとめるのが帝で……でもだとしたら、この下にいる妃はなに？　そして州君は帝に対してどういう立場？

……古代中国知識があればこういうのパッと思いつくのだろうけど、いやはや、全く分からん。

とりあえず青清君はこの場における最高権力者。だから彼女の住まう城も常に完璧である必要がある……として、けれど蜂花のような事件は起こるし、私のような者も連れ込まれる。

ここは……青清君の完全なる私物、という認識で良いんだろうか。

「ん」

ふと。

音が聞こえた。良い音だ。音色。

弦楽器だろうか。三味線に似ている……気がする。

静謐な城だからこそ、音源がどこにあるかすぐにわかる。

ふらふらと、灯りに群がる蛾のように音の出所へ誘われてみれば——赤い反物を着た女性がいた。

「あら」

「……申し訳ありません。邪魔をしてしまいました」

演奏が止まる。奏者が私に気付いたからだ。

深緑の髪を短くまとめた、琥珀色(こはくいろ)の瞳の女性。赤色は……どれほど高貴なんだろう。知識不足だ。

「もしかして、音が聞こえていたの？」

「……？　ええ、はい。城中に響き渡っていたと思いますが……」

「それなら、とてもいいことなのだけど」

暗い部屋ではあるけれど、また幽鬼……ということは、ないよな。

会話できているし。

「あなたは確か、祆蘭、だったかしら。青清君の新しいお気に入り」

「新しいお気に入り？　……前のお気に入りがいたのですか？」

「ええ。少し前にいなくなったけれどね」

成程、あの飽き性は面白いものを見つけたらとっかえひっかえ連れ去ってくる厄介お姫様らしい。

玩具に対してそうなら、人にもそう、ってか。

ああ、だから一年契約なのか。どうせ一年で飽きるから。

「私は桃湯(タオタン)。……ねぇ、もし時間があるなら、弓を聞いて行って」

「弓？」

「これのこと」

桃湯が見せてくれたのは、彼女が抱えていた三味線のようなもの。

弓、という楽器なのか。

とりあえず突っ立ったままも悪いので、部屋に入る。自動で閉じる扉。……これ、普通のことなのかな。アレか？　原始人が自動ドア見て驚いている的なものか、今の私。

一応顔を伏せながら移動する……と、部屋の隅に積まれていた円座が浮いて、私の前に置かれた。座って、ということだと認識する。

「失礼します」

「ええ」

座る。胡坐(あぐら)……は流石にかかない。正座だ。

して……演奏が始まる。やっぱり音は三味線に近いけれど、縦置きした楽器本体を頻繁に動かしている。弾き方は三味線とは違う。

何の唄なのかはわからない。お貴族様の中で流行っている唄なのか、あるいは青州出身ならば誰でも知っていなければならないような唄か。あるいは彼女のオリジナルか。

風。……風？　密室で？

「あら……ふふ」

やはり風を感じる。どこかに隙間が空いているのだろうか。それは……私の仕事が発生した、ということになるのだが。

けれど、風向きから考えられる場所は背後。その奥には別の部屋があるはずなので、こうも肌で感じる風を覚えるはずがない。

「美しい音色でしょう？」

「ええ、まぁ。けれど、申し訳ありません。この身は卑賤の出。音楽の良し悪しを判別する能が無く

「……」

「それでも美しいと、そう感じるでしょう？」

確かに、綺麗な音だと思う。前世含めて楽器はてんでさっぱりだったので比較対象がないのだけど、三味線風の楽器にしてはハープみたいな音がするな、とも。

聞く人が聞けば眠りを誘うような音だ。生憎と私は音楽を聞いて眠る、なんてクラシックな趣味を持ち合わせていないので、いい音楽だなー、くらいにしか思えないけれど。

それはそれとして風の音がうるさい。高空にあるから仕方ないけれど、もう少しどうにかならないものなのか。

この生暖かい暴風は。

「ふふ……惹かれてはくれないのね」

「せめてこの風が無ければ、快不快は快に傾きましたが……生暖かい暴風、というのは不快が過ぎますね」

「でも、仕方ないでしょう？　この風はあなたの魂をこちらに引き寄せるために発生するものなのだから、不可抗力よ」

ですよね。

そんなこったろーと思っていましたよ。ずっと弾いていたっぽいのに近づかないと聞こえなかったこととか、私以外誰にも聞こえていないこととか。

ただ如何せん知識が無い。輝術に防音効果がある、とか言われたらお手上げだから、言い出すに言い出せなかった。

「ええと……それで、あなたは幽鬼、ということでよろしいのでしょうか」

「嫌ね。あんな雑念混じりのものと一緒にしないでちょうだいな」

「はあ」

「私達は――」

ドカン、と。

扉が蹴破られる……寸前みたいな衝撃が戸に走る。二回、三回と。

「もう、無粋な連中ね。一曲弾き終わるまで待ってもくれないなんて」

「私は待っても構わないが、その曲は終わるのか？」

「あらら……ふふ、そっちが素の喋り方？」

「大して変わらんだろう。敬語もロクに覚えていない話し方と、こっちの卑賎な粗雑言葉。あんたのような見目麗しい相手であれば最大限の丁寧も考えたが、どうにも狙いは私の魂らしい。とあらば敵として認識する方が互いに都合がいい」

幽鬼を雑念混じりと言った。そして会話ができていることから察するに、桃湯はもっと上位の何かなのだろう。まったく、輝術だけでもよくわからないのに、幽鬼側にも上位下位がいようとは。戦う術がない以上、こうして気丈に振る舞うくらいしか対抗手段がないのだがな。

「それで、良いのか？　出て行かなくて」

「ふふ、優しいのね。心配してくれるなんて」

「別に、特に害された覚えがないからな。音色が美しかったのは本当だ。そして、あんたは直接的な手段で私の魂を取ることができない、というのもわかった。眠りに誘うか虜にするか、なんらかの手順を踏む必要があるのだろう。とあらばそれは良い見本だ。対策を練るにあたって、もっと条件を見せてくれた方が都合いい」

「……呆れた。あなた、ちゃんと命の危機だったこと、わかっているの？」

「全く。だとして、先ほど〝私達〟という言葉を用いた。あんたのような奴がまだまだいるということだ。であればここであんたに消えられるより、比較的安全なあんたに生きていてもらった方が良い。まぁ生きているのか死んでいるのかは定かではないが。……なんとなく、あんたは独占欲が強そうだからな。仲間内に私を共有する、ということはないだろう。むしろ独り占めするために虚偽の報告をするか、黙っているかしてくれそうだ」

斬、と……戸に刀が入ってくる。蹴破るのは無理と判断したのだろう。それによって、周囲の……部屋の外の音が聞こえるようになった。随分と大勢が駆けつけているようだけど、今の今まで聞こえなかったな。これも輝術……か、他の何かか。

「あらら……結界、壊されちゃった。それじゃ、お言葉に甘えてお暇しましょうか」

「名は偽名ではないと思って良いのか？」

「ええ。あなたにはありのままの私を見てもらいたいもの」

「そうか。魂を云々という物騒な目的がないのであれば、あんたの弓は良い音色を奏でるものだと思えた。次は誘うのではなく聞かせに来い。基本私は暇だからな、何刻でも聞いてやる」

「――尊大ね。その魂に偽りなく――」

消える。弓ごと、赤い反物が、桃湯が。

美しい色の粒となって消えて――その瞬間、扉が完全に破られた。

「祆蘭！　無事か！」

「進史様。はい、この通り、何もされておりません」

「……すぐに穢れの痕跡を洗え。侵入経路を特定しろ」

「はっ！」

進史さんの後ろにいた兵……というか彼らも多分お貴族様だけど、そんな彼らが部屋を調べていく。

私はというと、進史さんに抱えあげられた。

「私も残った方が良いのではないですか？　重要参考人でしょう」

「何があったかは後で聞かせてくれたらいい。今はお前の身を清めるのが先だ」

「清める？」

汚れている、のだろうか。それともさっき言っていた穢れなるものと関係がある？


未だ気を抜かぬ表情……鬼気迫る顔の進史さんに連れていかれたのは――湯浴み場。

え、普通に汚れってこと？

「青宮城を流れる水には、浄化の力がある。湯に浸かり、身についた穢れを落としてこい」

「なる、ほど？」

つまり……普通に湯浴みをしてくればいいのかな？　それで落ちるのか、穢れって。……よくわからんけど、よくわからんからこそ口出しするべきではないだろう。

今回は誰もいない湯浴み場でお湯を貰う。何をどうしたらいいのかはわからないけれど、とりあえず石鹸（せっけん）を使って身体を洗い流す。髪にも念を入れておく。

湯から出ると、服が別物になっていた。……成程、そっちも、か。

湯浴み場を出れば、そこには進史さんが。

彼にまた抱え上げられて……最上階、青清君の部屋へ向かう。

さて。

二人も大層聞きたいことがあるのだろうけど、私だって色々聞きたい。

長くなりそうだな、これは。

3

鬼と、そう言うらしい。

「未練を残して、恨みに縛られて。そういった雑念と共に現世へ留（とど）まる者を幽鬼という。だが鬼は、自ら望んで幽鬼となった者を指す。死したというより、肉体を脱ぎ捨てた、が正しいか」

「はあ」

「青宮城及び青宮廷で自死が禁止されているのはこれが理由でもある。ただ……自ら鬼となりたい、と思う者は少ない故、知られていない理由ではあるが」

ただし、幽鬼も鬼も輝術で祓えるのだとか。

であれば。

「鬼になる利点がわからんな。ただの長寿願望か？」

「であろうな。私達とて鬼になりたがる者を理解できているわけではない。ただわかっているのは、その長寿を成り立たせるためには、高い力量を持つ輝術師や存在として強い力を持つ魂が必要である、ということだけ。祆蘭は後者となる」

……存在として強い、ね。

それは生まれ直しのことを言っているのだろう。であればさもありなん。

「青清君は、私がそういった魂の持ち主であることを見抜いて連れて来たのか？　前に己の目に狂いはなかった、と言っていたが」

「そんなことは全くない。私は別に青州全体を把握しているわけではないし、お前のもとに訪れたのはあの玩具あってこそ。あれを進史が買ってこなければ、お前の存在など知らぬままであっただろう。あの時ああ言ったのは、思いもよらぬ拾い物だったからだ」

「そうか。要らぬ勘繰りだったな。謝る」

偶然……というか、私に前世の知識が無ければＤＩＹも工作もしてないのだ、身から出た錆(さび)、が一番しっくりくる言葉かね。

「しかし……想像以上にお前は強いな。幽鬼を諭したり、鬼と対話したり。恐ろしくはないのか？」

「どちらかと言えば輝術の方が恐ろしい。この城、誰の力で浮いている？　術者が突然死したら落下するのか？　この城だって見た感じ柱らしい柱が細すぎる。建築に対する知識は少ないが、これ、上の方を支えていられる作りになっていないだろう。あの空飛ぶ馬車を含めて、浮遊させたり物体を軽くさせたりという輝術はただただ恐ろしいよ」

言えば、二人は顔を見合わせる。

まぁ生まれた時から輝術を扱えるお貴族様にはわからない感覚だろう。私は……エネルギーというものはいつか尽きることを知っているし、どうしても魔力とかMPとか精神力とかで考えてしまう分、その供給源が絶たれたら、の方を想像してしまう。

弦楽器を聞かせてくる鬼と居住区倒壊及び巨岩落下の危険性。どっちが怖いかなんて決まり切っているだろうに。

「これは、鬼が欲しがるわけだ」

「ええ。この城で狙うのなら青清君の命だとばかり思っていましたが、祆蘭には特に気を配った方が良さそうです」

原理や術者は教えてくれないらしい。

まぁ聞いたところで、だけど。

「そろそろ基礎知識学習の時間は終わりでいい。真面目な話をしよう」

「今までも真面目な話だったが……お前が言いたいのは、なぜあそこに鬼がいたか、だな？」

「ああ。素人目に見て、この城は完全防備であるように思えた。見張りの兵士がいるのかいないのかは知らないが、部屋一つを鬼とやらに占領されて、みすみす見逃している程の怠慢さは持ち合わせていないだろう、ここで働く者は」

「その通りだ。今輝術で穢れの痕跡を洗っているが、複雑な経路を通った、という様子が無いらしい。するりと入って来て、あそこに居座り、お前や、他、胡弓の音が聞こえる者を誘っていた」

……基本的に私は疑り深い。推理ができるわけでもないのに、だ。

なぜか誰にも見つからなかった、とか。なぜか痕跡におかしいところがない、とか。
そういう話を聞くと、真っ先に――。

「手引きした者がいる、と。そう考えてしまう」

「まさか、蜂花か？」

「可能性は無いとは言えないが、低いだろう。対峙した鬼は幽鬼を見下していたし、蜂花側にも城崩しをする動機が無い。及び余裕も無い」

「動機か。……確かに」

鬼というのが寿命を延ばす……単純化すると、ただの食欲で動いている、というのであれば、直接私を狙った方が早い。だって私、物置に一人で寝ているのだから。

けれどそれができない。全ての鬼がそうであるかどうかは知らないけど、少なくとも桃湯は条件を必要としていた。また、進史さんの登場に逃げの姿勢を見せたことから、桃湯には直接的な戦闘能力が無いのだと推測できる。であればなおさら手引きする者が必要だ。桃湯が条件を満たせるような場を用意する者。そしてその内通者にもメリットがなければコトは成立しない。

鬼側から何か棒付きニンジンを出せたとして……なんだろうか。青清君や強い魂が失われて、その者に良いことがある状況。

「青清君。他の州君との関係性や、青清君自身の関係性において、邪魔に思われたり恨まれたりすることはあったか？」

「……州君同士はほとんど関わり合いを持たない。政にも滅多には口を出さぬしな。帝より与えられた己が州を守るのが州君よ。他州に侵略を行ったり、間者を放ったりすれば……必ず帝の目に留まる。

それは愚かな行為と言えようよ」

「ただ、青清君を良く思っていない者が存在するのは確かだ。もう耳にしているだろうが、青清君はお前のような平民、あるいは貴族、あるいは職人……そういうものづくりに長けた者を気に入って城に置く、という迷惑極まりない性質を有している」

「それで、一年で飽きられて捨てられた者からの恨みつらみが？」

「いや、今まで青清君のお気に入りとなった者達には十分な金子が出されているし、定期的な監視も行っている。そこの線は薄いだろう」

つまり、一年後飽きられて捨てられたら私も監視がつく、と。

悪いことはできないね。するつもりもないけど。

「城内……この城を機能させている者達からの苦言、か？」

「というより、嫉妬が大半だ。お前には実感の湧かぬ話だろうが、普通の貴族が青宮城に勤める、というのは中々至難の業であり、狭き門。ここにいるのはそれらを潜り抜けた優秀なものだけ。ゆえに青清君がお気に入りと称して何の至難も乗り越えていない者を連れて来る行為自体が快く受け入れられていない」

「ふぅん。……それはあるいは、鬼に私の所在を知らせた……私をも目の敵にした、という可能性もある、と」

「一網打尽にできればそれが一番だったのやもしれない」

つまり。

「青清君が悪い、で概ね間違いないか？」

「ああ」

「……むぬぅ」

青清君のその悪癖が無ければ起きなかった事態だ。

だけど……そのエリートさん達がたかだか嫉妬で無差別殺人に近いことをする鬼を引き入れてしまう、というのも問題だ。

わかっている。嫉妬は暴走感情の一つだ。抑えが利かないことくらい知っている。

「……だとしても、その私や青清君のやり方に嫉妬した者は、私を直接殺しに来る、などではなく鬼を使った。罪の露呈を恐れたのか？」

「良い。お前の詭弁やこじつけは糸口になる。考えていることをそのまま話せ」

「過剰だ、と言っている。私は九歳の子供だ。それも、輝術を使えない平民。やりようなんていくらでもあるだろう。特に今日は完全に一人行動だったのだから、子供を殺す機会なんていくらでもあったはずだ。無論私とて抵抗するが、焼け石に水だろう。そんな相手に、鬼を呼びこんでまで殺させる、なんて迂遠な手段を取る必要があるのか？」

物質生成の難度は知らないが、物体浮遊はこの城にいる者であれば誰でもできるというんだ。

私をちょっと浮かせて、そのまま落とせば……殺せずとも骨折させて、文字通りの痛い目を見せることくらい簡単だ。だというのに鬼を呼んで、しかもその鬼は直接的な殺傷手段を持たない鬼で。

ここまで考えて、あまりに迂遠すぎる、ということは。

「手引きした者はいるのかもしれないが、狙いは私じゃない。青清君でもない。……その方がしっくりくる」

「では、動機は何になる？」

「頭を白紙にして考える。可能性を羅列する。……たとえば、威力偵察。どこぞの誰かがこの城に攻め入る予定で、鬼に輝術師の存在を確認させにいった」

無い話ではないだろう。

「次、ここで弓を奏でることそのものが目的だった。それ自体がなんらかの儀式的行為で、それはもう達成されている」

輝術にも鬼にも詳しくないからファンタジー魔法知識で行くけど、要はアンカーだ。

何かをするマーキングとして弓を奏で、あとあと遠隔で何かするつもり、みたいな。

「次、するりと入ったのも、複雑なことをしていないのも、全てあの鬼の力量である。手引きした者などいない」

「それは最悪の可能性だな」

「だが、無い話ではない」

……仮に、桃湯の言葉がすべて真実だった場合、もっと最悪のケースが考えつく。

彼女は私に偽りの姿を見て欲しくない、的なニュアンスのことを言っていた。

であれば。

「鬼は、〝あなたは確か、祆蘭、だったかしら〟と言った。この言葉に嘘偽りが無いのであれば——」

「まさか、城勤めの誰かが鬼に成り代わられている、というのか？」

「その成り代わりが、輝術による共有を受け取り得るものならば、だが」

けれど、それなら全てに説明がつく。

どうやって侵入したのか。初めからいただけだ。洗い出された侵入経路はフェイクだろう。どうやって部屋を占領したのか。初めからいただけだ。その部屋が鬼のものだっただけ。ただ、恐らく現管理者を洗っても無駄だろう。それで洗えたらお粗末すぎる。

私狙いでも、青清君狙いでもなく。

「日常的に誘引していた、ということであれば、特におかしな点はないだろう」

「……」

「……」

ただ、たまたま私という大物がかかって、それが露呈したというだけの話。

「……——捕捉した。いや……対象が北の大窓から城外に出ようとしている。外部哨戒班は注意されたし。可能であれば捉え、滅せ。深追いはするな」

沈黙、かと思いきや。

既に城中を洗っていたらしい。いや、青清君が一番強くて一番偉い、というのはわかったけど、進史さんも多分相当なんだろうな。青清君の従者をしているくらいだし。

どのようにして捕捉したのかはわからないけれど、疑心暗鬼を生ず結果にならないのは安心だ。ただこれからの日課に城の全精査が加わるのだろう。

お疲れ様です。

第四話　水中花

1

以前バランスバードを作った際に発生した木屑を取り出し、薄く、できるだけ均等な部分を揃えて並べていく。

細かく、時間のかかる、根気のいる作業ではあるが、桃湯の件もあって今は城内が緊張中。みだりに出歩くわけにもいかないので、こうした時間のかかるものの製作に取り掛かることができている。

着色は基本色を青に真ん中に向かうにつれて白く。蕊の部分は薄い紫。まぁ紫の染料など手に入らないので赤と青とほんのりの黒を混ぜた紛い物だ。

不揃いである小さな木屑ほど真ん中に寄せ、大きい物は外側に。端っこを糸で縫って一体化。下に作る茎は何度かの捻りと回転を加えた籐の木を使用し、その一輪一輪を丁寧にまとめ上げていく。

「……適温の城、というのは作業環境として最適だな」

湿気もなければ熱気が籠ることも無い。まったく、どうなっているのやら。

数日間に及ぶ手作業。最早工作でもなんでもない工芸だけど、クラフトワーク自体はやっていて楽しかった。

花を作ったにもかかわらず完成品は蕾（つぼみ）のままのそれ。

あとはまぁ、私では手に入らないもの……硝子瓶（ガラスびん）などを輝術（きじゅつ）で作ってもらえば終了だ。

ノックノックノック。

「進史（シンシ）だ。入っても構わないか？」

「はい、どうぞ」

伝達速度の尋常ではない青宮城（シーキュウジョウ）にしてはかなり時間のかかった、と言わざるを得ない捜査。

それはようやくの終わりを見せたらしい。少々の疲れ顔で、進史さんは物置……私の部屋に上がる。

「待たせたな。青宮城、青宮廷（シーキュウテイ）共に鬼と成り代わった者がいないかの精査が終わった。もう安全……とは言えないが、少なくとも城内で背から斬られることはないだろう」

「お疲れ様、と私が言って良い事なのかはわからないが……大変だったようだな」

「ああ。城はともかく青宮廷は広いからな。輝術を遮断する部屋も多い。現地に身を運び、中に凶手がいる可能性を考えながら慎重に調査する、というのは中々骨の折れる作業だった」

輝術を遮断する部屋、なんてあるのか。

……まぁ、無いと困るか。何でもし放題じゃあなぁ。

「そして、すまない。三日ほど前、青清君（シーシェイクン）が痺（しび）れを切らした。例の相思鳥を渡したのだが……」

「やじろべえと原理が同じだと見抜かれて、すぐに飽きられたか」

「わかっていたのか」

確かにどちらも違う面白さがあるけれど、分類としては同じ玩具だ。

新しいものを求めるタイプなら、その飽きも早いだろう。だからコレを作っていた、とも言う。

「その花は？　咲く前のものを摘んできたのか？」

「これが新作だ。時に進史様、これを全て飲み込むほどの硝子瓶、というものはあるだろうか」

「……今ここで作っても良いが、青宮廷に適当な大きさの瓶がある。それを持って来させよう」

「自分で求めておいてなんだが、こんな大きさの瓶何に使うんだ？」

「菊酒を作るのに使う。咲いた直後の菊を清酒に漬け込み、酒とする。青州の水はどこの州よりも味、質ともに上質だから、伴って青州の作る酒も上質なものとなる」

へえ。

酒には一切の興味が無いとはいえ、そういう……なんだろう、伝統的な作り方？　を聞くと、少しだけ実物を見てみたくなる。お酒を飲むことそのものは理解できないけれど、お酒の入ったグラスが美しい、という感覚は私にもあるから。

「……適切な瓶はお前自身が選んだ方がいいかもしれないな。共に青宮廷に降りてみるか？」

「良いのか？　……私はまだ言葉遣いも荒いままで、何より字を読むことができない。立ち入りの禁じられている場所などがあると問題だろう」

「私から片時も離れなければ良い。それに、瓶選びは青清君を喜ばせるためのもの。青州においてそれ以上に重要なことなど片手の指で数えられるほどしかない。ああ、顔は伏せていてくれ」

なんか。……敬われているというか……祀られているような。

「つかぬことを聞くが、青清君の退屈が閾値を超えたらどうなるんだ？」

「想像したくも無い。だが、あの方の行動力の高さと、対をなすかのような常識の欠如はお前も良く知っているだろう。それが毎日のように起こるようになる、ということだ」

あー。成程。面白い物を求めて護衛も付けずにふらふらと……その高貴さを隠そうともせずに、青宮廷は疎か平民のいる場所へ現れては問題を起こし……けれど身分差で逆らえず、鬱憤は溜まり……。

「特に今は帝が妃を選ぶ重要な時期だ。そこに州君が失踪、などという大事が起きた時、青州の妃までもが帝からの信用を失いかねない」

「理解した。私の重要性を」

「それは良かった。色々と苦労をかけてすまないが、どうにか順応してくれ」

青清君の新しいお気に入り。

進史さんの苦労は推し量れない。新しい玩具を与える頻度の調整、彼女の監視、私含むそれを作り得る人材の発掘……。それでいて全体への共有伝達や兵を率いて幽鬼、鬼の退治までしているとなれば、気苦労でいつかぶっ倒れるんじゃないだろうか。

この人には少し優しくしようと決めた。

「準備が整い次第降りるが、何か聞きたいことはあるか?」

「トンカチを腰に佩くことは許されるか?」

「……まぁ、問題はないだろう。私と共に居るのなら、だ」

「ありがたい」

では――初めての青宮廷へ、だ。

2

登城以来の空飛ぶ馬車に乗って、青宮城から青宮廷へと降りていく。

「そうだ、一応聞いておくべきか。私が今回作ったのは水中花というものだが……似たようなものは無い、よな？」

「少なくとも名は知らない。どういったものか、説明できるか？」

「あのように蕾の状態でありながら、水に沈めると花が開く、という工芸だ」

がっつり中国の工芸品なので、この異世界にあるかもしれない、というのを考慮し忘れていた。

輝術や幽鬼の存在からここが異世界なのは当然にしても、この国の歴史如何では地球の中国と同じような歴史を辿った可能性はあるのだ。その中で発生した工芸品が似通うことだってなくはないだろう。実際、建築物の見た目なんかは酷似しているわけだし。

「いや、そのようなものは知らない。……しかし、道理で蕾のままだったのだな」

「ああ。だが咲くその瞬間が綺麗であるだけだから、労力に対して青清君から引き出せる興味が少ないと予想している。これが終わったらまたもう少し長く遊べる玩具を作るよ」

「いや……あの方にも花を愛でる感性はある。あるし、どちらかというとあの方は原理や仕組みの方へ興味を持つ。やじろべえもだが、一通り遊び終わったら自分で作ってみる、ということをしているほどだ」

「作る？　輝術でか？」

「お前の製法と同じかはわからないが、己が手で、だ」

へえ。そんな一面が。……でも流石に水中花……というか通草花は手ずからだと数日かかるから、細かい所は輝術に頼った方が良さそうだけど。

「そろそろ着く。基本的には顔を伏せて、私についてくるように。誰かが話しかけて来たとしても私が対処する」

「ありがたい」

至れり尽くせりだが、彼も彼とて必死なのだろう。

もし私がお貴族様に粗相を働いて手を怪我(けが)しようものなら、新たな退屈しのぎをさせられる人材を見つけに行かなければならない。……手は守ろう。うん。

音もなく、振動も無く……空飛ぶ馬車が地に車輪をつける。

そうして、何人かが近づいてくる気配があった。籠の窓が開き、私を冷たい顔が覗(のぞ)く。

「連絡を入れた通り、菊酒の酒瓶を貰(もら)いに来た」

「……お通りください」

「ああ」

無駄な文言はない。

そこから……今度はちゃんとごろごろと車輪が走る音。振動。でも馬の鳴き声はない。……もしかして馬車ではないのか、これ。

初めから輝術だけが動力で……みたいな。……わからんな。

「降りるぞ、祆蘭(シェンラン)」

「はい」

降りる。

降りる、と……おお。なんというか。あー……異国情緒？　いや生まれた国なんだけど。

理路整然とした……宮殿。宮廷、か。

袖を合わせ、顔を伏せ、進史さんの後だけを追う。道順を覚えられる気はしない。全部が全部同じ建物に見えるのに、基礎しか見えないから余計に覚えられない。

「お？　おおお！　進史！　進史ではないか！」

顔を伏せた私の耳に入るは、大声と、どたどたのしのしと近寄ってくる足音。大男だな。膝から下の長さを見るに、身長は百八十か百九十はあるだろう。音から察するに、体重は七十から八十、いや九十……。上半身は窺い知れないが、下半身だけでも相当に鍛えられていることがわかる。

「勠瞬か。すまない、久方ぶりの語らいに付き合いたいのは山々だが、仕事が——」

「なんだ堅苦しい、俺とお前の仲だろう！　そうだ、もう少しで墓祭りだ、第七十一期生で集まって、皆で花街に繰り出さんか？」

墓祭り。

……お貴族様も行くのか、アレ。てっきり平民の祭りだとばかり。

だってお貴族様が来たら冷えるだろう、折角の祭りの雰囲気も。……変装するとか？

「ん？　……そっちのちまっこいのは……下女か？　いや……ふむ。ふむふむ。……——お前の手付きどわぁっ⁉」

ガン、という硬い音がした。

もしかして殴った？　というか殴り飛ばした？　声が遠のいて行ったけど。……え、そういうレベルのファンタジー戦闘なの、この世界って。野犬や野盗を相手取ったことはあるけれど、殴りで大男をぶっ飛ばせるようなのとは……ああ、輝術か。

そう簡単に使っていいものなの？　なんかルールとかないのか。怖いな。

「仕事だと言っているだろう。昔からだが、話を聞かないだけでなく、自分だけで突っ走るのはやめろ。……行くぞ、祆蘭。この男に付き合っていると日が暮れる」

「はい」

触らぬ神に祟(たた)りなし。虎穴に入って虎子を得たって、私には使い道が無いからな。

歩く。

会話はない。無いのが正しいのだろう。どこに耳があるともわからないから、私の丁寧語かっこわらいを聞かれてはコトだ。

にしてはさっきの効瞬という男も私とそう大して変わらない言葉遣いだったようにも思うけど……まぁ親しい故か。小事を大事に当てはめてはいけない。進史さん側も些(いささ)か砕けた口調だったし、友人間ではお貴族様とて砕けた言葉を使うのかな。

しかし。

……思ったより、飛んでいる人間が少ないというか。建造物も全体的に平たいように見える。伏せた視界から見えるものは数少ないけれど、あまりファンタジーな光景ではないというか。

もしかして、とは思っていたけど、涼しい顔で浮遊できるのは青宮城に勤められる一握りのエリートだけ、だったりするのか。普通のお貴族様は使えはしても浮くのは難しい、みたいな？

「あと半分ほどだが、疲れてはいないか？」

「問題ありません」

「そうか」

広いな。これでも結構歩いたつもりだったのだけど。ただまぁこの程度でスタミナ切れするほど柔じゃない。田舎娘（いなかむすめ）を舐（な）めるな。体力は有り余っているぞ。

……最近ずっと引きこもっていたから、多少は落ちているかもしれないけれど。

恐ろしい話だ。仕事の重要性は理解したが、この生活を一年続けたら……放り出される頃には私は歩けなくなっているんじゃないか？

やっぱり城内探索を含む日々の運動はすべきだな。

「あれ……進史？　……に、下女……じゃないな。大工見習い……？」

「周遠（チョウユエン）か。……まぁお前ならいいが」

「私ならいい、とは？　……いや、わかった。劾瞬だな、進史にそんな顔をさせるのは」

「正しい理解だ」

また知り合いか。

いや、青宮城勤めになる前は進史さんも青宮廷で働いていたのかな？　だから知り合いも多い、という感じなんだろう。さっき第七十一期がどうとか言っていたし、同時期に登廷した同期とかそんな話だろう。

「ハハハ……劾瞬はいつまで経ってもあの様子だからなぁ。面倒見は良いから、後進には慕われているのだが」

「あいつが？　……私が院を出てからの話はほとんど知らないが、そうか……上手くやれているのなら何よりだ」

「皆上手くやっているよ。勿論（もちろん）進史が一番の出世頭なのは間違いないけれどね」

ああ、やっぱり。そういう感じか。

よくよく考えずとも青清君お付きの人、って普通に最高エリートなのでは？　しかも女性の青清君が男性の進史さんを側に置いているんだ、その信頼度が窺えるというか。幼いころから共にあった、とかでないのにその立場というのなら、それはもう血の滲むような努力があったのだろう。

「彼女のことは聞いても良いのかな？」

「どちらのことだ。あの方か？」

「まさか。あの方の話を聞いても私達には理解できないよ。私が聞きたいのは、君の後ろにいる可愛らしいお嬢さんのことだ」

「あの方のお気に入り、だ」

「っと……なるほど。ということは、君が降りて来たのもその関係か。であれば引き留めてはいけないね。うん、会えて良かったよ、進史。また……もし暇ができれば、積もり積もった話でもしよう」

気遣いの出来る人だし、察しも良い。

進史さんが「お前ならいい」と言った理由が分かった。

「いや、急ぎの用が無いのならお前もついてきてほしい」

「え？」

「少し聞きたいことがある。私達は酒蔵へ向かうのだが、どうだ」

「あ、ああ。構わないよ。……しかし、嬉しいな。進史が私達を頼るなんて。ハハハ、これは皆への自慢話が一つできたね」

だいたい関係性が分かった。同期の中でも頭抜けて有能だった進史さんと、孤立しがちな彼を、けれど支えていた同期……みたいな。進史さんは皆を頼りはしなかったのだろうが、信頼はある、っぽい？　アレだな、「人に歴史あり」。

歩く。それなりの数のお貴族様が行き来する青宮廷の道を、ただひたすらに。巨大ではあるものの複雑ではなく、完全に碁盤の目のような区画整理がなされているおかげで迷うことはなさそう……だけど、そのせいで道が果てしなく広く、そして長大に感じられる。

道の向こうが白く霞むほどの距離を、進史さん達に離されないよう、そして彼らを見失わないよう懸命に追い縋る。……友人と話しているからか、進史さんも歩く速度が男性のそれに戻っているからか、子供の身体では追いつくことだけで精一杯なのだ。

「それで、聞きたいことというのは？」

「ここ数日、宮廷内に鬼がいないかを精査した。お前もそれに参加していただろう？」

「ああ、勿論」

「それそのものの報告は上がっているが、同時に幾つか気になるものも上がっていてな。最近、幽鬼の目撃例が多い、というのは本当か？」

「それは、確かにそうだね。昼夜問わず幽鬼の目撃例は増加している。ただ被害例はほとんど出ていない。どれもこれもが無害な幽鬼であると判断されて、討伐がし切れていない状況だよ」

へえ。……無害な幽鬼、か。まぁ蜂花も一応ソレ、か。別に何かをされたわけではないし。桃湯は……幽鬼ではなく鬼か。

そうか、そう考えると害のある幽鬼に出会ったことないな、私。

「どこに多く出る、などの情報はあるか？」

「今のところ規則性は見つけられていないかな……。ただ、内廷にも出ているからね。気は休まらない状態だよ」

「調査は滞っている、か」

「うん。私達は内廷に入れないし、今は大事な時期だからね……」

私にできることはない。私は進史さんから離れられないし、平時においても青宮廷へ一人来る、なんてことはできない。

だからこの会話を聞く意味は無いのだけど……目撃例が増えている、というのと鬼が青宮城にいた、というのは……どう考えても関連性あるよなぁ。

「……参考になった。礼を言う、周遠」

「こんなことでいいなら、いつでも聞いてきてほしい。……あ、そうだ。関係あるかどうかはわからないけれど、鬼の捜索中の話でね。内廷で突然輝術を使うことができなくなった宮女、という噂話が上がっていた。気になるなら医院を訪ねてみると良いよ」

「なぜ医院なのだ？　輝術関係なら、輝霊院だろう」

「一応は病として診断されたからさ。……さて、酒蔵はもう目の前だ。私はこの辺りで失礼するよ。……お嬢さん、大役に緊張しているかもしれないけれど、あの方のお気に入りになれた、というのはそれだけで凄い事だ。自信を持ってね」

そんなことを言って、周遠さんは去って行った。

……それ逆にプレッシャー与えると思うんだけど、多分善意なんだろうなぁ。

とまぁ。

色々あったけど、酒蔵到着である。

3

強い酒気に思わず顔を顰(しか)める。毒だと思って一切飲んでこなかったから、体質関係なしに酒気には弱い。けれど、酒蔵を目前にするまで酒気を覚えなかったあたり、それも輝術で抑え込んでいるのだろうか。防臭、あるいは消臭の魔法とは、なんとも日常的なファンタジーだことで。

「おお、いらっしゃいましたか」

「すまない、少し遅れた」

「いえいえ、あの方の付き人とあらば……ああいえ、なんでもありません」

そうだね。おじさん、あなたは今とても失礼なことを言いかけたね。

でも、青宮廷でもそういう認識なのか。いやはや。

「それで、菊酒の酒瓶でしたね。様々な大きさのもの、というご注文でしたので、この通り並べてあります」

「ありがたい。祆蘭、どれが最適だ。選べ」

「はい」

いつものような「選んでくれ」みたいな言葉遣いはしない。あくまで命令口調だ。

色々あるらしい。私にはわからない世間体や体裁が。……顔は流石に上げて良い、よな？

凝る首を無視して、並べられた瓶を見る。口の広いもの、逆三角形のもの、ただただ長細いものや逆に金魚鉢みたいなサイズのもの。他、奇抜な形状の瓶をこれでもかと集めた酒瓶見本市。

……さて、まぁ水中花用の瓶は一目で決まったけど……このちっちゃいのも欲しいなぁ。

別の工作に使いたい。硝子瓶なんて何個あってもいいんだから。

しかし、なんという透明度。なんという光沢。この純度の硝子は、流石お貴族様の……。

違う。

「進史様！」

「どうし」

酒蔵のおじさんと進史さんに体当たりをして、酒蔵内に倒れ込む。不敬極まりないのは重々承知だけど——そんなことを言っている場合ではない。

腰のトンカチを抜いて、正眼に構える。

光だ。

光……に、包まれた——勘違いでなければ、これは。

「幽鬼!?」

「……」

なんて穏やかな顔だ。だからこそ気味が悪い。その身体についた傷、先端の切られている舌、青白い肌。痩せこけた顔や肌。女性ではあるが、身体的特徴が無ければそうだと認識できないほどに健康状態が悪そうだ。

そして……今にもこちらへ飛び掛からんとしている姿勢。

——来る。

「——！」

と思った瞬間、幽鬼がまるで引き千切られるかのようにして……消える。消えた。

「っ、逃がした！　……輝霊院、菊酒の酒蔵前に幽鬼だ！　害がある！」

「追いますか？」

「お前が追って何になる。……安心しろ、青宮廷の兵士は優秀だ」

確かに。私が追って何になる、はそうだ。というか追えない。私には消えたように見えたし。

あ、それより。

「……失礼いたしました」

「いや……助かった。蔵主、無事か？」

「あ、ああ……怪我はありません。それより、お嬢さんは」

「私もなんともありません。ただ……酒瓶が」

何の恨みがあったのかは知らないが、並べられていた酒瓶は全て粉々に砕けている。

「ああ、これは危ないね……片付けよう。大丈夫、まだ瓶はあるから」

硝子片が移動する。浮かび上がる、ほどではない。全てが隅に集められるという感じだ。やっぱり物を浮かせるのは高等技術なのかな。

……昼夜問わず出る、と聞いてはいたけど。

まさかその日のうちに遭遇して、しかも襲われる側に回ろうとは。

その後、酒瓶を選び……欲しがっていたのがバレたのか、もう一つの小さな瓶も貰って、私達は帰路についた。

空飛ぶ馬車の中。

「あの幽鬼によく気付けたな。私達は接近にさえ気付いていなかったというのに」

「酒瓶に映る光が太陽光の反射とは違うと直感的に判断しただけだ。……それよりこれは……私が招いた事件、ということはないよな？」

「なぜそう思う？」

「鬼は私の魂を欲していた。幽鬼も同じなのではないか？」

「……わからない。幽鬼も鬼も、定説があるだけでどういう生態をしているのかを完全に理解できているわけではない。ただ、確かにお前が来てから立て続けの幽鬼事件……に見えるだろうが、お前のいないところでも幽鬼に纏(まつ)わる事件は起きている。あまり気にしないで良い」

自意識過剰、と。そりゃそうだ、これだけ広い場所で、私の周囲だけなはずがないか。

それで。

「進史様。私は単純だ。……だから、周遠様の言っていた輝術を使えなくなった宮女の噂とさっきの幽鬼に関連性があるような気がしてならない」

「機が重なっただけ、とは思えないか」

「疑うわけじゃない。ただ気がするだけだ。暇があれば調べてほしいと言いたいところだが、あんたかなり忙しいな？」

「忙しいことは確かだが、その程度を調べるのにそう時間は要さない。問題は宮女であるという部分だ。輝術の情報伝達も、内廷と外廷では繋げて良い相手が限られている。況してや妃の身の回りとなると……難航するだろうな」

あー。そういうのがあるのか。

というか、そうか。誰彼構わず話せるような……輝術ネットワークみたいなものが構築されていたら、女の園なんてあってないようなものだ。管理の出来ないネットワークなんて面倒くさいことしか思い浮かばない。

「何かわかったらお前に知らせる。それまで、あの方の相手を頼みたい」

「相手、って……。周遠様といい、あの酒蔵の蔵主といい、青清君の扱いがぞんざいすぎないか？　流石に不敬なんじゃ」

「青清君はそのような些事を気にしないし、面と向かって罵倒するでもなければ問題ない。どの道人の口に戸は立てられぬからな」

「それはそういう意味ではないように思うが……まぁ青清君が良いなら良いか」

本当のところがどうなのかは、彼女のみぞ知る、だけど。

4

して。

「おお、祆蘭。その大きな布は」

「新しい工作……まぁ工芸だな。進史様、これをこの机の上に置いてくれ」

「ああ。……よし。では、私はこれで」

「なんだ進史、お前は見て行かぬのか？」

「仕事が嵩んでおりますので。それでは」

私に瓶は重すぎるので、私の身体ごと進史さんに運んでもらっての青清君の部屋である。

待ちきれない、という色が見えている。……気に入ってくれたらいいのだけど。

白布を解き、中の瓶を取りだす。

初めから水を入れて行くのはどうか、と提案したら、進史さん曰く青清君自らが水を入れたがるだろうから、空の方が良い、そうで。

「瓶？　木の細工ではないのか」

「それはこっち。青清君、この瓶に水を満たして欲しい。特に特別なものでなくてもいい」

「ふむ？」

——光の粒が集まる。

瓶の口に集まったそこから……純度の高い水が放出され始めた。

それはなみなみと瓶を満たして行き、満杯の時点で止まる。水が零れることもなければ、どこかに跳ねたりもしていない。……無から有を生み出す、か。

「これで良いか？」

「ありがとう。では、これを沈める。ああ、手伝わなくていい。一番美しいのは横から見ている時だろうからな。そこで見ていろ」

壊れないように藁紙(わらがみ)で巻いて持ってきた通草花……別に通草で作っていないのでそうだというのはおかしいのだけど、そのクラフトフラワーを取りだして、慎重に瓶へと沈めていく。

うん、口径も葉を傷つけない広さだし、それでいて広すぎない。最適な瓶選びだったな。

ゆっくりと沈んでいく水中花。それが底面に達し、形が崩れないことを確認してから、蓋を閉める。

「おお」

反応。無論、通草紙片で作っていればもう少し早く開くものなのだけど、今回は材料が鉋屑(かんなくず)だからな。少しだけ開花は遅い。

でも——。

まるで、タイムラプスでも見ているかのように。

茎の捻(ねじ)れが解放されて、花弁がゆったりと水を切って。

鉋屑が水を吸って、その反りを緩やかにして。

透明度の高い瓶の、透明度の高い水の中で……青と白と紫のグラデーションを持つ水中花がゆっくりと開花する。

ふぅ。検証用の方で一度成功させているとはいえ、こっちが上手く行かない可能性もあったからな。上手く行ってよかった。

「これは……美しいな」

「大きな衝撃を与えなければ、百年は保つと言われて……保つだろうと予測される。もう一度開く様子を見たいなら、水から静かに取り出して、花弁を逆さに陰干ししろ。それでもう一度楽しめる」

「先ほど木の細工物である、とは言っていたな。これが木なのか……」

「製法を言うのは構わないが、あんたは解析を含めて楽しみたいのだろう？」

「ああ。……だが、まずとして美しい。これは数を作り得るものか？」

「時間はかかるが、製法さえ覚えれば誰でも作れる。……水に入れて開かせるものではなく、初めから開花しているものもあるし、瓶や中の水、花の色を変えればいくらでも楽しめるはずだ」

確か元々は祝い事とか酒の席とかで使われていたんだっけ？

……私が知っているのはクラフトワークとしての水中花だけだからなぁ。

ただ、青宮廷に降りた時に気付いたことだけど、造花をアクセサリーにしている女性はいくらか見受けられた。だから造花技術自体はあるのだろう。こういうギミック付きのものが発展しなかった、というだけで。……思うに輝術があるから細工にギミックをつけよう、とならないんだろうなぁ。

だって輝術の方が汎用性高いし。時間も少なくて済むし。

「時に、祆蘭。そなた、好きな色はあるか？」

「色？　……難しいことを聞くな。基本的に実用性重視だから、色味にこだわりはない。強いて言うなら……鈍色か？」

「それはなぜだ」

「工具は大体鈍色だからだ。鉄よりは光沢があるが、銀や鏡のように反射し過ぎるわけでもなく、金や白金のような高貴さもない。道具として最もそれらしい色合いだと思うよ」

「……そうか。それは……難しいな」

「？」

好きな色とか、好きな味とか、あんまりない。

甘いなら甘い方が良い。塩味があればそれでいい。酸味があったらアクセントとして良い。ただ、どの食材の何が好き、とかはあんまりない。美しいとか美味しいとかいう感性はあるけれど、こだわりがないというか……まぁ逆に言えば何でも好きなので便利な嗜好だと自分でも思っている。

同様に嫌いな色も味もない。酒は毒だと思っているが。

「と……そうだ。青宮廷で幽鬼に襲われた、と聞いた。無事か？」

「ああ、手に怪我はない」

「そういう話ではないと言っただろうに……。硝子の破片の近くに居たそうだが、足に怪我はないか？　少し見せてみろ。そなたは嘘を吐く可能性がある」

「……成程。進史様が、自分では確認するわけにはいかないから、と青清君に依頼したのか？　はぁ、あの人も中々律儀というかなんというか。ガキの素足なんざ、しかも怪我の確認なんざに配慮してどうする。ほら、怪我はない。これでいいか？」

スカートを捲って、足を晒す。

平時であればはしたないとは思うけど、医療行為の一環だろう。なら別に気にするべくもなかろう。

「……うむ、大丈夫そうだな。だが無理はするな。聞けば男二人を幽鬼から逃がし、一人前に立ったそうではないか。酒蔵主はともかく、進史は剣も輝術も達者だ。対してお前は子供で、輝術も持たぬのだから……危険が過ぎる」

「軽率だったことは認めるが、命の重要度で言えば尖兵(せんぺい)となるべきは私だろう。私と進史様を天秤(てんびん)にかけた時、どう考えても進史様に比重が傾く。……ああ、怒るな。別に自身の命を軽んじているわけじゃない。輝術は後方支援も得意とするのだろう？　後ろに居ては何もできない私と、どこにいてもなんでもできる進史様。駒の配置としては正しかろうさ」

それでも不満そうな青清君。

いやわかるよ、その気持ちは。私だって化け物を前に、九歳のガキが自分より前に出ていったら危なっかしくて見ていられない。

けど……ま、こればかりは性分だな。

「昔から近所のガキやら爺(じい)さん婆(ばあ)さんを守るのは私の役回りだったからな。こうなるのは癖のようなものだ。そう簡単には直らん」

「昔から？」

「ああ。水生(チーシン)は頻度こそ高くないが、野盗に襲われることが何度かあった。水生だけでなく、貧乏村というのは若いのが出稼ぎに行くからな。自然と老人と子供だけの村になる。いたとしても身籠った母親か、既に両親や番(つが)いを失くした片親くらいだ。あるいは病を抱えているもの、か。まぁそういうこともあって、金銭はほとんどないが食料を強奪するには持って来いなんだよ。そのために野盗が出ることがあった。同じ理由で野犬もな」

だから、そうなった時に大立ち回りをするのが私だ。

「人間というのは案外痛みに弱い。強い意志でも持っていなければ、ちょっと斬られた、ちょっと殴られたくらいで逃げ出すものだよ。斬った張ったを長時間続けていられる奴なんて数えるほどしかいない。だからこうして、右手にトンカチ、左手に鋸を持って襲い掛かれば、ある程度は追っ払えた。むしろ野犬の方が厄介だったな。奴らは空腹で狂乱状態に陥っているから、中々止まらない」

噛まれるのも基本的にアウトなので細心の注意を払わないといけないし。

動物の殺傷に関しては四の五の言ってられる環境じゃなかった。前世なら犬猫を殺すのは絶対あり得ないと言っていたけれど、今じゃ野犬や山猫は害獣にしか思えん。

「なるほど、それであの時殴りかかられんとしてきたわけか」

「気配が無かったからな。足音を立てて近づいて来てくれていたらもう少し穏便に対応できたが、あそこまで近づかれたのに気付けなかった時点で手練れと判断して、決死の覚悟をした……という次第だよ」

明末とおばさんを逃がす時間くらいは稼げるか、と思っていたらのアレだからなぁ。

……大丈夫かな、水生。私がいないと……戦える者、いなくないか。

「州君としては、各地に兵を派遣する、と言い切りたいところだが……すまぬ」

「ああ、あんたを責めているわけじゃないし、それも摂理だろう。水生だけがそうであるというわけでもない。これを解消しようとするなら、国の形から変えねばならん。それには足りぬ物と立ちはだかる物が多すぎるだろう」

人間だけが自然の摂理から逃れられると思ったら大間違い、という話だ。

「……まぁ、なんだ。興味があるなら貧乏村の話はしてやるぞ。多分、あんたの想像もつかない世界が広がっている。そういうところに面白みを見出すのもよかろうよ」

「ふふ、良いのか？　私が興味を持たば、気になって見に行ってしまうかもしれぬぞ？」

「案内はする。進史様には遠く及ばない護衛だが、刹那を稼ぐ程度には役立つさ」

進史さんはああ言っていたけれど、青清君をずっと鳥籠の鳥にしておくのも可哀想な話だ。

あるいは……もっと親しみやすい州君になれば。その方がずっとずっといい未来に見える。

その片棒程度なら、喜んで担ごう。……進史さんの気苦労を増やしてしまうけれど、最悪彼も抱き込む感じで。

「楽しみにしている」

「ああ」

私も。

第五話　光中花

1

寧暁(ニンシャオ)。歳は二十四。

青宮廷(シーキュウテイ)に住まう三妃のうちの一人、雪妃(セツヒ)のもとで働いていた宮女。痩せぎすであるという以外、これといって特徴は無い。

「あの幽鬼が、この女性なのか」

「ああ」

「死体は見つかったのか？　いや、幽鬼そのものの討伐は」

「前者は肯定だが、後者は否定だ」

「……それで、今朝(けさ)から私の部屋の周囲が物々しいわけか」

「気付いていたのか？」

「足音や衣擦(きぬず)れの音は輝術(きじゅつ)で消しているのかもしれないが、流石にこの人数が近くに居たら誰だって気付く。……また私が狙われるかもしれないから、か」

「そうなる」

寧暁の狙いがなんだったのかわからない以上、可能性のある者には全て護衛がついているらしい。蔵主にも、私にも。そして他の酒蔵にも。進史さんだけは自分で対処できるから不要らしいが。

「二度目になるが——どう思う？」

「まず、確認だ。輝術が使えなくなった宮女とこの女性は同一人物か？」

「ああ」

「第二に、死体は今どこに？　私が見に行っていいものか？」

「死体は青宮廷にあるが……見に行きたいのか？　抵抗は」

「無い。そんなもの、いくらでも転がっていた。相手は野盗だが、殺しをしたこともある」

「……そうか。わかった、手配しておく。それまでに他、何かないか」

そうだな。

死体を見れば私の今考えていることが大体わかりそうなものだけど……他にあるとしたら。

「死因はなんだ。また自殺か？」

「いや……。……あまり、快くない話だ」

「何を聞いても気分を害すほど私は他人に愛着を持ってはいない」

「……前に、成り済ました鬼がいないかを精査しただろう。その精査方法というのが、輝術に関するものだったのだ」

「輝術を使えるかどうか、か？」

「ああ。鬼や幽鬼は輝術を使うことはできない。勿論平民も使えないが、少なくとも内廷に平民はいない。外廷にはいるがな。だから、宮女を含めた内廷、外廷における貴族とされている者全てに輝術

を使わせた。そして、その時丁度

「輝術が使えなくなっていた宮女がいた、と。成程、鬼と見られてもおかしくはない。……それで、疑わしきは罰せよで殺されたのか」

「尋問……いや、拷問を受けたらしい。彼女は最後まで口を割らず、輝術も最後まで使えなかったそうだ。そして、牢に繋がれている内に……死した。自決なのか失血死、栄養失調か、その他の理由か。そこまではまだわかっていない」

つまりやり過ぎた、と。

まぁ時期が悪かったな。証拠が揃い過ぎていたとでも言うべきか。

「気になることはある。私はあの幽鬼と正面で対峙したが、舌が切断されていた。自分で噛み千切った、という感じではなかったから、誰かによって切られたのだろう。舌が無ければ上手く喋ることは敵わない。……拷問をするにしても、対象の口を封じる必要があるか？」

「ああ、それについては今調査中だ。尋問を行った者達が複数人いるから、その中で舌を斬り落としたものがいないかを調べている。私達もそのおかしさには気付いていたからな」

同時に……獄中死したにしては、顔が穏やか過ぎた。アレはなんだ？

「手配が整った。だが、今回は護衛が付く。仮に幽鬼が出ても、前のようなことはするなよ」

「ああ、わかっている」

さて。では、二度目の青宮廷である。

ぞろぞろと護衛の人達に囲まれての道程。流石にこの物々しさに話しかけてくる者は居らず、スムーズに霊安室……へと辿り着けた。尸體處、というらしい。

死体の入った棺。釘打ちがされているので、ここはトンカチの出番かと前に出ようとしたら、手で制された。管理の人がやるらしい。そりゃそうだ。

さて、死体とご対面である。進史さんも護衛の人も顔色一つ変えない。ま、幽鬼とはたくさん戦っているだろうから、慣れっこなのだろう。

第一印象は……傷が酷い。拷問、か。さぞかしつらかっただろうな。申し訳ないという気持ちはある。……同情ができるほど、私はあなたを知らない。

「進史様、お伺いしたいことが」

「ああ」

彼を呼びたてて、声を小さく問いをする。

「彼女の手指や足を見てください。宮女も洗濯などをするとは思いますが……傷の量が比でないと思いませんか？」

「確かに、そうだな。……それに、拷問で付いた傷ではないように見える」

「はい」

手足の傷は、全て擦り傷だ。無数の。鞭で打たれた蚯蚓腫れなどとは違う、これは日常で得た傷だろう。……うん、これは……私の当てずっぽうが当たっている気がする。

「進史様。宮女は自らを浮かせる輝術を使い得ますか？」

「ああ。その程度はできなければ、宮女にはなれない」

「であれば――この方、貴族ではなかったのでは？」

「!?」

え、そんなに驚くこと？　いつも通り「ああ、私もそれを考えていた」が返ってくると思っていたんだけど。

「この傷は、壁や木を登る時に付く傷です。自らを浮かせることのできる者がそんな傷をつけることはないでしょう。寧暁は輝術を使うことができなくなったのではなく、元から使えなかった、が正しいものであるかと」

「待て。……すぐに調査をさせる。この者の家族を洗う」

こめかみに指を当て、目を瞑る進史さん。

五十秒くらい、だろうか。進史さんは眉間に皺を寄せて……首を振った。

「お前の言う通りだ。今、寧暁の両親に詰問を行ったのだが、あっさりと自白したよ。子の流れてしまった彼らが、捨てられていた赤子を拾った。それが寧暁であり――自らの繋がりを使って、無理矢理彼女を宮女に仕立て上げたのだ、と」

「愛ゆえか家格ゆえかは知りませんが、嘘を吐かば全員が不幸になる好例ですね」

「……ああ」

さて。

であれば、彼女の狙いもわかる、というものだ。

「進史様。幽鬼となった彼女を誘き出す方法を考えつきました。護衛方々、あとはこっそりとついてきてくれている兵士さん含め、少し準備をしましょう」

「……幽鬼を誘き出す、か」

ん。そこまで変なこと言ったか？

2

顔を上げて見る青宮廷は広々としていて、初めに覚えた異国情緒がこれでもかと詰まっている。このような状況でなければ、そして平民という立場でなければすぐにでも観光したい景色だけど、今はやるべきことをやらなければならない。

人払いをした広場。その中心に真白の布を敷き、その上に砕いた硝子片(ガラスへん)を置く。

あとは私達が隠れたら——ほら。

どこからともなく、ぽーんと跳んで現れる幽鬼。青白い肌の女性……寧暁。

「ほ……本当に出た」

「進史様、交戦許可を」

「ああ。……祆蘭(シェンラン)？」

今にも討伐しに行こうとしている彼らを手で制し、立ち上がる。

こちらへ振り向く寧暁。彼女に向かって……ゆっくりと歩き出す。

「何をしている！」

「大丈夫。——諭します」

「あれは蜂花(フォンファ)とは違う！　害のある幽鬼だ！」

「ご安心ください。私には彼女の気持ちがわかるので」

近づく。一歩、また一歩と。

寧暁が逃げる気配は……無い。ただ、私を見つめている。

声を最小限に絞る。

「輝術に憧れていたのだろう」

「……！」

見開かれる目。揺れる瞳にあるのは、警戒心か、それとも……悔悟、か。

「今お前の纏っているその光がなんなのかは知らないし、硝子片などというただキラキラするだけのものを収集せんとする気持ちもあまり理解はできないが、周りが輝術を使い、光り輝く中で自分だけが……というのは、さぞかし苦しかったのだろうな」

そこには同情する。

親がどういう思いだったのかは知らない。愛されていたならそれはそれでだし、そうでないのだとしてもそれはそれで、だ。

だけど。

「幽鬼として現世に留まっていても、輝術は使えない。楽土に行ってもだ」

「……っ」

ぴくりと彼女の腕に力が入る。細くて白い、百合の花のような腕。

「そう怒るな。──私の魂に触れてみろ。それで、お前の悩みは解決する」

「……？」

「構わない。後ろの奴らがお前を害そうとするのであれば、私が盾になる。──輝術で消し飛ばされるのがお前の本望であるのはわかっているさ。せめて憧れの輝術で消されたいのだろう？　だが、それでは楽土には行けないし、そうではない場所にも行けない。——だから見ろ。私の魂を。可能性を」

もう一歩、近づく。

背後から風圧。意味があるかは知らないが、風圧と寧暁を結ぶコースにトンカチで打撃を入れつつ、寧暁を庇うような立ち位置に入る。

「寧暁。来い。私はお前を受け止める」

彼女が恐る恐る、何かに縋るような目で……私に、重なる。

そして。

「……？」

「ああ。本当だ。私はそうしてここにいる。……何度繰り返さねばならないかは知らないが——それは存在するんだ」

「……。……！　……」

「唇を読むことでしかお前の声を聞けないことを許せ。……感謝をしたい。両親に。……私に？　これで合っているか？　……謝りたい。それもわかった。伝わった」

声が聞こえないからなんだ。視線の泳ぎ、表情の強張り、口の形で大体わかる。

ああ、背後からの風圧がうるさいな。

黙っていてくれよ。

「……」

「行くのか。――願っている。次こそは、そうなれるように。そして……お前の両親が生きていたら、どんな顔をされてもいい、会いに行ってやれ」

「……！」

頷いて。そして、ふわり、と。

寧暁が消えていく。満足したというか、決心がついたというか。

次を求めて、寧暁はこの世を離れる決意をしたのだ。

「――最後に。お前の舌を斬ったのは、鬼だな？」

「……」

光の粒となって消える……その間際に。こくりと、もう一度頷く寧暁。ああ、ありがとう。

そうして、寧暁は完全に消えた。

振り返れば……何か、戦慄しているような表情の皆様方。

「進史様」

「あ……ああ、なんだ」

「あなただけこちらに。他の方は待機をお願いいたします」

言われずとも近づかない、という雰囲気を感じ取りながら、進史さんを呼びたてる。

彼は……私を恐れていない。ま、一度説明しているしな。

「身体はなんともない、のか？」

「はい。それより、鬼の位置が割れました」

「……！　私だけを呼んだ、ということは……まさか、あの中に？」

「それはわかりません。ですが、慎重な行動を。寧暁曰く、彼女の舌を斬り落とした者が鬼であるようです」

「尋問官か。……わかった。走らせる。包囲網を形成する」

戦慄していた皆様方も、ピク、ピクと顔を上げ……どこかへ去っていく。進史さんから命令があったのだろう。ただし護衛方々は消えない。

……そうか、そっちが囮で、私が狙い、という可能性もゼロじゃないからか。

「帰るぞ」

「え？　ああ、はい。……鬼は良いのですか？」

「お前にできることはない。それとも、鬼まで諭すとでもいうのか？」

ん。……あれ、怒っているのかな、コレ。

大丈夫です、って断り入れたはずだけど。前のようなことはするなよ、って何の説明もせずに前に立つことじゃないのか？

なんにせよ素直に従おう。私にできることがないのは事実だし。

空飛ぶ馬車の中で。

「……宮廷内に平民をねじ込んだのは、死罪か？」

「そこまでは行かないが、貴族という身分は剥奪されるだろう。ただ、獄中死はこちらの落ち度だし、彼女が貴族ではない、というのが発覚したのも獄中死が発端と言ってしまえる。……どこがいつ揉み消しを行うのかまではわからないが、死罪ほど広くに知られるようなことにはならないはずだ」

「成程。天秤か」

「ああ」

どちらの不祥事の方が大きいか、という話だ。魔女狩り裁判の危険性……もあるし、尋問官の中に鬼、というのも不祥事だろうし。比重がどちらに傾くか、だな。

「寧暁の家族に同情しているのか？」

「いや、そこまで情感豊かな性格ではない」

生まれ変わって、生きていたら会いに行け、と言ったのに……その両親が死罪になっていた、なんて、流石に悲しすぎる。今度こそ鬼になって私を殺しに来かねんしな。生きていてくれるのなら、その両親が老いても、ギリギリ間に合うかもしれないだろう。

「獄中花……というよりは、光中花かね」

輝術に包まれて死にたい、など。

……彼女を覆っていた光は輝術では無さそうだったし、アレが鬼の仕業という可能性はある。だが……何のメリットがあるんだろう。寧暁を幽鬼にして、青宮廷を混乱させることが目的？

それとも何か、別の。

「幽鬼の。……言葉が聞こえる、というわけでは、ないのだな？」

「ん？　ああ、あれは唇を読んだだけだ。声が聞こえるわけじゃない」

「そうか。どこで会得した技術だ」

「独学だ」

むしろまともに勉強していないからこそ、だろうなぁ。

他者が発話するのを見て言語学習をした私にとって、唇の動きから何が発話されているのかを察するのは最早特技と言っていいレベルだ。これで普通に言葉を習っていたら、逆に分からなかっただろう。先生である野盗と酒飲み爺（ジイ）に感謝だな。

私の脳内言語は未だに日本語である。発話されている音をリスニングして、口の形からある程度の意味を解釈して、そうして会話をしている。

子供の脳は吸収が早い、なんて言うけれど、何十年と染みついた言語がそう簡単に離れるわけもなく。あるいは生まれた時からずっと家族と共にいた、とかならわからんでもないが、水生（チーシン）は閑散としていたからな。一人の時間も多かった分、日本語で考える癖を抜き切れなかった。

「輝術も使えないのに幽鬼を祓（はら）い、独学で唇を読むに至るガキ。怪しく思うなら放り出せよ」

「……そう悪ぶる必要はない。だが……初めて会った時の剣気や、兵の一人が先走って寧暁に攻撃してしまった時の……あの威圧感。私はお前が只者（ただもの）であるとは思えなくなってきたのだ」

「只者でなければ、なんだ。化け物か？」

「……」

威圧感ってなんだ。会った時も言っていたけど、剣気ってなんだ。

そんなものが出ているのか私。

「私は……昔、お前と似た威圧を放つ者と対峙したことがある。どうにもその影が脳裏をよぎって……いや、忘れろ。おかしなことを言った」

「青清君か？」

「!?　……なぜわかった」

「さてな。文脈を見れば、どこぞの剣客か、あるいは帝か。そういった類の物にも聞こえなくはないが……わざわざ青清君から思考を外させるような言葉選びをしたから、そうなんじゃないかと直感的に思っただけだよ。しかし、あんた青清君と対峙したのか？」

「いや、初めてあの方にお会いした時の話だ。……存在からして私とは違う。それを魂の根本に叩きこまれたような威圧が、あの方にはあった。……今はただの駄々っ子にしか見えんが」

「仲良くなったのだと、気を許したのだと思えばいいさ」

「お前は許していないのか？」

「当然だろう。水生から私を攫った時点で反感はあった。仕事をくれと強請ってもくれないし、死の危険は全く以て〝場合によって〟、ではないし。未だ輝術に対抗できる手段も見つかっていないからな、気を許す理由が見当たらん」

　輝術。発生も原理もどこまでできるのかも全く分からない技術。

　血筋で変わるというのなら、私にとってはお貴族様とて幽鬼や鬼と変わらない、別種族……化け物に思える。

　むしろ明確な意思を持つ分、危険が過ぎるというものだろう。

「そう、か」

「落ち込む要素があったか？　別に嫌いと言っているわけじゃない。加えて、あんたらにとっては私なぞ一年契約の使い捨て雇用だろう。一年と経たずして私が面白いものを思いつけなくなったら終わり。爺さん達との借用契約も、そんなもの踏み倒してしまえばいいわけだしな」

「そういう悪ぶった言葉は……私には良いが、青清君には言うな。あの方は……傷ついてしまう」

「ご命令とあらば、だが……良く考えろ。私達はまだ会ってひと月と経っていない。初対面から一歩踏み出したくらいの関係性だ。それともなんだ、人類皆兄弟で、同じ釜の飯を食えば腹の底が知れるとでもいうのか?」

「……いや。そういえば……私も、そこまで人との距離を詰めるのが得意ではなかったな。……本当に済まない。余計なことを言った」

本当に余計なことだと思うよ。

だって、進史さん。その言い分だと……。

私が、青清君と同じような存在、と言っているようなものだから。

3

数日後。

無事、尋問官に紛れていた鬼は退治され、厳戒態勢が解かれた。

寧暁が狙っていたものはキラキラしたものであって私ではない、というのも懇切丁寧に説明し、護衛の人がつくこともなくなった……ということはなく。

二人、いる。四六時中。私が一層目の探索をしている時も、ずっと。

良いのかそれでエリート。卑賤(ひせん)の身の護衛なんざをするためにこの城勤めになったわけじゃないだろうに。どうせならこっちに来てくれないものか。本当に危険を覚えた時、名前を呼べないと不便だから自己紹介くらいしてほしいものだけど。

……ちょっと撒いてみるか？

角を曲がり、前々からやろうとしていた二層目への侵入……上階の廊下の縁を掴んで逆上がりの要領で身体を持ち上げ、途中で手を離し、その勢いで身体を二層目へと到達させる、というやつをやる。

これが浮かばずとも階段の無いこの城を登る手段。

さて。

「お転婆が過ぎる……。こら、小祆。大人を困らせないの！」

身を屈めて護衛の人を窺おうとしたら、首根を掴まれて持ち上げられた。護衛の人に。

あ、あれ。

「こちら二層測量室夜雀。小祆……祆蘭を発見。あとはお任せくださーい」

……ん？　違う。服装は似ているけど、いつもいる護衛の人じゃない。

けど……同時に、青宮廷に降りた時にいた護衛の人ではある。活発そうな雰囲気の、色味が明るい……陽だまりのような、たんぽぽのようなイメージを抱く女性。年の頃は多分十七とか十八とかだと思う。一番小柄な女性だったから、覚えている……と思う。もう一人小柄な女性がいたはずだけど、そっちじゃない。

「それで、小祆。なんでこんな危ないことしたの？　一層の護衛に悪戯するため？」

「……」

まぁ護衛は護衛でもお貴族様なので、一応顔を伏せて無言。

にしていたら、「おーい」とか「もしかして聞こえてないー？」とか言いながら私をシェイクし始めた。

こ、この人容赦がない！

「……もしかして私のこと偉い人だと思ってる？　だったら安心して。私は最下級も最下級な貴族だから」

「……」

「何か喋らないとこのまま湯浴み場に連れて行きまーす」

「……」

「……あ、わかった！　発言を許可します。これでいい？」

「……まぁ、あなたが私に対して気さくに接してくれるのはわかりましたが、廊下だと人目に付きすぎるのでどこかの部屋に入りませんか、とだけ」

「あ！　そういうことか！」

はい。

敬語を使えない私は廊下では極力喋らないようにしているのです。万一があると面倒なので。

というわけで、夜雀さんに連れられて入ったのは……地図がたくさんある二層の部屋。

「ここは測量室、って言ってね。私の勤め先！　仮の、だけどね」

「はあ」

仮の。つまり、護衛任務をするにあたって必要だった身分か。

にしては……他に誰もいない？

「今はみんな測量に行ってるから、私と小袄だけなの」

「……自ら測量に行くのですか？　青宮廷からの情報を取りまとめるのではなく？」

「青宮廷には青宮廷の測量室があるよ～。ここの測量室が測ってるのは、雲の上の気象情報だから。風向きとかそういうの！」

ああ、そうか。毎回忘れるな。ここ雲の上なんだった。だから下の測量結果なんか関係ないんだ、ここには。完全に独立している……のか、あるいは下に落としている可能性もあるな、データを。台風とかは空からの方が見やすいだろうし。

「そ・れ・で。なんで一層の二人を撒くようなことしたのか、話してくれるかな～？」

「狙い通り、といいますか。いざという時に名前を呼べないと困るのと、隠れる気があるんだかないんだかわからない隠れ方なので、いっそ出て来て堂々と護衛してくれた方が楽だな、と思いまして、炙り出そうとした所存にございます」

「あははっ！　辛辣～！」

え、どこが？

「私達、本気で隠れてたつもりなんだけどね～。小袄には丸わかりだったか～」

「ああ……それは申し訳ないことを言いました」

「いいのいいの、それはこっちの練度不足だし。でも、そう言うってことは、私達と仲良くなりたい、って思ってくれてるんだね？」

「その方が都合いい、とは」

「正直！　でもそこが良い！　ってわけで、あとで二人からもあるかもだけど、先に紹介しておくね。一層の二人は、背の高い方が新空(シンコン)、低い方が晴木(チンムー)。二層は私、夜雀と祭唄(ジーベイ)って子だよ」

「ありがとうございます。多分覚えました」

呼びかけることはないに越したことはないけれど、覚えておいて損はない。

それで。

「夜雀様は、なぜあんなにも早く私を見つけられたのですか？」

「可愛いから！」

……？

「もう少し詳しく説明をいただけると……」

「私達護衛は、測量室とか他の部屋に配属こそされているけれど、本懐は護衛。だから二層担当でも三層担当でも常に小祆のことを気にかけてるの。その中でも私は常日頃から小祆のことを追いかけてて……だから小祆が一層の二人を撒いたのもちゃんと見てたし、どうやって上がって来たのかも見てたからすぐに駆け付けることができた、ってわけ」

「なる、ほど？」

つまり危険な人でよろしいか？

「でも、さっきの身のこなしといい、この前の威圧といい……小祆は将来私の同僚になったりして！」

「いえ、私は貴族ではないので。輝術も使えませんし、一年でこの城去りますし」

「使えなくたって問題ないよ～！　だって青宮廷の精鋭輝術師が総出で追いかけまわして祓うことも

捕まえることもできなかった幽鬼を、誘き寄せて、さらに諭して祓う、なんて……頭脳としても、特別性としても、そして可愛さとしても！　問・題・無し！」

テンションの高い人だな。

あと頭脳は関係ない。寧暁の件は、私が輝術を使えないからわかったことだし。

「えっと……そんなに騒いで大丈夫なのですか？」

「大丈夫！　というか、気付いてないの？　このお城静か過ぎるでしょ？　でも一つ一つの部屋で毎日会議とか仕事が行われてる。つーまーりー？」

「輝術で音を消している、と」

「そういうこと～！」

だとしたら……現状は危険だな。

この人が鬼でない、という確証を私は持てないわけだし。

「夜雀様」

「ん、なに？」

「夜雀様は、輝術で水を生みだしたり、木を作り出したり、ということはできるのですか？」

「無理無理！　そんなのできるのは帝とか州君とか、あとその付き人くらいのものだよ。私達とは格が違うからね～」

「身体を浮かせることは？」

「それは勿論できる、っていうか、それができないとこの城には上がって来られないよ。私達要人護衛の中にもできる人とできない人がいて、小祆の護衛に来たのはできる人だけだから」

「……いいのですか？　言っては何ですけど、青宮城（シーキュウジョウ）より青宮廷の方が要人は多いんじゃ」

「ん～、人数はそうだけど、優先度はこっちかな？　小祆は青清君のお気に入りだから、あなたが損なわれることは青州（シーシュウ）の危機！　進史様からそう聞いてない？」

「ああ、共通認識なんですね」

「そりゃね～」

そりゃね～、なんだ。

さて、どうするか。

輝術を使ってください、は……藪蛇（やぶへび）か？　今私の武装はトンカチだけ。防音された部屋の中で、足音に気付けなかったような相手とどこまでやれる。

「夜雀、警戒されている」

新手──。

ガギン、と。

トンカチが……刃に受け止められた。

「あ、祭唄！　って、小祆に何をしてるの!?」

「見てなかったの？　殴りかかって来たのはこの子」

……もう一人の、小さな護衛の人。夜雀さんがたんぽぽなら、この人はすみれ。全体的に暗い色味の、けれど凄（すご）みなんかは感じない、静かそうな人。こちらも歳は十六か十七くらい。

この二人が鬼ならもう終わりだけど……さて、力を抜くべきか、抜かざるべきか。

「夜雀。そこの筆、浮かせて」

「へ？　なんで？」

「いいから」

祭唄さんの言葉に従って、夜雀さんが棚に置いてあった筆を手に取り、それを……浮かせる。

細かいけれど、確かに光の粒がついているように見える。

「私はこっち」

と、祭唄さんは祭唄さんで鎖のようなものを浮かせて見せて来た。

「納得した？　したなら、力を抜いて」

「……」

「……？　なぜ力を抜かない？　今私達は輝術を使えるという証明をした。鬼ではない」

「あ、警戒されてるってそういうこと!?　そうだよー、私達は鬼じゃないよ！　大丈夫！」

やはり輝術は恐ろしい。

わからない。光の粒がついていたら輝術なのか？　けれど寧暁の幽鬼も光を纏っていた。このもう一人の人の輝術には粒がない。

わかっている。今、私は疑心暗鬼だ。突然増えた周囲の人間に戸惑っている。護衛を層ごとに分ける理由はあるか？　可愛いから、なんて理由で私を四六時中監視するのは納得がいくか？　私が夜雀さんを疑っている状況で祭唄さんが入ってくる、なんて偶然はあり得るのか？

気配がもう一つ増える。

「はぁ……。お前達にはまず、平民との接し方を学ばせる必要がありそうだな」

「っ!?　——進史様、失礼を」

「わ、わ、進史様⁉　ごごごっ、ご機嫌麗しゅう！」

進史さんだ。……でも。

「祆蘭。その二人は鬼じゃない。私が保証する」

「進史様が、成り済まされた鬼ではない、という証拠は？」

「これでいいか？」

光が集まる。そこから……以前作ったバランスバードが出て来た。それを指に乗せる進史さん。

……ふぅ。力を抜く。

「あ、危ない。突然力を抜かないで」

「……事前に説明しておいた方が、お前にとっては気楽か」

「はい。生憎と輝術を使えぬ卑賤の身。相手が鬼かヒトか、幽鬼かどうかも判別できませんので」

「そして、楽器を扱う鬼との遭遇経験のせいで、相手の使っているものが輝術なのかどうかもわからなくなっている、と」

「……そういうことか。わかっていなかった」

「もしかして怖がらせちゃってた⁉　ごめんね小祆！」

いや、悪いのは私だ。余計な仕事を増やしている。

けど……。

「それと、堅苦しいだろう。その二人……というか護衛の前では口調を崩していい。今、要人護衛全員にそれを共有した。よって、お前の精一杯の丁寧語に違和を持たぬ者は鬼と判断しろ」

「……気休めだが、それが最大限か。輝術で作れないのか？　人か幽鬼か鬼かを判断する眼鏡、とか」

「そんなものを作り得るのなら、私達は鬼の精査などしていない」

「確かにそうか」

厄介だな。幽鬼は触れ得ぬし喋らない上に雰囲気が明らかに常世のものではないからわかるけど、鬼は完璧になりすませる、なんて。

……青清君のこと、何やら帝と妃が大事な時期らしいこと、私の重要性、護衛、鬼。

やめろやめろ、私は素人なんだ。物事を増やすな。単純な思考に浸らせろ。

「小祆……？　し、進史様、小祆の雰囲気が、何か……」

「これが彼女の素だ。なんだ、想像とは違ったか？」

「何か……これはこれで可愛い!!　祭唄と同じ方向の、でも似て非なる可愛さ!!」

あ、この人無敵だ。

まぁ。ええと。

「改めて、祆蘭だ。尊大に聞こえるだろうが偉ぶるつもりはない。学が無いだけだ。——平民の護衛などのために手に入れた強さではなかろうが、一年の辛抱を頼むよ」

「よろしくね、小祆！」

「よろしく。でも、学が無いは絶対に嘘」

無いから普通に喋れないいんだよ。

第六話　おきあがりこぼし

1

一層目にはこの城全体の生活に関わる機能を持つ部屋が、二層目にはこの城を成り立たせるための機能を持つ部屋が集まっている、らしい。

気象の測量、各層における管理情報、幽鬼対策に纏(まつ)わる作戦本部もここにあるという話だけど、そういうのはどちらかというと青宮廷(シーキュウテイ)がメインで、青宮城(シーキュウジョウ)にあるものは形としてのものなのだとか。

「ここ、二層目の説明はこんな感じだけど、大丈夫？　何かわからない事とかあった？」

「痛感したのは、やはり文字が読めないのは痛い、ということだな」

「あー……」

恐らく室名だろう文字が扉の上にあっても、それを読むことができない。だから覚えたつもりの知識の確認ができない。

どの道入ることはないので構いやしないのだが、耳で覚えて目で反復し、書いて刷り込むのが勉学だ。……これがなかなかどうして難しい。

日本語と文法が違い過ぎて何も頭に入ってこない。暇だから語学の勉強も合間合間にしているが……恥ずかしながら、芳しくない。

「まぁ、大丈夫！　いつでも私達がそばにいてあげられるし！」

「ありがたいとは思っているよ」

「それに、小祆（シャオシエン）は算学はできるから、大人になるにつれて覚えられるよ」

算学。まぁ、文字こそ違えど数というのは不変だ。ゼロの概念も既にあるので、水準はそう大して変わらない。

変わることがあるとしたら、やはり文字が違うので計算ミスが多発することくらいか。九歳にしては凄（すご）い、と言われたけれど、この程度だと突きつけられているのは理解した。

「……何の脈絡もない話をするが、構わないか？」

「うん。なんでも話して？」

「夜雀（イエチュエ）様と祭唄（ジーベイ）様は、貴族……なのだよな」

「あ、うん。私は最下級で、祭唄は中くらいかな？」

「なぜ護衛などをしている？　……私は無学だから、宮中におけるそういった……なんだ、貴族の習わしなどはわからない。だが、先入観として荒事は男性の仕事である、という認識がある。事実青宮廷の兵士や、青宮城の守衛は全員男性だろう？」

「んー……身も蓋もないことを言っちゃうと、結婚したくなかったから、かな？」

へえ。夜雀さんは快活で明るくて、誰とでも仲良くなれるタイプ……だからこそ、結婚願望も強そうだと勝手に思っていたけれど、違うのか。

「私ね、女の子が好きなの。だから、政の道具になる前に、青宮城の道具になった、って感じかなー」

「他人の嗜好に口を挟むつもりは無いが、なろうと思ってなれるものなのか？　親の反対などは」

「いっぱいあったよ。でも実力で黙らせた！」

「……成程」

剣の腕か、あるいは輝術の腕か。

帝や州君、その付き人であれば物質生成レベルの輝術が使える、との話だったけど、そんな最下級も最下級な貴族であってものし上がっていけるということは、上澄みだけが格別で、下の方は平たい……のかな。

背後に足音。この小さな音は。

「前に私と話した時は、悪者を叩きのめすが好きだったから、とか言っていなかった？　あっちは嘘？　それともこっちが嘘？」

「あ、祭唄様。……別に四六時中私の近くに居なくてもいいのだが」

「それが仕事。それで、夜雀。どうなの？」

「え、えーと……ハイ、その……叩きのめすのが好きでハイリマシタ……」

身も蓋もないことよりも身も蓋もなかった。結婚したくない、も理由の一つかもしれないけど、こっちの方が優先度高そうだな。目の泳ぎ様が比じゃない。

「私は跡目争いに巻き込まれたくなかったから。前妻より後妻の方が位が高くて、その後妻の娘が私。あとは言わなくてもわかるでしょ」

わかる。絶対に面倒臭い。

でもなんだか意外だ。初めに抱いたイメージと逆なんだな、って。むしろ祭唄さんの方こそ武闘派で、夜雀さんが政嫌いで来たのだと思っていた。人は見かけによらないな。

「祆蘭（シェンラン）は、貴族になりたいの？」

「今の話を聞いてそう思う者がいるのであれば、そいつの脳内は花畑だろうな」

「そう？　けれど、そういう煩わしさの代わりに、平民では考えられない生活がある」

「多くを知れば幸が遠のく。世界は狭い方が幸せだよ」

付け加えるなら、平民にとっての幸福はせいぜい飢えないことと病にかからないことくらいだ。それ以上を求めることは贅沢（ぜいたく）で、贅沢は基本的に敵なので、自ら底なし沼に入る馬鹿はいない。

「そうだ、これは聞きたかったことの一つなんだが……帝と妃と州君は、誰が一番偉いんだ？」

問いに、二人は顔を見合わせる。

そして、同時に。

「州君じゃない？」

「流石に帝」

と言い放った。

……意見、割れることがあるのか、こういう話題で。

「んーとね、小祆。この話結構複雑で……」

「影響力は帝が上。けど、純粋な力は州君の方が上。青州（シーシュウ）は違うけど、他の州では州君が軍事を担っているところもあるくらい」

「純粋な力というのは、つまり輝術のことか？」

「そう」

なるほど、だから意見が割れたのか。

夜雀さんは実力重視。だから青清君（シーシェイクン）の方が上。

祭唄さんは権力を知っている。だから帝の方が上。

私の感覚的には権力者が上という結論に至るけど、もし青清君の「飽き性」という特異性が問題を起こすだけではないとしたら……本当に神を祀（まつ）って鎮めているような話だな、とも思う。

「でも、こういう話はあんまり外でしないようにね？　みんな敏感だから……」

「ただでさえ祇蘭は厄介な立場にあるのに、余計な争いに巻き込まれかねない」

「ああ。気を付けるよ」

多分、あるのだろうな。帝派、州君派、みたいなのが。

あ、それで。

「妃は？」

「妃は、ただの妃。帝の妃」

「四つの州から三人ずつ妃様が選ばれて、帝と一年を過ごす。そうして帝はその中から一人を決めて、世継ぎを産む妃とする。今年がまさにその妃選びの年なんだよ～。……とはいえ残りの十一人が捨てられるわけじゃなくて、帝の血を分けてもらって、また各州の統治者とか次の妃を育む。……って、小祇にはまだ早かったかな？」

「選ばれた妃と帝の間に男児が生まれなかったらどうするんだ？」

「別に帝は男じゃなきゃダメ！　ってことはないよ？　昔、数は少ないけど女性の帝もいたって記録が残っているし。私が生まれてからはずっと男性だけどね」

「ああ……そうか。生まれた子が女児なら、選ばれなかった妃達は男児を育てるのか」

帝は基本男だと思っていたから意外だ。

……でも古代中国にも武則天(ぶそくてん)……だっけ。唯一の女帝、みたいなのがいた気がする。楊貴妃(ようきひ)だっけ？　いやアレは傾国の美女？　小野小町(おののこまち)……は、日本か。というか妃でも帝でもないわ。

よし、前世の知識とか要らん要らん！　歴史とか知るか！

「子供が生まれなかった場合だけ、ちょっと厄介になる」

「厄介？　……争いが起きるのか？」

「さっき言った通り、帝と州君は絶妙な均衡で今の関係性を保っている。世継ぎを遺(のこ)せなかった帝というのは権力を失ったも同然。そうなると途端に州君の力が増して……州君が帝となることまである」

「それは……もはや国家転覆なのではないか？」

「でも、過去にあった。そういうことは。そしてそうなった場合、中央……帝の勢力と州君の勢力がぶつかり合う結果になる。なるし、そうして疲弊したのなら、他の州君に利を持っていかれることもある」

……青清君は、権力に興味があるのだろうか。

この一年が妃選びの一年だというのなら、私のいる間にコトが起きることは無いと思うけど……。放逐されて田舎(いなか)に戻ってから、青州が戦火に包まれる、というのも……ヤだな。なんて面倒臭い国なんだ。権力分散は良いことだけど、独立した司法が無いのなら意味ないだろうに。

「もし青清君が帝になったら、小祇は帝のお気に入りになるかもね？」

「私は一年でこの城を去るのでならん。それに、そうなったらお前達も私の護衛に抜擢されるだろう。危険は今の比ではないんじゃないか？」

「望むところ」

「帝に逆らうものは～、悪！　故に、即、斬！」

血の気が多すぎる。教育に悪いよこの二人。

「っと……進史様だ。青清君が呼んでいる、って」

「……？　……ああ輝術で連絡が来たのか。進史様が迎えに来るのか？」

「進史様は今青宮廷にいるから……え、私達？　……みたい」

途端に、という言葉が最も的確だろう。それはもう緊張し始めた二人。

今の今まで噂話を私に叩き込みまくっておいて何を今更。

「い……行くよ。手、掴んで」

「後ろを行く。夜雀が落としたら、私が受け止める」

「途端に恐ろしくなったな。ちなみに輝術の腕は、どちらが上なんだ？」

「それは祭唄だけど……あ、ああ安心して！　私だって子供一人抱えて飛ぶくらいわけないから！」

何も安心できないけど。

まぁバックアップに祭唄さんがついてくれるなら、それでよしとしよう。

結果的に何事も無く青清君の部屋へと辿り着いた。要人護衛二人は部屋の中までは入ってこない。

「来たか、祆蘭」

「ああ。用とはなん」

だ、と言い切る前に、近づかれて……髪に何かを括りつけられた。

これは。

「どうだ？　お前の作った水中花を参考に、造花の髪留めを作ってみた。ああ、鏡が必要だな。ほら」

光が集う。

現出する鏡。映る私と……淡い緑色のコサージュ。鉋屑ではなく、薄い紙のようなものが使われている。……いや、これまさか本物の通草か？

「緑は嫌いだったか？」

「ん、ああいや、そんなことはない。前にも言ったが、あまり色に好みはない。だが……それなりの時間がかかっただろう、これ。それに」

青清君が近いことを理由に、その腕を掴む。掴んで、手を晒させれば……ほらな。

「慣れぬ作業を急いでやったな。器用なくせにそそっかしい……処置はしたのか？」

「大した傷ではないし、この程度は」

「夜雀様、祭唄様！　医院から擦過傷と切り傷に使う軟膏を取ってきてくれ！」

「お、おい」

馬鹿め。私の指先は幼いころからのＤＩＹで皮膚が厚くなっているから問題ないけど、青清君は違う。

慣れないならばゆっくりやれ。解析しながらやったのだろう、それでもクオリティをあげたかったのだろう。至る所に傷傷傷。

「あんたは私と違って手を人目に晒すことも多いんだ。私とは違う意味だが、手は大事にしろ。人間というのは目や首元を見て話す生き物だが、別れ際の記憶に残るのは手や後ろ姿だ。覚えておけ世間知らず」

「も、持ってきたよ小袄……じゃない、お持ちしました、袄蘭様！　ここに置いておきますね！」

……なんで私に敬語？　青清君の前だから？

なんでもいいけど、扉の前に置かれた救急箱……になるのかな。それを受け取って、のっしのっしと青清君に近寄る。

して……彼女を無理矢理押して、横長椅子に座らせて、指先へ容赦なく処置を行う。

「し、滲みる……」

「当たり前だ。……気持ちはありがたいがな、青清君。心の籠め方を違えるな。現に私は今、この花に対して持った美しいや嬉しいという気持ちより、あんたを心配する心の方が勝ってしまっている。それは贈り物とは言い難い」

手料理なんかで指に絆創膏巻いてあるの見ると、「こんなに頑張ってくれたんだ……」より「慣れないことをしないでくれ」の方が勝る。人には適所があり、そこでこそ輝けるものがある。

この造花にどんな意味が込められているのかは知らないし、輝術で作りたくなかった、というのもわかるけど、安全な範囲でやってくれ。

「輝術は命を蘇らせることはできないし、傷や病も癒せないのだろう？　――お前が言うか、という誹りを受ける覚悟で言うが、無茶をするな。それともこの髪飾りを見るたびにあんたのその怪我を私に思い出させたいのか？」

「……すまなかった」

「ああ」

お前が言うか、である。

進史さんや夜雀さんたちが聞いたら、「ではまずお前がそれを直せ」と言うだろう。ごもっともである。であるが、まぁ今いないので好き勝手言わせてもらう。

実際、本当だしな。

どれほど美しくとも、この髪飾りを見るたびにこの手がフラッシュバックするようではプレゼントの意味がない。

「……自分なりに製法は理解した、のだろう？　だったら、今度は私の製法で共に作ろう。私のやり方の方が効率的だし、安全だ。ここまで怪我をすることはない」

とはいえ新しい玩具を解析して、自分だけで作ってみたい、という気持ちはわかる。私がそうだし。だから……今度は安全にやろう。もっとバリエーションを増やして、な。

2

ノックノックノック。

「祆蘭。進史だ。入っても構わないか？」

「ああ」

毎朝迎えに来ること以外では、久方ぶりの来訪だ。

また何か事件を持ってきたのか。……と思ったら。

「花束？　……いや」

「ああ。造花だ。青清君からお前へ。好きな場所に飾っておくといい」

ハマったのか。あるいは、納得がいくまで続けたのか。私と一緒にやった時より格段に上手くなっているその花々と……彩色の中に一つだけ交ざる、鈍色（にびいろ）の通草花。

これは……金属製だな。

「青清君が一つの工作でこれほど長く遊んだのは初めてだ。礼を言う。それから、この製法を公開してもいいか、とも言っていた」

「……？　別に構わないが……私に許可を取る必要があるのか？」

「あの方は初めに作った者を優遇する癖のようなものがある。創造と想像とは価値。あの方がいつも言っている言葉だ」

……私の、全部パクりなんだけど。

中国四千年の歴史に許可を取ってくれ。

「律儀だな」

「変なところで、という言葉を省略しただろう、今」

「さて、なんのことやら。それで、本題は？」

「本題？　……まさか私がまた何か幽鬼絡みの事件について聞きに来た、とでも思っているのか？」

「違うのか？」

「違う。というより、そうそう幽鬼絡みの事件など起きない。起きてもすぐに討伐されるし、大体のことは調査で明らかになる」

ま、そりゃそうか。輝術による精査もそうだけど、誰か一人がいなければ、その一人が閃(ひらめ)かなければ解決できなかった事件、なんてのはそうそう起こり得ない。集合知……とはちょっと違うけど、一人で文殊(もんじゅ)の知恵なのが百人以上いるんだ。わざわざ私が出張る必要はないわけで。

「ただ、本題はある」

「あるのか」

あるのかよ。

「ああ。これを見てほしい」

これ、と言われて、またいつもの白布が私の部屋の机に置かれる。

布から出てきたのは……あ。

「この人形は、お前が作ったものだな？」

「ああ……かなり前のものだから、出来はあまりよくないが……私の作ったおきあがりこぼしであっている」

「おきあがりこぼし。それがこれの正式名称か」

「持ってきたからには知っているだろうが、こうして倒すと」

その何とも言えない表情をした人形は、ぐわんぐわんと何度も何度も揺れて……そして元の直立姿勢に戻る。これもやじろべえと同じ、重心関係の玩具だ。バランスバードがすぐに飽きられたので作るのを控えていたのだけど……進史さんのこの表情はなんだ？

「これに輝術は使われていない。そうだな？」

「当然だろう。私が作ったものだぞ」

「……ふぅ。まぁ、そうか。……そうだよな」

なんだなんだ。かなり言葉を崩しているあたり、相当疲れが溜まっているな。

「詳しく話せ。何があった？」

「……どの経路を通ったのか、どういう経緯があったのかはまだ調査中だが、これの偽物が大量に市場に出回っている。そして、この人形……巷では吉凶占師と呼ばれているこれが起き上がれば吉兆が舞い込み、起き上がらなければ凶兆が……という具合で妙な流行を見せているのだ」

「いや、これの通りに作れば絶対に起き上がるはずだが……ああ、だから偽物なのか」

「そうだ。偽の吉凶占師は上手く起き上がることができない。奇跡的に起き上がることのできるものもあるが、大半は粗悪品だ。……まぁ、こういう吉兆を占う物というのは昔からあったし、それが市井に流行ることへの理解はあるが……一部、貴族の兵士までもがこれに手を出し始めていてな。遠征を行う時に吉凶占師を使い、倒れたのならその日は中止、立ったら決行、なんて愚かな真似をしていたらしいのだ」

「……それが広まって、祭事や祝い事にまで使われるようになった、か？」

「ああ……。それで、あまりにも立ち上がる吉凶占師の少ないものだから、これは大いなる凶兆の報せだとかなんとか……。輝術も使われていない子供の玩具に、大の大人が振り回されて……情けない」

えー、心中お察しする。……ということは。

「製法を公開すればいいのか？」

「幾つかの本物を作ってくれるだけでいいのだが、製法まで公開していいのか？　……青清君ではないが、知識は金になる。これだけの流行を見せているんだ、必ず起き上がる吉凶占師を作れるというだけで、一山は築けるだろうに」

「何を言っている。今から進史様がこれはただの人形で、占いになど使えない、と証明するのだろう。必ず起き上がることが当然の吉凶占師を作れることが何の強みになるんだ」

私がこの立場に無かったらそのアドバンテージ使って荒稼ぎしていたかもしれないけど。

……していたら、今頃お縄か、打ち首かな。

「それに、製法を公開しないと、輝術で生み出しているのだと思われかねん。そうなったら今度は青清君や進史様の作る吉凶占師だけが絶対に起き上がり、吉兆を呼ぶ……なんて面倒な話が」

「いや。……それは、使えるかもしれないな」

口元に手を当てて、目を細める進史さん。

ヤな予感がする。……夜雀さん達の雑談で出た話が脳裏を過る。

「青清君及び青州の信用回復に、とでも考えているのかもしれないが、コイツの構造は大して複雑ではない。学者が真面目に解析すれば輝術も吉凶も関係ないとわかるはずだ。安易な考えは捨てろ」

「……そうだな。いや、少々疲れていておかしな思考に走った。感謝する」

それこそ本来の起き上がり小法師……愚かな官吏の無様な姿、を再現する結果となるだろう。

そうなればイメージダウンどころの騒ぎじゃない。詐欺だ、ただの。

「待っていろ、今図面を引く。……と思ったが、私は字が書けないのだった」

「……前々から気になっていたのだが、読み書きができないのにどうして採寸や設計ができる？」

「あー……なんだ。独自に編み出した数字を使って作っているから、他人にはわからない、というか」

アラビア数字なんて使われていないので、普通に困る。というか作るだけなら木工じゃなくてもいい。紙でいい。だから言葉で伝えた方が早いのだけど……。

「製作が単純であるのなら、護衛の者の誰かに字を代わってもらうといい。……一人くらい絵の上手い者もいるだろう。いなければ輝霊院の絵師を呼ぶ」

「護衛にそんなことをさせていいのか？」

「ああ。護衛任務が無い間は暇をしているだろうし、これは世の中の暗雲を散らす重要な仕事だ。青清君の機嫌取りと同じだと言えば、断る奴もいないだろう。……よし、今呼びつけた」

「進史様。祭唄、此処に参りました」

「入れ。そして、祆蘭を手伝うように」

「はい」

へえ。祭唄さんって絵、上手いんだ。……元はちゃんとしたお貴族様だから、とか？　いや別に貴族であることと絵の上手さは関係ないか。でも字は綺麗そう。

「私は青宮廷にある吉凶占師の回収作業を急がせる。精査もな。その間に製法図を頼む」

「はい」

そんな雑用、誰かに任せればいいのに、とか思わないでもないけど。

……いやいつか本当にあの人過労死するよアレ。そういえば周遠（チョウエン）さんだっけ？　あの人が言っていたように、進史さんってほとんど周りに頼らないで自分だけでやろうとするタイプなんじゃ。青清君も私にバレていなければ、で傷を隠し通そうとしていたし……従者が主人に似たのか、主人が従者に似たのか。あるいは類は友を呼ぶか。

休暇とかあるのかな、あの二人。

「祆蘭。考え事？」

「ああ、いや。……では今から二通りのおきあがりこぼし……吉凶占師を作るから、その製法を記録していってくれ。簡略化は後で良い」

「わかった」

まず、紙で作る方。

用意するのは風船……などというものはこの世界にはまだないので、紙風船を使う。大きな紙をシャトル型に製図。製図方法はなんでもいいけど、今回は両脚器（コンパス）で。

全く同じ大きさになるよう作った八枚のシャトル型。その一方だけを水平にカットした図形。それを丁寧に切り出して重ね合わせ、二ミリメートルずつくらいズラして置く。そのズレた部分に麩糊（ふのり）を塗る。後はそれが重なるように張り合わせて行けば、紙風船の完成。

今度は器に麩糊より粘性の高い糊と水を入れて、木串でゆっくりかき混ぜる。糊がダマにならないよう気を付けつつ、完全に水っぽくなるように。

それが完成したら、さっき作った紙風船の使わなかった紙を器に浸し、充分に染み込ませる。

後は紙風船にそれを慎重に、けれど乱雑に貼り付けていって、乾くのを待つ。乾いたらまた紙を貼り付けて、を繰り返して強度を上げて、ついでに着色も済ませる。

最後に紙を浸していた糊をダバダバと紙風船の中に入れて、固まりつつある糊を木串で位置調整しながら紙風船が直立するよう仕上げ。

糊が完全に固まったら頭に開いている穴を紙で塞いで継ぎ目の分からぬよう着色し、完成。

「……輝術で幾つかの簡略化は図れそう」

「そうなのか。その辺りは勝手に試行錯誤してくれ」

ちょいと爪で弾いてみれば、固いけど軽い音とともに紙風船……吉凶占師はぐらりと傾き……ぐわんぐわんと躯を揺らしながら、やがては元の位置に戻る。

「吉兆だ」

「だから、そうなるのが当然だという話をだな」

「冗談。わかって」

……だったらもう少しおどけたトーンか表情を見せてくれ。

「次に行くが、準備は良いか？」

「大丈夫」

次は木での作り方。此方の方が難度は高いけれど、人形としての重みはしっくりくるだろう。

まず、紙に両脚器で円を描く。中心ａを通る直線ｂｃを描いて、円周上の頂点ｂから半径がｂｃになるような線を引く。頂点ｃでも同じことをやる。

中心ａから垂直に直線を引いて行ったところに頂点ｄを設定。頂点ｄに向かって頂点ｂとｃから直線を設定。これで先ほど描いた大きい方の円周と直線に交点が生まれる。

あとは頂点ｄから両サイドの交点を繋ぐような円弧を書けば、卵型の出来上がり。

角柱といって差し支えない板材をその卵型がすっぽりと収まるような大きさに切り出し、全方面から見て卵型になるよう鑿や鑢を用いて削っていく。多分この辺は輝術で短縮できる。

そうしてつくられた卵型の木材を割断。上部に空洞、下部に刳り貫きをして、そこに錘を入れる。入れたら閉じる。狂いの無いように木のボルトを入れたっていい。

あとは卵の上部に簡単かつ軽い装飾……まぁ顔っぽいものを作ってくっつけて、立たなければまた割断して錘を増やし、立てば問題なしとして完成。

適当に……武官か宦官的なノリの着色をして、終了。

手順自体は木製の方が少ないけど、手間がな。紙のは型紙作っちゃえばあとは量産できるし。

「これで必ず立つ吉凶占師の完成だ」

「……恐らくだけど、市場に出回っている偽物は後者の作りに似ている」

「どうせ錘を入れて、立つかどうかも確認せずに売り出している、と言ったところだろうな。あるいは人形がそもそも卵型をしていないか」

なんにせよ、これでくだらん占いが減ってくれたら御の字だけど……占いと言うのは一度流行ると一生続くからなぁ。血液型だの手相だの人相だの星座だの……。

「本当の名前は、おきあがりこぼし、だっけ？」

「ああ。何があっても必ず起き上がる縁起物。少なくとも私はそう思っている」

その起源が無様さを揶揄したものであるのか、必ず起き上がることをイメージしたのか、はたまた何も考えていないかまでは知らん。

が、この世界では私が発案者なのでこのイメージで行かせてもらおう。

「占いの道具じゃあないが、験を担ぐ道具としては流行らせてもいいだろうさ」

「……ん。記録は終わった。けど」

「けど？」

「……両脚器の扱いや、工具の手馴（てな）れ。やっぱり学が無いとは思えない」

「もし仮に、私が学のあることを隠していたとしたら、祭唄様は私をどうするんだ？」

「それは」

「疑うのは勝手だし、疑われることをしている自覚もあるがな。危険因子として排除するとでも言うような使命感に酔っていない限り、私を疑っても疲れるだけだ。無学だが想像力だけはあるガキ。そう思って接した方が楽だろうよ」

「……ごめんなさい」

いや謝れって言っているわけじゃなくて。……言っているようなものか。私も言葉が過ぎたかもしれない。思わず青清君に対するような態度になってしまった。

「あの時見せた……あなたの威圧感が、私の警戒心をざわめかせている。……反省する」

「それ、進史様や夜雀様にも言われたが、自覚が無い。威圧も何も、私は振り向いてすらいなかっただろう」

「だからこそ。鋭い目つきや覚悟の表情が威圧を持つことはあれど、私達に背を向けていた小さな子供からあそこまでの威圧を覚えたのは初めての経験だった。……自覚が無いなら、天賦の才、ということになる」

「天賦の才ねぇ。そんなものより輝術を扱えた方が良かったが、輝術を扱えていたら貴族扱いか。それは面倒だな」

言えば……祭唄さんは、少しだけ思案するような顔を見せ、そして何か決意したように口を開いた。

「これは例えばの話。……州君は、実は貴族である必要が無い。今の青清君も、どこかの名家の出、というわけではない。ただただ幼きより他を圧倒する輝術の使い手だったから、次期州君として育てられてきた。そういう意味では……」

「よしてくれ。私に何かを治める才は無いよ」

しかし、なるほど。神を祀って鎮めているようだ、という考えは合っていたな。

つまり、一般貴族として帝より強い力を持たれると困るから、幼い内から州君という立場に縛り付けておけ、という習わしか。

——くだらんな。

「そろそろ行く。祆蘭、また」

「ああ」

私の護衛なんだから、また、も何も無いと思うんだけど。

ううん、夜雀さんとは別ベクトルで掴みどころのない人だなぁ。

第七話　オイルタイマー

1

この世界、輝術があるからか、思いもよらない発展を見せているものがあったりする。

その一つがこれ。

「これが黄州の工芸品、万華鏡、ね」

「黄州にある黄金城には、全面が鏡張りの部屋もあると聞いている」

「輝術で作る鏡は除外して、普通に作るってなるとどうしても土に秀でる黄州か、火に秀でる赤州が先を行くんだよね～。あ、でも青州にも水鏡があるから、負けてるってわけじゃないけど」

万華鏡。手作り玩具の定番だけど、歪みない鏡の作製はそれなりに大変だし、モノ自体も地球じゃ近代に出て来ていたはず。

けれどこの世界じゃ昔からある工芸品らしい。作りもしっかりしているし、安全性も充分。

限らず、光に関するもの、反射や錯覚を利用した玩具はたくさんある。多分ミラーボールもどっかにあるんじゃないかな、この分だと。

こう……なんというか、素材を用意するのは大変だけど、仕組み自体は単純なもの、というのは作られやすい傾向にあるらしい。

逆にやじろべえや水中花のような素材自体の性質やこの世の法則を利用したものはまだまだ発展途上、という印象。輝術が発展の阻害をしているのだ。あと貧困。

「……夜雀(イエチュエ)様、祭唄(ジーベイ)様。ありがとう、参考になった」

「これくらいならいつでも言って～」

「私達は何もできないけど、応援している」

「ああ」

さて。

では何個か作っていきますか。

というのも、昨日、進史(シンシ)様より依頼があったのだ。

青清君(シーシェイクン)を喜ばせる工芸品とは別に、青州の水を使った工芸品を作ることはできないか、と。

なんでも、来週に控えている墓祭りにおいて、妃が持っていくものとは別に州君(しゅうくん)も帝(みかど)への贈答品を用意する必要があるのだとか。

詳しい話を聞けば、どうやらこの墓祭り、平民だけのお祭りではない……どころか、全州全てが一斉に行う祭りらしく、お貴族様はお貴族様で花街へ行ったり中央へ行ったりして羽目を外すのだと。

それは州君も含まれる話で、帝へ何か物珍しいものを持っていくのが習わし……というわけでもなく、別に料理でも伝統工芸でもなんでもいいらしいのだけど、青清君が「どうせなら誰も知らぬ物を出したい」と言い出したとかで。

つまり、結局青清君を喜ばせる工芸品にはなるわけだ。

で、私は無知である。

この世にある工芸品の全てを知っているわけではない。

だからできれば各州にある工芸品のサンプルが欲しいと進史さんにねだった所、護衛の皆さんが自分の家から色々な工芸品を持ってきてくれた。

中には私の知っているものや、工程に輝術があるせいで意味の分からん構造をしているものもそれなりにあったのだけど、最終的には冒頭の結論に落ち着いた。

ので、やることは単純。水を使った重心系統の玩具を作る。ちなみに水中花は水中花で普通に持っていくらしい。アレは綺麗だしな。

パッと思いつくのは鹿威しだろう。水を使っていて重心関係の装置。ただ玩具かと言われると……まぁ、風流の……というかカラス避けの……うーん。

一応、作った。作るのは簡単だ。この世界、竹林死ぬほどあるから。

まずこれが一作目。

設置系の装飾なら水琴窟とかきれいな音で良さそうだけど、手土産に持っていくには向かな過ぎるのでＮＧ。あとで一応輝術による移動が可能かどうかだけ聞いて、可能だったら作ってもいいかもしれない。

自由研究レベルのものでいいならアレだ。アルギン酸ナトリウムを使うやつ。膜を持った抓める水を作る奴。

……でも輝術で代用できそうだし、素手で掴み上げるのは衛生的にＮＧか？　これも保留。

あと私が知っているのだとオーシャンボトルとか……なんならアクアリウムとか……。

ダメだな。ドツボだコレ。もっとフラットに行こう。

……水、に見えるもの、でもいいんじゃないか？

よーし。

では、以前水中花の酒瓶を貰(もら)いに行った時についでに貰った小さな瓶を用意する。

そして……そして。

……。部屋を出て、キョロキョロとあたりを見回す。……いない？

いないな。

二層目へ上がる。……おや、来ない。そんなことあるか？　じゃあ三層目へ。行ってなかっただけで行けるんだよね実は。

「……あまり、危ないことはするな」

「どわっ!?　……じゃ、なくて……あ、ええと、……玉帰(ユーグウィ)様」

「……覚えていたのか」

三層目の護衛の人。護衛っていうか暗殺者みたいな雰囲気の人で、寡黙、且つ少しだけ言葉が聞き取り難い。積極的に私の前に躍り出る人ではないから、印象も薄め。

でも良かった、これで進史さんに取り次いでもらえる。

「いや、実は進史様に用があって……だが、一層も二層も誰もいないから」

「ああ……。墓祭りにおける人員配置の話し合いが行われている。……進史様もその中にいる。急ぎの用か？」

「ある程度は」

「俺には……手伝えないことか？」

珍しい一人称の人だな。この世界の言語は、日本ばりに一人称の多いものだけど、この一人称を使うのはそれこそ酒飲み爺(ジィ)や野盗くらいのものだと思っていた。私もそれになりかけたけど、流石に、といった様子で婆(ばあ)さんに止められたことを覚えている。

「輝術で作ってほしいものがあって……ああいや、そもそも存在するなら問題はないのだが」

「必要なものは……なんだ」

「油と食紅」

「……？　一層の……調理場へ行けば、手に入る」

「いや、私はその、言葉がだな……」

「……理解した。俺がついて行ってやる」

おお。それはありがたい。

2

というわけで始まりました工作タイム。

なぜか玉帰さんも一緒にいる。

いや、調理場の人に油が欲しいということを伝えてもらったら、「子供が油……？　決して目を離さないようにしてくださいね」とか言われていたので、多分火を扱うんじゃないかと思われているんだろう。

　そんなことをするわけ。

「ちなみにだが、玉帰様はこの瓶の形状を変える、ということはできるのか？」

「……無理だ。祭唄か、新空（シンコン）ならあるいは、といったところだが……斬る、であれば可能だ」

「そうか。ああいや、そうでなくてはならない、というわけではなく、そうであった方が見映えがいいというだけなんだがな。……まぁコレが気に入られたら新しいものを作ればいいか」

　さて、作るのはそう——オイルタイマーである。

　まず食紅で砂に色を付ける。今回は青州らしく青色に着色したその砂と、溶かした蝋（ろう）を混ぜ合わせる。力強く、ではなく薄く薄く混ぜて、固まったら熱して、また混ぜて……を繰り返したコーティングサンドを作成。それを油と三対七くらいの比率で瓶に注ぐ。

　次に、市場なんかで買える貝殻の装飾品——ネックレスなど——をトンカチで思い切り砕いて粒状にし、瓶の中へ投入。

　最後に空気が入らないよう瓶いっぱいになるまで油をどろどろ注いで、砂との比率を調整して……蓋を閉める。完全密閉が好ましい。

「……？　それだけ、か？」

「これだけだ。まぁ、見ていろ。できれば中心は窄（すぼ）めた方がサマになるんだが、試作品としては充分だろう」

　透明度の高い瓶の中で、青色に着色された砂粒が……ゆったりと浮上する。コーティングである蝋が部屋に入る日光に照らされ、煌（きら）めく粒となって一つ、また一つと上に昇っていく。時折砕けた貝殻も、舞い上がり、砂に風塵を落とす。うん、キラキラしていて綺麗。

それはさながら降る砂が時を巻き戻すかの如く。それでいて神秘的な光景。

玉帰さんと二人でそれを眺めて、全ての砂が上に上がり切ったら逆さにする。酒瓶なので支える必要があるけど、形状の変化が今度は違った様相を瓶内に呈す。

外側が早く、内側は遅く。空へ空へと舞い戻る青い粒。

「これと同じもの、あるいは似たものは存在するか？」

「いや……見たことは無い。……美しいと、思う。まるで……空に還る、幽鬼の最期に……似ている」

出す例えよ。……ああでも確かに言われてみればそうかもしれない。寧暁を諭した時も、彼女は光の粒になって空に昇って行ったな。

名付けはそれに倣うか。オイルタイマー、は……直訳で油時計だと……水感ないし。

うーん。まぁ吉凶占師に倣って直感的で良いか。

「鎮魂水槽。そのままだが、中々サマになる名だろう」

「ああ。……良いと、思う」

……何か。

何か……どこかへ思いを馳せているような空返事。

要人護衛になる貴族は様々だと夜雀さんは言っていたけれど、彼もまた何かを抱えているんだろう。

そんなわけで、とりあえず依頼されたものは完成、と。

3

モノ作りが終わったので、散策タイムに移る。

今回は玉帰さんが一緒に回ってくれるということで、三層目を歩く。

ちなみに今更だけど、各部屋が音を遮断する輝術を使用しているから、廊下で私がどれほど汚い言葉を使おうと中には聞こえないのだとか。

流石に同じ廊下にいたら聞こえるけど、だとしても私のことは「そういうもの」だと伝わっているので、あまり偉そうにさえしなければ問題ないと言われた。

ので、雑談をしながらになる。お貴族様の姿が見えない限りは顔を上げて。

「聞いていいことなのかわかりませんが、どうして新空様や夜雀様達までもが墓祭りの警護の人員配置に関わるのですか？」

「別に俺達が行く、というわけではない。……墓祭りの間は、進史様と青清君を含む強力な輝術の使い手がこぞって城を空ける……。……つまり、お前の守りが……手薄になる」

「ああ」

そういうことか。

私についてくれている護衛は私専用の護衛ではあるけれど、元々は青宮城（シーキュウジョウ）に居なかった人達だ。つまり、言い方は悪いけどこの城に勤めるお貴族様より輝術の腕では劣る。総合戦闘能力で考えたらどっちに軍配が上がるかはわからないけど、事実としてそうだ。

そういう輝術師の上澄みプラス私専用護衛という形で成り立っていたこの城から、輝術師の上澄みがこぞっていなくなった場合……その隙を狙って鬼が私を食いに来るかもしれない。

勿論護衛の人達だってただでやられるつもりはないだろうけど、万一は万事に付き物だ。だからこうして作戦会議、と。

「玉帰様は参加されないのですか？」

「無論、する。だが……作戦会議に熱中し……お前の護りを疎かにするようでは、本末転倒。俺は、別日だ」

「成程。確かに」

色々考えられているんだなぁ、って。

……当たり前か。考えなしは私だけだ。

——音。

「玉帰様」

「なんだ？」

聞こえていない？　……そういえば聞こえる人と聞こえない人があーだこーだみたいな話を。

「鬼が……近くにいる可能性があります」

「……今、全体へ通達をした。場所は……わかるか？」

うわこの人有能だ。

そして、場所。場所ね。音のする方……。

「あちらです。が」

「わかっている。先行しないし、お前の側を離れるつもりは無い」

「あら、そうなの？　つまらない人間。魂も凡庸だし……ここで摘み取ってしまおうかしら」

気付けば剣が抜かれていて、気付けばその剣が折れていた。

いや、剣だけじゃない。

「っ……！」

「へえ……上手く避けるのね。けど、いいの？　あなたが身を挺さなかったせいで、大事な大事なこの子が私の手に」

腕を折られている。左腕だ。

そして……私の首元にはしなやかな手。長い爪。いつ現れたのかは知らないけれど、背後から私の首を抱えるような形で赤い反物の彼女が立っていた。

「桃湯。どうせ宣戦布告だろう？　余計な被害を出すな」

「……はあ、こっちはこっちで。……ええ、そうよ。墓祭りの日、私達はこの城を襲って、彼女を助け出すの。そうならないよう、せいぜい準備を頑張ることね」

「助け……出す……？」

「ふふ……わかっているクセに」

「……そんなことは、ないはずだ」

「あらあら」

「待てお前達。私の知らん私の話題で通じ合うな。なんのことだ」

なんだ助け出すって。わかっているってなんだ。

お前達が私の何をわかっているというのだ。

「この場ではっきりさせてもいいのよ？　――ね、祆蘭(シェンラン)。目前に幽鬼が出たら、あなたは、どうする？　思いつくままに答えてみて？」

「また曖昧な質問をするな……。状況説明はそれだけか？　何か、危機的状況にあるとか、誰かの命が質にされているとか、ないだろうな」

「ええ、無いの。それ以外は何も無い。ただあなたの前に幽鬼が現れて、ただただ立ち尽くしている。そんな場面に遭遇したら……あなたは、どうすると思う？」

「……ふむ。まぁとりあえず話を聞くか。声が聞こえるわけではないから、唇を読むか……あるいは筆談でも、と思ったが私は字が読めないんだった。だからまぁ、唇を読んで、未練があるならそれの解消を、恨みが有るなら……私にはどうにもできん。恨みの対象が恨まれるに値するのであれば、私は放逐するよ」

「害ある幽鬼になるかもしれないのに、逃がすの？」

「死んでまで祟(たた)られる悪事を為(な)した奴が悪い。なぜ私が悪人のために幽鬼の恨みを解かねばならん」

「……！」

「ふふふ……」

……んー？

なんだ、私今、至極真っ当なことを言ったよな？　……いや待て、この国の宗教観は完全に把握できていない。幽鬼は絶対悪で、滅ぶべし！　なのか？

でも、化け物とはいえ人間の延長線上で、ぶっちゃけ生きている輝術師の方がよっぽど――。

「その幽鬼が関係のない人間を襲ったとしたら？」

「何を言わせたいのかは知らんが、知らん、としか言えん。襲われた奴は可哀想だろうし、襲った幽鬼は何を血迷っているとは思う。幽鬼でいる間の苦痛があるのかないのかは知らんが、誰しもが幽鬼や鬼になりたくないと思っているということは、苦しいか、外道か、あるいは哀れであるのだろう？憐れまれる者が本懐も果たせずに自身を見失えば、そこらにいる野犬とそう変わらん。言葉の通じる内は諭してやりたくもなるが、そうでなくなれば討伐されるのが関の山だろう」

「見逃したあなたに責はないの？」

「あるやもしれんが、裁く法が無いだろう。法に詳しくはないがな。幽鬼を見つけたものは、己が力量如何に問わず必ず殺せ、さもなくば罪とする、なんて法があるのか？」

「法がないから、罪を犯していいの？」

「その辺りは己が良心と倫理の天秤だろう。裁かれぬからと他者の尊厳を損なえば、それこそ他者が幽鬼となったあとに襲われるんじゃないか？　……まぁ、そういう意味では、私の見逃した幽鬼に襲われた何某かが私に恨みを持ち、幽鬼となりて私を襲い来ることもあるだろうが……それは逆恨みであると同時に、摂理だろうよ。くだらんと吐き捨てるし、命数尽きるまで抵抗する。だが安心しろ、私が死んだとしても、幽鬼にはならん」

「どうして？」

「恨むのも固執するのも疲れるからだ。ふん、仲間に引き込みたいならアテが外れたな。そしてもう一つ、長話ご苦労だった、桃湯」

「――ッ!?」

ヘッドショット。

桃湯の頭がぐわんと弾かれ……その衝撃で、首筋に添えられていた爪が私の首を掠める。……いやいや鋭利過ぎるだろ。というか普通に直接攻撃の手段を持っているのか。

え、私今までコイツに直接攻撃が無いものだと思って喋っていたけど、もしかして全然か？　そういえば今目の前で玉帰さんの腕折っていたじゃないか。……危な。

「……時間稼ぎ、だったの？」

「いつ来るかわからんものを時間稼ぎと呼ぶかは知らん。語った言葉は本音だし、語らい合うくらいならいくらでもしてやるが、青宮城は御冠のようだ。……しかし頑丈だな、鬼というのは。狙撃した者とて一撃で殺す意思があっただろうに、その程度で済むのか」

その程度。

――左側頭部から、ダラダラと血を流す……って、血、出るのか。鬼。

じゃあほとんど人間と変わらなくない？

「というか、自分の長話で忘れていたが、結局助け出すとはどういう意味だ」

「……それを教えるには、時間の稼ぎ方が下手だったようね。――さようなら。墓祭りの日にまた会いましょう」

「ここで足を引っかけてみる」

「ふふ、私に足は無いのよ。それじゃあ」

反物を払うように足払いをしてみたのだけど、確かに当たらなかった。

……幽鬼は普通に足あるのに、鬼には無いの？　それとも桃湯だけ？

よ、よくわからん。

よくわからんぞ異世界古代中華か古代和風かわからんファンタジー……！

「祆蘭！」

「無事⁉　怪我(けが)はない⁉」

「ああ、私は文字通り首の皮一枚だが、玉帰様が重傷だ。早く処置してやってくれ」

「……俺は、後で良い。……祆蘭が……首に、鬼の爪を、受けている。穢(けが)れが、入っている……可能性がある。早く、医院で診せろ」

「──！　小祆(シャオシエン)、こっち！」

浮遊感と共に、身体が引っ張られる。私を引き寄せたのは、蒼白顔(そうはくがお)の夜雀さん。彼女に運ばれて、医院……つまり医務室へと放り込まれる。

あたふたと、けれど的確に事情を説明した夜雀さんと、聞いている内にどんどん蒼白顔になっていく医院の人達。

鬼の爪の穢れ？　ってそんなに危ないのか？　とか思っていたら、全身が光に包まれた。

ま、眩(まぶ)しい。

そしてなんだ、これは。強い眠気……まさか麻酔？　……ぐ、ぬぬぬぬ。

鬼の穢れで死ぬとかそういう話か？　ふん、馬鹿め。命数尽き果てるまで抵抗してやると言っただろう！　この程度では──。

「それは輝術による麻酔だ。眠っておけ、祆蘭」

進史さんの声。……まぁ、そういうことなら。

4

起きた。首に巻かれた包帯。大げさな、とは思う。

「ここは……」

「医院の医務室だ。回復が早いな。あれほどの穢れに侵されていたというのに、もう浄化したのか」

「進史様。……んー、ふむ。……穢れというのは、結局なんだ。毒か何かか？」

「そう考えてくれて構わない。毒と違うところは体内で増殖する、という点だ。輝術で自ら押し返しでもしなければ、平民なぞ瞬時に全身を穢れに侵し尽くされ、死に至る」

「凶悪だな、中々」

「……詳しいことはまだわかっていないが、一部の鬼の証言によると、その方法では魂を奪えないという。だから鬼は基本的に迂遠な手段を取るのだ、と」

「鬼と交流があるのか？」

「いや、前に捕らえた鬼が命乞いに話していった話だ」

「その後殺した、と」

「当然だろう」

……なるほどねぇ。人と鬼は、体質的に相容れない種族……って感じなのか。そうなると余計に、鬼は果たして人間の成れ果てなのか、という部分に関して少しばかりの疑念が芽生えるけれど。

「もう浄化した、とは？」

「普通、穢れに侵された者は己が輝術と外部からの輝術でその穢れを駆逐し、それを浄化と呼ぶ。ただ、穢れに侵された者の意識が無い場合や、平民である場合はいくら外側から輝術で処置をしても意味がない。内側へ内側へと穢れを追いやるだけになる。抗い得るのは強い意志。つまり魂、あるいは存在の強さ、というものだ。穢れによる変質を受け付けない強い強い意志があれば、輝術による浄化を上回る速度で穢れを駆逐し、健康な状態へと恢復する」

「輝術の才が無くともそれはできるのか？」

「ああ。理論上は全ての命に可能なことだ。ただし、輝術を使えぬ身でそう強い魂を持っている者など中々いないが」

理解した。……死んでも不変だったわけだし。世界を跨いでも壊れなかったわけだし。

強いだろうなぁ、私の魂は。

「玉帰様の容態は？」

「玉帰は輝術を扱い得る。穢れは問題なく浄化できたが、折れた骨はどうにもならん。しばらくは添え木が必要だろうな」

「そうか。……しかし」

「実力不足、だろう。言い淀む必要はない。はっきり言え」

「……まぁ、そう言わざるを得ないな」

そうだ。桃湯に対して何もできなかった玉帰さん。要人護衛の人達の序列というか、誰がどう強いのか、がまだよくわかっていないのでなんとも言えないけど、あれが平均なら——まぁ、全滅は必至だろう。桃湯、鬼達って言っていたし。

「案は三つある。一つは、城の警備の強化。青宮廷(シーキュウテイ)からも指折りの貴族を集め、警備を固める。……だが正直これは得策とは言えない。この城に勤める貴族より強き者など青宮廷にはいないからだ」

「ついでに、青宮廷の貴族も墓祭りに行くから、だろう？」

「ああ。二つ目の案も同じ理由で得策ではない。お前が青宮廷に降り、厳戒態勢で守られる、というもの。やることは変わらないが、高空にある以上逃げ場のないこの城よりかはまだ安全だ。兵が命を賭してお前を逃がす、ということができる」

「逃げた所で、だろう」

「返す言葉はない。だから、三つ目の案が最も適した案となる」

「——私も青清君と共に墓祭りに行く、だろう？」

「そうだ」

ま、それが一番安全だ。

青清君が行く墓祭りの会場は中央。帝のいる場所。

精鋭も精鋭が集まっているし、青宮城の精鋭も、他の州城の精鋭も集まる。何より州君が全員いる場となる。

そこなら鬼も迂闊(うかつ)な手出しはできない。

ただし。

「ただし、次なる脅威が出てくる」

「人間、か」

「そうだ」

それは人攫い（ひとさらい）がどうの、という話じゃない。そういうのは流石に警邏（けいら）に弾かれるだろうし、護衛がなんとかできる。

問題は私が貴族ではないということと、私に目を付ける他州の者がいる可能性があるということ。

別に私そのものに他州が危険を冒してまで欲するほどの価値がある、なんて自意識は持っていないが、私の立場はかなり面倒だ。

他州にどれほど伝わっているかは知らないが、言ってしまえば「青清君の退屈を紛らわすことのできる玩具」が私。それを取り上げれば青州がどうなるか。

青清君の行動如何によっては青州の妃の信用度にも影響が出ると進史さんは言っていた。それを故意に起こせると他州が知ったら。

どこまでバチバチなのかは知らないけど、選ばれた妃の出身州は、それはもう大きな発言力を得るのだろう。

それを狙って……なんてのは容易に考えつく話で。

「鬼も怖けりゃ人も怖い。が、戦力差を考えると人の方がまだ対処しやすいだろう。進史様、現時点から予（あらかじ）め新たなお気に入り候補を探しておくべきでは？」

「物騒なことを言うな。……それに、いなくなった、連れていかれたからと納得する青清君ではない。誘拐の場合、最悪それを行った州に戦争を仕掛けに行く可能性もある」

「穏やかじゃないな、本当に」

「だから……政治的に、且つ青清君のことを考えると、この城に残っていて欲しい。……しかし護衛の戦力では鬼からお前を守ることができない。悩ましい話だ」

「ハ、どの案も危険すぎるだろう。だが、被害が最も少なく、そして最も実があるのがこの案だ」

「認可できない。危険すぎる」

それまでの間、私は鬼共と談話でもしていよう。あるいはそれが鬼という存在の理解へも繋がるだろうから。

蝋と油が混ざらないのなら、完全に分離してからもう一度掠め取りに行けばいい。

「そして、墓祭りが終わった後、青清君と進史様で私を奪還しに来い。上手くやれば鬼の居城が割れるやもしれん」

「……矛盾している。何も安全ではない」

「鬼は私を助け出しに来るそうだ。そして、穢してしまっては魂が獲れんのだろう？　つまるところ今回のは単なる事故で、奴らに私を傷つける意志はない。あくまで自分達のもとへ来させようとするような気概を感じられた。よって私は安全だ。安全に鬼によって連れ去られる」

「馬鹿を言うな。私達にお前を売れとでも？」

「だったら私は残る。残るし、護衛も要らん。他、城勤めの貴族も要らん。一人で良い」

「残った者は皆殺し。あるいはお前がいないことに気づいて撤退。……鬼の思考などわからぬ。ただ、中央の墓祭りに攻めて来ることだけは無いと予測できる。流石に四州君と帝が相手では、鬼も引かざるを得ないだろうからな」

「仮にだが、私が青清君についていったとして……もぬけの殻となったこの城を鬼が攻めて来ることになる。そうなったら、どうなる？」

ふむ。

「私達の力を以てしてもお前を奪い返せなかったらどうする」

「その時は見捨てろ、非情になれ。……とはいえ、青清君が付きっきりで私の部屋にいるわけでもないのに鬼が私を攫いに来ないところを見るに、鬼とて青清君は怖いのではないか？　そう考えれば青清君の力で私を取り戻すことは容易だろう」

「墓祭りの間にお前が殺されない保証はない。お前の言う安全は、お前が知っている情報においての安全だ。私達の知らぬこともあるだろう」

「だからなんだ。それで殺されていたらそれまでだろう。生憎と私は薄情でな、私が死した後の青州に然したる興味はない。水生の皆へ申し訳ないとは思うだろうが、それも摂理だろう。戦火の無い平定たる世を望む者こそが戦火を世に落とす。くだらんが、それが人間の性だ。時代が変われど世界が変われどそこだけは変わらん」

今だって前世の家族や友達に思うことは何も無い。もしかしたら日本は他国の侵略や隕石の衝突とかで滅んでいるのかもしれないけれど、それが私に何の関係がある。

死とは誰しもに訪れるモノなれば、生まれ直しという奇蹟を体現した今、もはや生者への寂寥など存在しない。

「青清君の気に入った退屈しのぎがこのような珍妙な魂の持ち主だったことを恨むが良いさ、進史様。気苦労痛み入るが、望んで得た立場だろう。せいぜい苦しんで、せいぜい幸福を掴め」

「……そういうところが、より青清君に似ていると……私はそう思うよ」

「失礼な。私は退屈だからって失踪したり芸ある者を呼びつけたりしない。自分で作る」

溜め息を吐く進史さん。彼の情動が理解できるからこそ、口角もさらに上がろうというもの。

「その不敬極まりない言葉は聞かなかったことにしよう。……わかった。お前の案に乗る」

「そう来なくてはな。散々詭弁（きべん）を述べたが、人生ある程度の刺激は必要だ。死が隣り合わせの生活を好ましいとは言わんが、一切の挑戦無き生に意味があるとも思っていない。――作戦の要、どのようにして私の連れ去られた場所をお前達が見つけるか、についてを話す。……一応聞くが、輝術での位置特定はできるのか？　できるのならこの策は必要ないんだが」

「範囲が絞られる。遠くへ行けば行くほどできなくなる。だから、策を話せ」

「良いだろう。――ではまず、人払いを。医院の者にも聞かれたくはない」

私の言葉に怪訝（けげん）なそうな顔をする進史さん。

「なぜだ？　……成り済ましではないと保証するぞ」

「彼らが鬼に攫われ、情報を吐けと拷問をされたらどうする」

「……はぁ。いいだろう、今回ばかりは全てお前の言う通りにするさ」

口調を崩したな。

良いぞ、進史さん。そうだ、ストレスを溜め込み過ぎない秘訣は、一定の所で妥協することだ。気を張り詰めすぎると短命になるからな。

さて――作戦名は、まぁ。

ヘンゼルとグレーテル作戦……だと流石に直訳ができないので……ええと。

ううむ、鋸屑（のこくず）大作戦とかでいいか。

「ああそうだ、水を使った工芸品はもうできている。できているが、種類を用意したいから輝術で瓶を作ってほしい」

「そういう頼みばかりであれば、こちらの心労も少ないのだがな……」

あれ、もしかしてむしろ気苦労を増やしていたりする？

第八話　漆塗り

1

灯りの無い、月明かりしか無い青宮城にて、鑿を叩くトンカチの音だけが響く。

規則的ではないけれど、途切れることのない音。

「なにをしているのかしら？」

「見りゃわかるだろう」

「……木彫り？」

「ああ。丁度お前を作っていたところだよ、桃湯」

驚くことはない。

ひたひたという足音や、何かが這い回る音は聞こえていた。今日がその日だ。墓祭りの日。

曰く、歴史上初めて――青宮城から人がいなくなった日、だとか。

「私を？　ということは、私への贈り物？」

「よくわかったな。……こう、こちら側から灯りを照らすこととかできないのか、鬼というのは」

「青くて良いなら、ほら」

ボウ、と。熱を持たない青白い火が、私の欲したところに灯る。

できるんだ。

「……便利だな鬼」

「でしょう？　鬼火というのだけれどね。人間の輝術より、眩しくなくて綺麗よね」

「今割と本気でそう思った」

「ふふ、本当におかしな子」

さて。

「作りながらで良いなら、とっとと連れて行け。ああ、力の強い鬼はいるか？　できればこの角柱を持っていってほしいんだが」

「なぜ？」

「なぜってお前、私を連れ去るのだろ？　真っ当な家は無理だが、掘っ建て小屋くらいならなんとか自分だけでも作れる。お前ら鬼は雨風関係ないかもしれんが、私は風邪を引くんだ。家は必要だろう」

「……輝術の気配はしない。本当にただの木みたい。――角栄、角栄」

「なんだ姐さん。やはり素直に頷かないのか？」

ぬぅ、と現れる大男。……こう、このたとえが合っているのかは定かではないけれど、フランケンシュタインみたいな大男だ。皮膚がパッチワークになっているわけでも緑色なわけでもないけれど、そう感じるほどに……どこかごつごつとしている。

「この大きな木、傷つけずに持っていける？」

「はぁ？　……いやまぁできるが」

「私達に付いてくるのは肯首してくれるのよね？」

「でなけりゃこの城をもぬけの殻にして私だけ、なんて状況作らんだろ。聞けば、お前達鬼一人を倒すのに輝術師が何十人とかかって大きな被害を出してようやくできるかできないか、という戦力差らしいじゃないか。それが……私に聞こえているだけで、十七はいる。護衛など置いても無駄だし、抵抗するのも無駄だろう」

「二十四よ、来ているのは」

「多いな。鬼というのは暇なのか？　……まぁ仕事なんかないか」

思ったより少ないな。もしかしたら青清君（シーシェイクン）がいるかも、とは思わなかったのか？　それとも二十四人いれば青清君をやっと倒せる、という人数なのか。

どちらでもいいが。

「籠を所望する」

「……えっと？」

「だから、籠だ。貴族が乗るような籠。連れられるならアレがいい」

「……角栄。このお城の倉から、籠を盗んできて」

「何言ってんだ姐さん。こんなガキの言うこと真に受けねえで、ぶん殴って気絶させて持って行けば」

「なんだ、私の利用価値もわからん鬼も交ざっているのか。私も無学の身だが、桃湯、お前も苦労しているんだな」

「ンだと?」

やっぱり、直接的な攻撃のできる鬼もいるのか。桃湯はむしろ特別な部類かね。

「だめよ、祆蘭（シェンラン）。鬼をそんな風に挑発しちゃ。あなたの言うように後先を考えられない鬼もいるのだから、あなたのような命は儚（はかな）く散ってしまう」

「いや……姐さん、あんたどっちの味方なんですかい」

「賢い子の味方」

「だそうだぞ角栄。もっと勉学に励め」

「――調子に乗るなよ、ガキ。お前など」

「早くして」

「……この……姐さんだからって、流石に調子に乗りすぎじゃねぇか」

おっと。……ここで仲間割れをしてくれるのなら、好都合極まりないが。

「角栄。――つまりそれは、反意である、と見做（みな）すけれど。いいのね?」

「……あぁわかった、わかったよ姐さん。だが約束を忘れるなよ。ソイツは山分けだ。独り占めしようってんなら、姐さんでも黙っちゃいねぇ」

一瞬、というか一度は完全に沸点へと達したように見えたけれど、すぐに落ち着いたな。

こうも簡単に諭されるあたり、ヒエラルキーというか力関係は桃湯の方が完全に上なのかな。

「当然でしょう。独り占めする気なら、あなた達なんか呼んでいないわ」

「……ま、そうだな。んじゃこの角材と籠を持って城の入り口にいる。話し合いでもなんでもいいが、奴（やつ）らが戻ってくるまでに済ませろよ。それと、鴉（からす）達からの報告だ。この城、周囲に人影も輝術の気配

もねぇ。奴ら本気で祭りに行ってやがる。このガキを置いて」

「売られたんだ、当然だろう」

細かい作業に入っていく。

桃湯は髪が長いから、その辺のディティールを欠かさずに、目元や唇などの美貌も可能な限り再現して、反物の裾の広がりも意識して。……フィギュア製作もいけるか、私。

「あ、待て桃湯」

「なに？」

「もしやとは思うが、眠らせていく、とか言わないよな。だったらこれを作り終えてからにしてくれ」

「安心して。そんなことは言わないから。なんなら道中で作っていてもいいから、出発しましょう？大丈夫よ、角栄達が全く揺らさない快適な籠運びを実現してくれるわ」

「……前々から思っていたが、鬼って実はすごいのでは」

「ええ、鬼って実はすごいの」

適当な雑談を挟みつつ——部屋を出て、城の門へと歩いていく。

そこに集まっていたのは、魑魅魍魎（ちみもうりょう）……というほど異形達ではない。男女比は女性の方が若干多めの、見た目普通の人間達。ああでも男は筋骨隆々だから古代中華っぽくはないな。要望通りの籠が用意されていて、今か今かと待ちわびている様子だった。

「さ、乗って。私も乗るから」

「……姐さん。もしかして俺達に運ばせる気か？」

「当然でしょう。それともなぁに？　私は歩かせるの？」

「俺達は平等だろ？　それを、人間の貴族みてぇに……」

「じゃあ角栄は良い。他の鬼に頼むから」

「待ぁってましたァ！　えーこの旧蓮（ジュウリエン）！　姐さんの手となり足となり、そこの使えない角栄みたいなゴミクズと違って安全で！　快適で！　それでいて迅速な道中をお届けします！」

素晴らしいまでの三下感とともに現れたのは、痩せぎすで小柄な……言葉を選ばないのならゴブリンのような男。言葉を選ぶのなら小鬼のような男性。どちらも同じと言えばそう。

……少年と形容できない理由は、顔があまりにもおじさんだから。あと眼鏡が……眼鏡がな。その……鬼になっても眼鏡って必要なんだ、というのは勝手すぎる落胆だろうか。

「んだとこのヒョロ眼鏡」

「ええ、お願いね旧蓮」

「っしゃア！　へん、無駄に矜持（きょうじ）掲げているから捨てられるんだよ筋肉馬鹿！」

……騒がしいな、鬼。

でも……やっぱり私にとっては、輝術師と鬼の違いが分からなくなる一幕だ。

なんなら鬼の方が自由そうだな、とか。

籠に乗る。浮遊する馬車じゃない奴だ。続けて桃湯も乗ってくる。

籠棒の前後が持たれたのだろう、若干の浮遊感があった。

「そういえばお前達は飛べるのか？」

「ええ、跳べるわ」

「――ということは」

「大丈夫。微塵も揺らさない、って旧蓮は言ったから。……言ったかしら？」

「勿論！　移動していることがわからねぇほどの快適で！　そんじゃ行きますぜ……ァ――アァァらよ――ッとォ!!」

揺れ、はないけれど。

当然、落ちるのだから、内臓が浮かび上がる感覚が……無重力状態無重力状態。あ、この状態でも鑿は打てるんだな。

「祆蘭、今だけは私の膝に乗りなさい。そうすれば、着地の衝撃を最小限にできるから」

「また首を斬る気か？」

「あれは事故。……脅しだけで、そんなつもりは無かったの。本当よ」

「わかっているわかっている。……お、膝はあるのか。足はないのに」

「ええ、私は人間だった頃、足を斬られたから。無いのは足首から先だけなの」

……ふーん。元人間なのは本当なのか。

しかし、足先だけを斬る、ねえ。何かの因習か、罰か。……何かしらはありそうだけど。

「はい、じゃあ元の席に戻って大丈夫」

「え、もう着地したのか？　……凄いな。旧蓮と言ったかお前！　本当にすごいな！」

「姐さんじゃねぇのに褒められたって嬉しかねぇけど、ありがとよ！」

普通に凄い。着地した感触なんかなかったし、今も移動しているとは思えない程静かだ。

これなら集中できる。

「しかし、足が無いとなると、立ち姿は無理か。まぁあの時と同じ、弓を弾いている姿で良いな」

「なんでもいいわ」

ガツガツと鑿の音を響かせて、深い部分を手掛けていく。想像の百倍良い作業環境だ。鬼、やるな。

「……ちなみに喋りながらでも工作はできるから、喋りかけてもいいぞ」

「そう？　器用なのね」

「お前とて話しながら弓を弾けるだろう。大体同じだ」

「ああ、そういうこと」

それで納得してしまうのもどうなんだ。

2

では、と。

桃湯は話を切り出す。

「売られた、というのは絶対に嘘だとして……何か作戦があるのよね？　どういうことなのかしら」

「流石に言わん。あるのはある。考えてみろ」

「最初は、木屑を落としていって、それを辿らせるのだと思ったわ。でも、自分から籠に乗りたい、なんて言い出すから……これは違うし……」

「一応補足すると、木屑を落としていったところで風に吹かれて終わりだろう。あとわかりやすすぎるし」

「そうよねぇ。流石に皆気付くわ。どれほど馬鹿でも」

「ああ。だから違う」

うーん、と桃湯は考え込む。

そんな桃湯に、「ちょっと灯り頼む」なんて言って鬼火を貰う。鬼火が便利過ぎる。欲しい。

「……何もわからないから話題を変えるけれど、そういえばあなたの生まれ故郷を見に行って来たのよ。水生……だったかしら？」

「ああ。何も無かっただろう」

「ええ、本当に。食べる価値のない魂というか、一目で不味そうだとわかる魂ばかり。あなたがあそこで生まれたなんて、自分で調べていなければ信じられない程だった」

「そこまで言われるのか水生」

「遠くない内に滅んだって納得の行く村だった。それも鬼や幽鬼に関係なく、村というものの寿命で」

「実は言い返す言葉を持っていない」

そして多分、水生のみんなですら同じ見解だと思う。明末も子供ながらにそう思っているんじゃないかな。爺さん婆さんに至っては当然だとばかりに。

「あるいはあなただけが特別で、突然強い魂を……輝術師のような素養を持ち合わせて生まれた子、かとも思ったわ。でも、あなたからは輝術の気配は感じないし……本当に不思議。私がつけちゃった穢れも、自分の魂だけで押し返したのでしょう？」

「らしいな。私に自覚はないが」

「そこはあなたに感謝しないと。穢れた魂なんて食べても美味しくないもの」

桃湯はどこか冗談めかして言う。……ん、今の鬼ジョークか？　すまない、拾えそうにない。

「そうなのか。……ちなみに魂ってどういう味なんだ。現世のもので例えると」

「例えられないけれど、不思議で、甘美な味よ」

「……こう、私が料理を作って、それが魂の味に似ていたら、『鬼が太鼓判を押した魂味の団子』とか商品にできないものか」

「あら、賢い子だと思っていたのに、案外阿呆なのではないかと思えて来たわ」

無学なのは事実。……人間ジョークは通じなかったらしい。

「聞いていいものか迷っていたんだが、お前達鬼は元人間、という認識でいいのか？　さっきの足の話もそうだが」

「ええ、そう。というか、聞いていないの？　幽鬼は未練や恨みを遺して死んだ人間で、鬼は自ら鬼になろうとして死んだ人間だ、って」

「聞いたが、聞いただけだ。私は鬼でも輝術師でもないから、自分で見聞きしたことでないと信じ難い」

「……そうねぇ。私達の住み処に着くまでもう少しかかるし……聞きたいことがあったら聞いてみていいわよ」

「鬼になろうとして死ぬ、ってどうやるんだ？」

「いきなり核心の核心を突くのね」

「いやだって、気になるのそこだろう、一番」

言葉の端から探ろうと思っていたけど、教えてくれるなら僥倖だ。

千載一遇のチャンス、か？　まぁ私が生きて戻れなければ何の意味も無いのだが。

「勿論、鬼になろうとして死んだ人間の全てが鬼になれるわけではないわ。それなら鬼が溢れかえるし……私達としても、限られた美味しい魂を奪う存在が簡単に増えるのは好ましくない。それに、あまり俗な理由を持つ同胞が増えても……あまりに人間臭いと、殺してしまうだろうから」

「あー。その様子だと過去にいたのか。くだらん理由で奇跡的に鬼になれた人間」

「ええ、いたわ。気に障ったから滅ぼしたけれど」

「……それが理由で姐さん、なんて呼ばれていたり？」

「いえ、私がそう呼ばれているのは、ただ単に長生きだから、よ」

「あと強いからですねェ」

籠の外から注釈が入る。旧蓮の声だ。

「そんなに強いのか」

「ここにいる鬼全部が一斉にかかって、傷一つつけられねぇくらい強いぜ姐さんは」

「何やら外野から情報が入ったが、どうなんだ」

「……まぁ、どう思うかは勝手だから」

強くなければ単身青宮城に潜伏する、なんてしないだろう。

それに、プライドの塊に見えた角栄が何の口も挟もうともしてこないあたり……というところか。

「何か条件があるんだな、鬼になるためには」

「そもそも一概に鬼と言っても二種類いるのよ。ああ、三種類かしら」

「へえ。強さとかの話か？」

「いいえ、成り立ちの話。今いる鬼の中にはいないけれど、恨みや未練の対象がいなくなって、それでも消えなくて……そうして行き場の無くなった幽鬼が互いや輝術師、強い魂を食らって誕生する鬼。これが一つ目」

「そういうのって自我とか……」

「ええ、理性的ではないわ。だからこういう計画や作戦には向かないの。ただし、だからこそ暴れるには適しているから、敵地に放り込めば暴れるだけ暴れて死んでくれる。便利よね」

幽鬼はあくまで使える駒扱いなんだな。鬼になっても。同族意識の面では、鬼と幽鬼は根本から違うのだろう。

「二種類目が、私達みたいに自ら鬼になったもの。なり方は……これも、様々だけど……みな強い意志を持って鬼になっている。鬼であることを誇りに思っているのではなく、鬼にならなければならなかった、という側面が強いかしらね」

「それは恨みか……いや、世直し、とかか？」

「さて。鬼によって理由は違うから」

成程成程。人間じゃダメだった理由があるのか。

「それで、三つ目は？」

「さっき、私は言い淀んだでしょう？　その理由が三つ目にあるの。簡単に言うと滅多に現れないから、なのだけど」

「ふむ？」

桃湯は、一度言葉を切って——言う。

「楽土（らくど）から帰って来た者。それが三種類目の鬼よ」

そう。

3

——それって私じゃんね、なんておくびにも出さないが、とりあえず桃湯フィギュアが出来上がったので本人に見せる。

「どうだ」

「……凄い。上手ね」

「だろう？　できれば着色もしたいが……まぁ流石にそれは贅沢（ぜいたく）か。さて、さっき角栄が持ってくれた角柱、アレの端っこを切り落として私にくれないか」

「だそうよ、角栄」

「……はぁ。わかった、わかったわかったわかった」

ブォン、という音がして、ごと、という音がして。

籠の戸から、立方体の板材が投げ込まれる。

その断面は……チェーンソーでも使ったんじゃないかと思うほどに、綺麗。

「鬼、土木仕事向いているだろ」

「流石に輝術師の方が向いているのではないかしら」

　ああそうか、そっちがいたか。

「それで？　そっちは何に？」

「角栄を彫る」

「あら、もう顔を覚えたの？」

「造形が単純だからな。暇があれば旧蓮も彫るつもりだ」

「……もしかして、私達に媚を売ろうとしているのかしら」

「馬鹿言え、だったらもう少しマシな態度をとる。私は暇があると仕事をしたくなるんだ。これらがお前達の住処に置かれるかは知らないが、たとえ私の命数尽きても作品が残るならば本望だ」

　くだらない言葉を吐いて、作業に取り掛かる。今籠がどこにあるのかはわからないが、墓祭りが始まってからそう時間は経っていない。これは仮に辿って来られたとしても私は死んでいるだろうなー、とか思いつつ、さらに雑談を挟む。

「もう一つ聞きたいこと、いいか」

「ええ。幾つでも」

「輝術とはなんだ。……とても正直な話をするがな。あー……私にとっては、鬼も輝術師も大差がない。どちらも摩訶不思議な術を使い、不明な生態をしている。ただ数が多いからという理由で輝術師が生態系の主のような顔をしている。そうにしか見えん」

「輝術とは何か、ねぇ。……私達もそれがわかったら苦労はしないのだけど」

「お前達は元輝術師とかではないのか？」

「いえ、元輝術師よ。皆貴族で合っているわ。でも……なぜ私達に輝術が効くのか、私達がなぜあの光を苦手に思うのかはわからないの。旧蓮、角栄。あなたたちはわかる？」

「知らねぇな。なぜか痛い光だ。人間だった頃は疑問にすら思わず使っていたが、鬼になってからは心底意味の分からん術だ。あんなものを……原理も分からずに使っている人間に、恐ろしくはないのかと問いたいほどにわからねぇ」

「そりゃ俺もでさァねェ。これでも俺ァ一端の高級貴族サマって奴だったんで、輝術もそりゃもう使えたんだわ。……が、その頃から輝術がなんなのか、これがどういう原理で、何から発生しているのかはわからなかった。鬼になってから気になって輝術師を解剖したこともあるがァねェ、平民の内臓と大差がねェと来たモンだ。こいつァ魂に何かあるとしか思えねェってわけヨ」

私も同じ結論に至った。

穢れとやらを魂のうんたらかんたらで押し返すことができるなら、輝術は魂がどうのこうのと起源を同じくしているのだろう。

そして……だとして、結局なんなのか。なぜ貴族の血筋だけが輝術を使えるのか。

「しっかし、アンタ剛毅(ごうき)だなァ。輝術師、今ンとこは仲間だろゥ？　そんなボロクソに言っちまっていいのかい？」

「何がボロクソだ。お前達の生態を問うたのとほぼ同じだろうが」

「こういうの、好奇心旺盛っていうのかァねェ。だが覚えておきなァ」

「過ぎたる好奇心は身を滅ぼす、とでも言う気か？　馬鹿め、今盛大な投身自殺をしているんだ、今更だろう」

「……そりゃそうかァ」

命が惜しいならこんな作戦立てんわ。

「あ、そうだ。ついでに、今墓祭りやっているだろう？」

「ええ、そうね」

「楽土から魂が帰ってくる。その魂が心配しないように元気な姿を見せつけて、安心して楽土へ帰ってもらう。これが墓祭りの概要だ。——帰ってくるのか？」

「帰ってくるわけないでしょう。そして、帰って来ていたら、それ鬼よ」

「だよな……」

やっぱりそこは迷信なのか。

それでも開くのは……気休めか、あるいは貴族にだけ伝わっている何かがあるのか。

どちらにせよ、やはり祭りなど出なくて正解だ。

そして。

「さて……そろそろ到着するけれど、心の準備は良いかしら」

「なんだ、できていないと言ったら待ってくれるのか？」

「構わないわ。それで？」

「問題ない。ただ一つだけ頼みがある」

「なにかしら」

「殺すなら首をスパッとやってくれ。長く痛いのは好まん」

「……別に殺す気は無いのだけど」

あ、そうなの？

……そういえば今の質問タイムに聞いておくべきだったか？

助け出す、ってどういうことなのか、を。

籠を降りたそこは……地底に造られた宮殿、のような場所。広大であると言える岩のホールに、明らかに通ってきた入り口よりも大きなその建造物は、それがどこぞかから運び込まれたものではなく、この場で作られたものであると想像できる。

そしてそこに犇（ひし）めくように、いるわいるわの鬼鬼鬼。それらが私を見て、舌なめずりをしている。

「やっぱり食われそうだな。食う時は頭からにしろ。他は痛い」

「だから、食べないって言っているでしょう」

「だが山分けするのだろう？　殺してからにしてくれないか」

「そういう意味じゃないの。はぁ、角栄が馬鹿なことを言うせいで……」

百、は……いるな。

うーん。これ、進史（シンシ）さんと青清君来ない方が良さそう。流石に勝てないだろこの量。

「ここ、名前とかあるのか？　鬼ヶ島みたいな」

「別に島ではないし……人間は人間の城に人間城って名付けるの？」

成程。論破された。

「名前は無いし、誰が作ったのかも定かではないの。この宮殿は元からここにあって、都合がいいから使っているだけ」

「厠（かわや）とかの関係か？」

「鬼に厠は必要ないわ」

アイドルか？

「それで……山分けとは、助け出すとはなんなのか、そろそろ教えてくれ」

「そう、それよ。そっちを聞いてくると思っていたのに、あなたが全く別の話をするから……」

「ああすまん。道中に説明する予定だったのか」

「そうよ。まず、助け出すに、ついてだけど」

ぼう、と。青白い炎が――各所から上がる。

「祆蘭。――あなた、実は鬼でしょう？　さっき言った、三種類目の」

逆光が、彼女を黒く染め上げて。

だから、間髪も溜（た）めも入れずに答える。

「多分？」

「……否定しないのね」

「いや、楽土に行った記憶がないんだ。だからすんなり肯定できない。だが――幽鬼の未練を断ち切る記憶は有している。というか、だからこそ私をそうだと断定したのだろう？」

「ええ、そう。……寧暁（ニンシャオ）という幽鬼を覚えているかしら」

「ああ、お前が舌を斬った幽鬼だな」

「……あら、尋問官に紛れた鬼が斬った、ということになっていたと思うのだけど」

「だとしたら被害が出なさすぎだろう。そこまで理性的な鬼ということは、さっきお前が話していた二種類目の鬼であるはず。だがソイツは多少暴れこそしたものの、輝術師によって討滅されたらしい。尋問官に紛れ、成り済ました鬼の精査さえも乗り越えた鬼が、そう簡単に捕まるものかよ。だから、捕まった鬼は一種類目の鬼で、お前が身代わりとして置いた幽鬼の成れ果て。そういうことだろう」

「あら、その話をしたのは籠の中で、のはずだけれど。さては……木彫りをしながら、ずぅっとそこを推理していたのね」

「ああ。さも前からわかっていた風だっただろう。全然、全く、今さっき辿り着いた真相だから、私の護衛も保護者も依頼主も、誰も知らん情報だ」

胸を張る。

ふん、馬鹿め。私をそんなに頭のいい奴だと思うなよ。そこまで推理できる頭があるならもっとスマートな策を思いついている。

視界の端に、もう全く興味がないです、と言いたげに足の裏を掻いている角栄が映る。いや待て、足を掻いた手で鼻をほじるな。衛生管理とか無いのか。

「寧暁の身体を包んでいた光。あれは、今思えば青さを減らした鬼火のようだった。どうせ取引をしたか何かだろう？　輝かせてやるからもっと輝くものを奪いに行け、とか」

「そうね。適当なことを言ったら、簡単に動いて……あなたの前に躍り出てくれたし、あなたは目論見通り彼女を祓ってくれた。そうして、あなたの特異性を間近で見させてもらったの。蜂花を祓った、という噂話だけでは、信じ切れていなかったから」

「しかし、それで確信するということは、私以外の楽土から帰って来た鬼、というのも幽鬼を祓えたのか？」

「そういうことになるわね」

なるほどなぁ。そいつも生まれ直しを……と思ったけど、元来のケースがそいつで、私のはレアケースだろうなぁ。その鬼は本当に楽土へ行って、帰って来た鬼なのだと予想する。

「そいつの名は？」

「わからない」

「わからない？　名を教えなかったのか？　というかもう死んでいるのか？」

「ええ、もう消えている。名を遺さずに消えた鬼。けれど、古くからいる鬼は敬意を表して彼女をこう呼ぶわ。鬼子母神(グゥイズームーシェン)、と」

……その名前は私でも知っているなぁ、流石に。でも……地球とは全く別の文化を築いていて、そんなに音が似る事、あるか？　それとも私が今脳内で日本語解釈したのが間違っているのか？

ただ、何にせよ聞かなければならない。これればかりは。

「神……とは、なんだ。鬼ではないのか？」

「……。本当に知らないの？」

「常識なのか？」

「……ダメね。眩しすぎて、魂の揺らめきが見えない。あなたが嘘を吐(つ)いているのだとしても……判別できない」

少なくとも輝術師からは神という言葉を聞いたことが無い。爺さん婆さんも神に祈る姿を見せていない。城の中に神を祀(まつ)るようなものはない。だから、この世界に神はいないのだと思っていた。

違うのか？

「神というのは、導く者のことよ。州君……あなたの良く知る青清君も、幼き頃は神子として育てられていたの。他者を圧倒する強い力を持ち、圧倒した他者を導き、霧中に道をつけるもの。それが神」

「お前達の鬼子母神は、多くを導いて、しかし消えた。――つまり、お前達は……私に鬼子母神を見出している？」

「ふふ、やっぱり、知識がないだけで頭の回転は速いのね。そう、あなたは人間に紛れて生まれて来た鬼なのよ。確信したのは寧暁を庇ったあの時。あの場にいた輝術師は疎か、私でさえも竦み上がらせるほどの威圧を放った。あんなものを出せる子供は神子くらい。そしてあなたは輝術を扱うことができないから、鬼」

「だから助け出す、か。山分け、というのは？」

「あなたの恩恵を受けるのはここにいる皆、ということよ。私だけの鬼子母神にはさせない。角栄が言ったのはそういうこと」

ふむふむ。ナルホドナルホド。

「――存外、くだらんな」

「!?」

鬼火が消える。暴風が壁面を叩く。身体をポリポリ掻いていた鬼達も、一斉に身構える。

私……じゃ、ない。

背後。

「……登場が早すぎだ、莫迦者。もう少し情報を引き出せただろうに」

「そうか？　十分すぎる収穫だろう。——して、失せろ鬼。祆蘭は私のものだ」

洞窟内に。地底に。

光が満ちる——。

4

空飛ぶ馬車。

「墓祭り、早抜けして来ただろう」

「当然だ。贈答が終わった以上帝の機嫌取りなど私には不要だし、何やら様子のおかしい進史を詰めてみれば、お前をわざと鬼に攫わせただと？　これがお前の発案でなければ進史の首を斬り落としていたところだ」

いや、それはもう圧倒的だった。圧倒的な——水責め。

洞窟内に満ちた光の粒子は、そこからダバダバドバドバと水を生みだし、青清君は私だけを引っ掴んで浮き上がり、洞窟を出てしまった。

さらには洞窟の入り口に向けて輝術を揮い、それを凍らせて……。

あの後鬼がどうなったのか、私にはわからない。流石にそれくらいなら生きていそうではあるけれど、あの建物はぶっ壊れていそうな気もする。南無。

「なに、勝算が無いわけではなかったし、実際追いやすかっただろ？」

「……城内の至る所に漆を塗っておく。単純だが、効果的ではあったな」

そう、鉋屑大作戦の全容がそれだ。

木屑とか糸屑とか、それらしいカムフラージュはたくさんしておいて、実はそれはもうどでかい罠を張っていましたよ、と。

青宮城のあらゆる床に塗りたくられた漆。天井や柱など、鬼の通りやすい場所にも全部塗った。

「途中で気付かれていたらどうする気だったのだ」

「桃湯が鬼達の中でも上位にあることはなんとなく察しがついていたからな。足の無い桃湯は気付かない仕込みで、且つ他の鬼が桃湯へ報告しづらいことを考えた。以前、私が桃湯と初めて出会った時、傷つけられていないにもかかわらず進史様は私を湯に入れたんだ。穢れを祓う、と言って。そこから考えるに、鬼は湯を嫌うか、少なくとも青州の水は嫌うと見た。そこまで清潔感のある集団ではないと考えた」

その辺はちゃんと進史さんにヒアリングを取っている。

今まで相手をして来た鬼に清潔感のあるものは多かったか、など。

「真面目な話をしている時に、身体が痒い、なんて報告を入れる鬼はいなかろうさ。だから籠での移動にしたんだ。私が籠を所望すれば、監視が必要になる。中で何をしているかわからないのは不安だろうから。そして高確率で桃湯が乗ってくる。ほら、こうなれば妙に身体の痒い鬼達と、私との雑談に夢中な桃湯の出来上がり。それでいて鬼達は基本徒歩移動だからな。地面にしっかり鬼の足跡が付く」

輝術で辿ってもらったのはソレだ。最初の旧蓮の大ジャンプの飛距離によっては輝術が届かない可能性もあったので、そこだけヒヤヒヤしたが。そんでもって、私はちゃんと足袋を履いている。私が痒い痒いってなっていたら、桃湯も気付くだろうからな。

「しかし、進史様も口が軽い。もう少しくらい黙っていられなかったのか」

「……進史だけでなく、お前の護衛達も妙にそわそわとしていた。何かあるのだと察するのにそう時間は要らなかったよ」

「嘘が吐けなくて要人護衛が務まるのかね。……それで、どうだった？」

「何がだ」

「鎮魂水槽（チェンフンチーツァオ）だよ。あんたのお眼鏡と、帝のお眼鏡には適（かな）ったか？」

「ああ……あれは、良いな。水中花と鎮魂水槽は、今後青州の代表的な土産になるだろう。水中花の方は作りが複雑だが、贈答品としてとても良い。鎮魂水槽の方は単純な構造でいて、見ていて飽きない。帝も大層喜んでいたよ。それに……他の貴族達も、散っていった仲間達への想いを馳（は）せているように見えた」

「それは良かった。原理はわかったたか？」

「解析はまだだ。だが、解析するほどのものではないようにも思う。そして……だからこそ、世の理（ことわり）を知るのに重要な手掛かりの一つであるようにも思えた」

「言い過ぎだろう、それは」

青清君は……少しだけ、胡乱（うろん）な瞳を見せる。

「あの鬼と意見を重ねるわけではないがな、祆蘭」

「ん」

「神子にも、二つの種類がある。一つは私のように、生まれは普通でも、輝術の才が他と隔絶していた、という神子。州君候補として……世間から隔離された一生を辿る。そしてもう一つが、楽土から帰りし神子だ。そこに輝術の才は関係なく、ただ人に導きを示す才を有すると言われている」

……そんなに似ること、ある？　敵対種族の……レアケースの成り立ちが。同じ、なんじゃ。

「二種類目の神子で、今尚（いまなお）生きている者はいるのか？」

「一人だけいる」

「それは誰だ」

青清君は、一度息を呑（の）んで――言う。

「玻璃（ファリー）。……現帝の母親だな」

いやそれ。怪しい以外の何物でも無いじゃん。

幕間　墓参り

1

これは祆蘭が鬼と直接対峙をしている時のお話。

彼女一人を青宮城に残して墓祭りへ行った彼ら彼女らの、時を遡ったお話である。

「ふん……毎年毎年、代わり映えの無い光景でつまらぬ」

「否定はしませんが、今回は赤州の出し物が面白いとの噂ですよ」

「出し物？」

「ええ。なんでも火を固めることに成功したとかで」

「ほう……？」

青清君と進史。州君とその付き人として多くの貴族に囲まれている二人は、けれどやっていることはいつもと同じ。

色々なところを歩き回っては、つまらない、退屈だとごねる青清君を進史が窘めて、目に入った面白おかしいものや事前連絡で伝え聞いた様々を紹介する。

青清君は初見で原理のわからなかったものを特に好む。なぜそうなるのかに興味を持ち、分析、解析をして、自身で作れないかを試す。そして——だからこそ、青清君は勉学をやめた。予め知ってしまうのは勿体ないと。彼女の世間知らずや常識の欠如は、彼女の意思によるところから来ている。

無知であればあるほど、世界は楽しめるのだと。

「おや、青清君。相変わらずつまらなそうな顔をしているね」

声。少しばかり中性的で、けれど女性らしさもあるその声。

「……何の用だ、黒州の女誑し」

「酷いことを言うね。ボクは皆を幸せにしているから、誑しているわけじゃないよ」

この国——天染峰にはそれぞれの州君が治める四つの州がある。青州、赤州、緑州、黒州。そこに加えて中央であり帝の治める黄州があって、これら州はそれぞれがそれぞれの思惑や指針を持ちながら、絶妙な均衡を保って存在している。

そして今青清君に声をかけた女性。名を黒根君と言い、その名の通り黒州における州君を担う存在である。

ただし、青清君と大きく違う所は——。

「黒根君！　黒根君！　金状飴を買ってきました！　一緒に食べましょう！」

「ちょっと！　私が先約よ。黒根君は私と連角糖を食べるの。あなたは後」

「そう騒ぐでない。他州の州君の御前よ、黒州が主らのような子供の集まりだと思われては敵わん」

「あ、ずるい！　そうやって大人ぶって！　あんただって辣丹を買っていたの知っているんだから！」

「おっと。もう少し再会記念の積もる話をしていたかったけれど、ボクの愛しい花達がボクを呼んでいるからね。これで失礼するよ」

――堂々とした一切隠さない同性愛と、子供のようなそれらを花でも愛でるかのように扱う所と。

「……また新しい面子でしたね。此度は誰が残るのでしょうか」

「興味がない。……憐れには思うがな。あの性悪に誑かされ、特別扱いを受けた女の末路。情報統制の巧みなことだ」

ドス黒い、州の名に恥じないその性格、だろう。

ああやって「使えるモノ」と「使えないモノ」を日々選別し、少しずつ州内の人間を己が信者だけにしていく。己を好むのではなく、己を崇めるものだけを遺し、産ませ、増やし、そうでないものは捨て、消し。

そういう、祆蘭に言わせるところの「お貴族様らしいこと」を州君がやっているのだ。青清君も進史も、黒州の女は憐れにしか見えない。

「よ、青清君。その疲れた顔を見るに、黒根君だろ？」

「お久しぶりでございます、青清君」

初っ端からげんなりした青清君に声をかけて来たのは、まだ少年と言って差し支えの無い年頃の男児。それと、付き人である老齢の男性。

「おお、緑涼君。お前、また背が縮んだか？」

「伸びたんだよ！　縮むわけないだろ！」

「ほほほ、爺は毎年少しずつ縮んでおりますよ」

「点展、そりゃ腰が曲がっていっているだけだ。……ったく、挨拶回りするだけなんだから、休んでりゃいいのにさ」

緑州が州君、緑涼君。州君の代替わりは別に全州合わせて行われているわけではないので、こういう年齢差も発生する。

とはいえ緑州はよく治められている方だ。どちらの手腕かは進史達には判別つかないが、平定の世を体現していると耳にすることも多い。加えて緑涼君が付き人を含む周囲の人間を気遣う性格であるため、子供ながらに甚く慕われているのだとか。

「赤積君にはもう会ったか？　会ってないなら早めに捜しておいた方が良いぞ、青清君」

「……まさかとは思うが、もう飲んでおるのか？」

「おれが挨拶しに行った時は、傍らに瓶が三つ転がっていた」

「行く気が失せた……」

赤積君。赤州の州君であると同時、赤州における兵、軍事の全てを一手に担う老骨。

輝術の腕もさることながら、斧剣術と棒術は他の追随を許さず、六体の鬼を一人で相手取り、背後にいた負傷した兵を守りながら無傷で勝利を掴んだ、なんて伝説も残している。

欠点らしい欠点と言えば、今まさに緑涼君の言った話。

「赤州の貴族も貴族だ。あの爺が呑めば止まらなくなることなどわかっているだろうに、なぜ酒を与えた……」

「いやそれがさ、点展曰く付き人の監視の隙をついて酒を買いに行っていたみたいで、一瞬目を離したあと、いつの間にか酒瓶を持っていたんだと」

「赤積君の足運びは鬼の目でも追えない、と言われていますからね。付き人ではあの方を抑えきれないのでしょう」

「……そう言う進史、お前もなんか……窶れてないか？　おい青清君、あんまり進史に無茶言うのやめとけよ？　こんな有能な奴そうそういないんだから、適度に休ませないと働き過ぎで死ぬぞ」

「ふん。私は別に頼み事などほとんどしておらん。進史が勝手に世話を焼いているだけだ」

「そうしないとあなた失踪するでしょう、青清君……」

州君といえどヒトの子。

一癖も二癖もあって、人間らしいのが彼ら彼女らだ。

「緑涼君、そろそろ準備のお時間ですな」

「もうか？　うーん、一年に一度しか会わないんだから、もう少し話していたかったけど……まぁ仕方がない。じゃあな、青清君。進史。おれ達は帝への贈答品にちょっとした準備が必要だから、もう行くよ」

「ほほほ、失礼いたします、お二方」

貴族としてははしたないのかもしれないが、緑涼君は大きく手を振って、少年らしい快活な笑顔と共に去っていく。あの少年はしきたりとか関係なしに「久々に会って話がしたいから」という理由で各貴族に挨拶をしに来るのだ。あれで好かれないはずがない。

それに比べて青清君は……。

「私がそんなことをするように見えたか、進史」

「いえ。いつも通りですね、とだけ」

「ふん」

誰かが挨拶に来たら対応はするが、挨拶回りなどしない。

特にもう酒を飲んで出来上がっている赤積君に近づこう、なんて考えはない。後で赤積君の従者に「青清君が挨拶に来ていたけれど赤積君が眠っていたので帰った」という旨を言ってもらうだけだ。赤積君の従者もなんであればもうわかっている。挨拶に来ない州君や有力貴族がいても、大体「挨拶に来ましたよあなたが眠っていただけで」というだろう。

「……それより、アレの新作があるのだろう。まったく、私のために呼び寄せたというのに、帝への贈答品を作らせるとは。……まず私に楽しませろと言うのに」

「青清君が望んだことでしょう。折角だから水を使った工芸品で鼻を明かしてやりたい、と」

「だから、先に私に見せればいいだろう。私にまで隠す意味がわからぬ」

「……彼女曰く、そこまで興味を持たれないだろうから、だそうですよ。以前の相思鳥もすぐに飽きてしまわれたでしょう」

「アレは……見た目の面白さはあるが、仕組みはやじろべえとほとんど一緒だったからだ。……なんだ、帝程度にくれてやるのもその程度、ということか?」

「青清君、流石にこの場で帝を見下すような発言はお控えください……」

もう少しで帝と州君、妃とその付き人達だけで行われる食事会が始まる。なお、食事会の場においては、彼らを囲う衝立（ついたて）の外で他の貴族達も食事を取る。よって完全に独立した空間というわけではないし、帝への贈答品は衝立が外されてのお披露目となる。如何に州君といえど、如何に我儘な青清君といえど、帝を軽んじる発言は不敬と捉えられかねない。

　贈答品や州君、付き人。いいや、その州から来る貴族全員。その評価如何によっては妃の評価が、ということが過去にあったせいで貴族は常に周囲を気にしているし、贈答品はどこの州も年々派手で華美なものになっていっている。

　比較すると、今回祆蘭が提出して来たものは派手と華美から最も離れたもの。それでいて——注目は全てそれに向くだろう。何より、墓祭りの構想に最も順応した工芸品だ。進史とて青清君に見せる物の美的感覚は磨いている。この評価は正しいものであると言える。

　見た目の不思議さと込められた願い。あるいはこれによって、派手と華美を競い合う現状からまた美しいものを帝へ贈答する風潮が出来上がるかもしれない。

　現帝はそこそこの派手好きだが、現帝の母御は静謐で美しいものを好む。もう政に関わってはいないとはいえ、その影響力や発言力は計り知れない帝の母御。元神子であるという事実はそれだけで大きな波紋を呼ぶ。彼女がそれを好めば、もしかしたら、だ。

「……進史」

「はい、なんでしょうか」

「あそこにいるのは、あの子の護衛ではないか？」

　青清君が目線を向けたそこ。

　そこに——確かに要人護衛の貴族が数人いた。

「そうですね。以前の襲撃で護衛の一人が腕を折ったので、その介助であぁして集まっているものかと。……青清君？」

つかつかと、「横切るべきではない場所」を無視して横切り、その者達のもとへ向かう青清君。

マズイ、と。進史は固唾を呑む。祇蘭を一人残す、という計画は青清君には教えていない。

そして、要人護衛の貴族は……言っては何だが、青清君に詰められて咄嗟に嘘を吐けるほど器用ではない。

何か彼女を引き留めるものはないかと周囲を見回し――進史は、良い物を見つけた。あまり褒められた行為ではないが、少し高めの位置に小石を生成。それをそのまま落とす進史。

コツン、という音が鳴る。無論そんなことは気にしない青清君だが――気にする者もいる。

「お？　おお！　青州のではないかぁ～～!!　どうした？　嫌なことでもあったか？　顔を顰めているなぁこれはいけない！　おおい、酒だ、酒をもっと持って来い！　清酒……は、青州では呑みなれているだろうから、火酒をたんまり持って来い！　州君だぞ、貴賓も貴賓だ！　それにこのような顔をさせて良いとおもうのかぁ!?」

使えるモノ。

そう、赤積君だ。完全な酔っ払いである赤積君は、彼に見つかったことでさらに眉間に皺を寄せる青清君に一切気付かず、バンバンと彼女の肩を叩いて酒瓶を持たせる。

良い流れだ。その調子です赤積君。青清君には申し訳ありませんが、もっと引き留めてください。

そしてそこにいる要人護衛達、早く離れろ。

進史のそんな考えが……要人護衛に対しては輝術による情報伝達が為される。ビクッと肩を揺らした要人護衛達は、状況に気付いてそそくさと撤退を始めた。

「青州の？　どうした、酒だぞ？　美味いぞ？」

「……赤積君。此度青州が持ってきた菊酒は飲んだか？　去年を超える出来だ、早くしなければ全て呑まれてしまうやもしれぬ」

「なにっ!?　それはいかん!!　すぐに買ってくる!!」

撃退された。

そして……怖い怖い顔で進史を睨みつける、青清君。

——銅鑼が鳴る。

それは食事会の時間を知らせる銅鑼。進史はほっと胸を撫で下ろし——脳内に響く青清君の「遺書でも書いておけ、進史」という言葉に蒼褪めるのであった。

2

食事会自体に滞りはない。

輝術により毒や穢れなどが精査された食事を楽しみ、各州の州君より帝への贈答式が執り行われる。

赤州は輝術によって炎を固めたり元に戻したりする、という奇術を、黒州は見目麗しい数十人の少女らによる統制の取れた舞いを。

緑州は輝術と獅子舞を組み合わせた、浮遊を用いない身体能力だけの舞いを見せた。

そして青州は。

「こちらとなります」

大きな準備も、派手な舞台も無い。

贈答品といっても物品である必要はない――ゆえに舞いや芸が許されている――中で、本当に普通に、ただの品が帝に献上される。

「これは？」

「青州の誇る細工師の手による、鎮魂水槽(ヂェンフンチーツァオ)という工芸です」

「少し周囲の灯(あか)りを落とす。構わぬか、帝」

「良いぞ。好きにしろ」

一瞬で鎮魂水槽がどういうものかを見抜いたらしい青清君が、それが最も輝く場を作り上げる。

灯りを落とし、輝術による光で工芸を底面から照らす。小さいものなので、周囲にいる貴族は拡大鏡のような効果を持つ輝術を使い……「おお」というざわめきが起きた。

「細工師曰く、未練を解き、天へと還(かえ)る幽鬼の最期。その一時の侘(わび)しさに思いを馳(は)せて作り上げたもの、とのことでございます」

「ほーぉ……これは、美しいな。……静謐で……それでいて、飽きがこない。まるでこの瓶の中でだけ、時が戻されているかのような……だからこその鎮魂であり、天へと還る幽鬼、か」

「――陽弥(ヤンミィ)。陽弥。……それを、近くで見せてくれ」

ざわめきが大きくなる。声を発したのは、帝の後ろ、竹簾(たけすだれ)によって顔の隠された人物。

現帝の母御にして、元神子たる女性。

「おお、母よ。勿論だとも。……気に入ったか？　気に入ったのなら、もっと数を用意させよう」

「……いいや。この一つだけで良い」

「そうか。そうか……しかし、良いことだ。青州、青清君。その細工師に、この帝からの礼を伝えよ。母が……こうして興味を持つもの、というのは数少ない。私は母の喜ばせ方を知らぬものだから、母のこの姿を見ることができたのは僥倖だ。――改めて礼を……ん？」

ん？

帝だけではない。会場全体が皆「ん？」となった。

いないのである。今礼を言われていた本人が。付き人も。

「……帝。大変申し上げにくいのですが……帝のお話の最中に、青清君は付き人の身体を掴み、どこかへ消えていきました」

「……」

「……」

沈黙が落ちる。

無論帝と州君には亀裂というか壁というか、決して気を許さない隔壁のようなものが存在する。それは確かだ。

だけど、今帝が行った「礼」は、紛れもなく心からのものだった。それを。

「ぶ……ブァッハッハッハ！　陽弥、お前の話が長いから、青州のが帰ってしまったぞ！　ククク……ここまでが芸だとしたら、此度の青州は最高だな！　良い良い、まぁ飲め飲め、良いことがあったのだ、飲んで笑って吹き飛ばせ！　今宵は墓祭り！　その鎮魂水槽なるものと同じく、天へと還った魂に我らが喧噪と壮健を見せつける日よ！」

「いやぁ、彼女には困ったものだね。けれど、赤積君の言う通りだ。陽気にしていないと、ボク達を心配した皆が、ボク達を想って災いを降ろす。そうなってはいけないからね。さぁ、墓祭りを再開しようじゃないか」

「はぁ……いや、おれは進史が心配で心配で……。点展、確か心労専用の胃痛薬が最近発表されていたよな？　あれを贈ってやってくれ……」

市井の者に、どの州君に一番ついていきたいか、と聞いたとして、それが忌憚なき意見の場合、緑涼君と赤積君で二分し、その内の女性は黒根君へと流れるだろう。

そしてどの州君が一番自由かを問えば、全州一致で青清君が選ばれるだろう。

もう問題ない。初めの頃こそひと悶着あったものだけど、もう青清君がそういう存在だということは知られている。

ただ。

「……青清君は、細工師にしっかりと礼を伝えてくれるだろうか……」

そういう所ちゃんと律儀な帝だけが、そんな心配をしていた、とか。

3

進史は今――青清君に、首を掴まれていた。

「……そこまでの死にたがりだったか、進史」

青清君の手からは光が零れていて、それが示すことなど輝術師であれば誰もが思いつく。

「ぅ……ですが、これが最も被害の少ない……！」

「何のための護衛だ。何のための私達だ。……帝への機嫌取りなどどうでもいい。――祆蘭を鬼に売っただと？　――お前は私が……私が、あの子をどう想っているか、知っているだろう‼」

果ての無い威圧。海のような圧迫感。

直接的なことは何もされていないのに、死を連想する――存在の圧力。

「その、祆蘭からの提案です……あなたが彼女をどう想うかは自由ですが、彼女の気持ちも考えてください……！」

「……あの献身小娘め！　お前もお前だ、進史！　どうせ簡単に言いくるめられたのだろう！　もっと……もっといい方法があったはずだ！」

「祆蘭は、身を投げたのではありません……っ！　しっかりと手がかりを遺しています……！」

「だろうな。あの小娘は命数尽き果てるまで抵抗し続けるだろう。だからこそ鬼の目には馳走に映る。……手がかりとはなんだ、すぐに吐け」

「……っ！」

「おい。吐け。……まさかこのまま首を斬り落とされたい、というわけではないだろうな」

進史は――硬く、硬く、口を結ぶ。

「……口封じか。祆蘭から……成程、月の位置だな？　一定の刻限になるまで絶対に口を割らぬよう言い含められていると見た。――私の言葉より、祆蘭の言葉を優先すると。そう言いたいわけだ」

「……気に、障りましたのなら……どうぞ、この首を」

「馬鹿を言え。お前を殺さば手がかりがなんなのかわからなくなる。……あとどれほど待てばいい」

捨てるように、青清君が進史を放す。

ゲホゲホと咳き込む進史。加えて、雲散霧消する威圧感は、けれど未だに鎌首をもたげていて。

「あと……四刻ほどですが、あなたは待てないでしょう」

「当然だ。馬鹿か、四刻など……ああ、この……あの馬鹿娘め！　どうせ鬼を相手に対等ぶって話しているのだろうが、そういうことではないと何度言ったらわかるのだ!!」

「そういう、ことではない……とは？」

「気付くのは時間の問題だ。鬼は……特に祆蘭が遭遇したという桃湯なる鬼は、恐らく気付いている。……祆蘭は私達をまだ信用しきっていない。もし、鬼が彼女の興味を惹きつけるような……私達より鬼を取るようなものを用意していれば、もう落とされているかもしれぬ」

「し……青清君？　いったい何の話を……」

「だから今すぐに吐けと言っている。あ奴の考えているより、あ奴の存在は希少で危険なのだ。進史、間違えるな。あの小娘は確かに賢いが、同時に無知だ。私のように故意に無知でいるわけじゃない、本当にモノを知らぬ。その甘言はまるで妙案のように聞こえるやもしれぬが、取り返しのつかないことに――」

ぴく、と。

青清君が顔を上げる。振り返るは青宮城の方。

「……なんだこれは。城内に……漆？」

「っ！」

見誤っていたのだ。長年の付き合いである進史でも、青清君の精査できる範囲、その全容を知らなかった。青州から黄州。これだけの距離があって、青宮城の内部まで輝術を届かせることができるとは夢にも思っていなかった。

「……そういうことか。……ならば……だから……」

直後、何かが爆発したのかと思うほどの噴煙が巻き起こる。

すぐに進史が砂煙を抑えつけるが――いない。青清君が、いない。

「はぁ……。だから無理だと言ったのだ、馬鹿娘め。私では……青清君は引き留められぬ。……死を覚悟したが、まぁ。……それほどに、か」

彼は思い出す。彼女の鬼気迫る顔を。その顔に隠れた――心配で心配で仕方がないという、胸が張り裂けてしまいそうなその感情を。

良いことだ、と思う。青清君は飽き性だ。けれど……もし、一人に固執することになれば。作り出される工芸の方ではなく、それを作る者を愛してしまえば、青清君は安定する。

懸念事項があるとすれば。

「帝と、その母御、か」

表面上では、他州の州君や妃が鎮魂水槽に興味を示した様子はなかった。大きな反応をしたのは帝とその母御だけ。そのどちらかが、あの細工師を黄州に寄越せ、などと言い出さなければ良いのだが……というところまで考えて、進史は首を振る。

口は禍(わざわい)の元だが、思考するだけでも禍の元になることがある。

考えるのをやめよう。

そして、今のうちに青宮城の清掃をしよう。――進史の中に、「もし奪い返せなかったら」という考えは、実は欠片も無いのだ。だからこの作戦に応じたともいう。

全州の中で慕われている州君は、という問いに、青清君の名が挙がることはない。全州の中で自由な州君は、であれば文句なしに青清君だ。

そして――全州の中で、最も強い州君は誰か、という問いにおいても。

満場一致で。なんであれば、他州の州君さえも頷かせるほどに。

青清君のその名が挙がるのだから。

……一応、墓祭りの会場に残っている青州の貴族達に、「青清君と進史がどこに行ったのかを聞かれたら適当に誤魔化してくれ」という連絡を入れつつ。

それに対して「いやいやいや」とか「無理ですよ私達を何だと思っているんですか」とか「せめて言い訳の例を教えてください進史様！」とかいう声を全て無視して、進史は青宮城へと帰るのだった。

4

塗りたくられた漆の清掃が終了した青宮城。

そこに二つの影が降り立つ。

「お帰りなさいませ、青清君。そして……祇蘭」

「ふん」

「進史様。随分と口が軽いようで。約束の刻限まであと四刻はあったように思いますが？」

「だから、無理だと言っただろう。私に青清君を止めるような力はないし、止められていたら私はこんなに苦労をしていない」

帰ってきて早々嫌味を垂れるこの小娘。今回の諸々の首謀者にして――まぁ。

無事に帰って来てくれて、本当に良かったと、進史が心から思える相手。

「ふむ。……ふむ。なんだお前ら、私に関することで仲違いでもしたか？」

「……別に、しておらぬ」

「私の発案だと知れなければ、進史様の首を刎ねていたところだった、と言っていただろう。進史様はいつものことのように思っているようだが、少しだけ距離を置こうとしているな。ふむ……苦手や嫌悪の感情ではない。……これは、子の感情形成を喜び、少し手を離してもいいか、と考える親心……といった感じか？」

「……断じて違う。青清君も真に受けないでください」

「真に受けてなどいないし、お前を親だと思ったこともない」

「受けているじゃないですか……」

くつくつと笑う少女。この姿だけ見れば……嗤い方が多少邪悪ではあるが、年相応の少女だ。だが、果たして九歳の輝術も使えぬ単なる平民の少女が。戦闘の訓練も受けていない少女が。

鬼の巣穴から、穢れなく生還する、など。

「ああ、そうだ。進史様、青清君」

「……なんだ」

「どうした？」

「帝の母御に会うには、何をすればいい？」

まるで。もう、なんでもないことかのように。世間話をするかのように。

「……ダメだ。会ってはならない」

「会うことも不可能だし、会ってはいけない。どうした、祆蘭。権力に興味が出たのか？」

「いや。ただ……まぁ、今はお前達しかいないし、良いか」

祆蘭は……口にする。

「鬼と対話し、情報をいくつか拾っていてな。私の中で、一つの仮説が立った。——現帝の母御は、元々鬼達の神だったのではないか、という仮説が」

「……不敬以外の何物でもないし、そのようなことを考えることさえ許されぬが……仮にそうだったとして、なぜ会いたい、などという希望が出る」

「人間が鬼になるには、死が必要だ。だが鬼が人間になるには何が必要なんだ。その答えを人間は持っていない。だが……現帝もその母御も、人間なんだろう？　私の仮説が正しければ、帝の母御はなんらかの手段を経て鬼から人へと戻った稀有な例だ。それはあるいは、鬼を人に戻す技術や、鬼と人が完全にすみわけを行う手段。そして……輝術という摩訶不思議な術理を紐解くきっかけになりそうだと思った」

正直に言って、進史から見ても、青清君から見ても……祆蘭が口にするその言葉は、危険思想としか言いようが無かった。帝の母御を鬼だと言う。それが人間になっているのかなっていないのかに拘らず、現帝には鬼の血が流れていると言っているようなもの。それは……あるいは天染峰そのものを揺るがす戦乱を引き起こしかねない。

あまりにも大義名分過ぎるからだ。

「祆蘭。お前は……己の立場を思い出せ。お前は世直しや、この世の摂理を変えることができる立場にいると、本気で考えているのか？」

「それを言われたら返す言葉が無い。私はただの拾われた平民で、一年契約のもと捨てられる玩具作りの見習い大工。世を変える立場でもなければ、現体制に刃を入れるほどの力もない。なんなら熱量も無い」

「なら、余計なことを考えるな。そういうことは……そういうことを行う者に任せればいい」

「であれば私に余計な知識を与えたのは間違いだったな、青清君。——私は今、脅しをかけられる立場にもある」

「どういう……」

「次は手掛かりを遺さずに消えても良いと、そういう話だ」

それは。

それは。

「鬼につく、と？」

「そう怒るなよ、輝術師。私にとっては輝術師も鬼も変わらないんだ。ただただ得体が知れない。ただただ私とは違う生き物。そういう認識でしかない。であれば、私を封殺しようとする連中より私の話を聞いてくれる連中について行こうと思うのも致し方の無い話だろう」

もし……もし、本当にそうなったら。

「——私を殺さねばならない、か？　ふん、いいぞ、進史様。あんたはそうしている方がよっぽど人間らしい。対して青清君は落ち着いているな。……何か心あたりでもあったか？」

危ういと、素直に思う。無論、進史にはわからない。祇蘭と鬼の間でどんな会話がなされたのか、青清君が祇蘭に何を話したのか。

だが、現状……この少女は――輝術師(自分達)に不信感を抱いている。それも……何か梃入(てこい)れをしなければ、一切傾きそうにないほど大きな不信感を。

「小事を見て大事を判断するほど愚かであるつもりはないよ。だが、あんた達が情報を開示しないというのなら、私はただ私の思うままに動くというだけだ」

「――よし、良いことを思いついた」

「ん？」

何を言うべきかを迷っていた進史。けれどその躊躇(ためら)いは、そしていつも通り悪ぶっている小娘は。

自由人に、かき回される。

「今から墓祭りに行くぞ、祇蘭」

「……は？　いや待て馬鹿を抜かすな。今回の策はそもそも私という存在を他州に知らせないための」

「知るか。祇蘭、お前は私達を信用できていない。まぁ当然だ。お前の生活を壊し、危険に晒(さら)し、お前のいう通り、輝術という原理のわからぬ術を使う化け物。そんなものは信用できない。それは正しく当然で、至極真っ当な意見だ。だから墓祭りに行こう」

「それは誤っていて不明瞭で、至極わけのわからない意見だ。理由を言えせめて」

「祭りは人の性(さが)が出る。――私達を知ってもらうには、墓祭りをお前と共に楽しむことが最適だと判断した。その上で私達を切り捨てるというのならそれは……そうだな、お前が良く口にする、〝摂理〟という奴だ。より心の惹かれる方へ、より自身の好ましい方へ向かう。本能という摂理。――つまり、だ。進史」

「御意に」

自由だ。だからこそ、進史や祆蘭のように理屈をこねくり回す者には見えない景色が見えている。

「祭りの日くらい、楽しいことをしよう。祆蘭、私はお前と祭りに行きたい。――この手を取ってくれるか？」

「……。……金は持っていない。奢れ、青清君」

「ふふふ……良いぞ。豪遊と行こうじゃないか」

一番慕われているのがどの州君であろうと、少なくとも進史は、青清君に仕えることができて良かったと思っている。

この自由な、形の無い水のような御方に。

「……いや待ってください、青清君。あなた、算学は」

「馬鹿にし過ぎだ馬鹿者。今ので無礼点が五十点になった。半分はお前が出せ進史」

「無礼点とは……」

では――墓祭りを楽しもう。この自由人と、偽悪小娘を連れて。

苦労人の夜は長い――。

第九話　モビール

1

だとして。

私の日常に、然したる変化はない。

……まぁ、鬼の神と輝術師及び貴族という大組織におけるトップが同じかもしれない、として。

でも会わせることはできない、と言われて。そりゃそうだろうなぁ、となって。

墓祭り自体は楽しめた。縁日のようでいて、けれど騒ぎはほとんどなくて。

どうにも護衛の人達や進史さんが前もってそういう喧噪から遠ざけてくれていたようなのだけど、それなりには楽しめた。けど、それで私の反感ポイントが下がるかと言ったら全然である。

で、帰って来て。

「……やっぱり、読めない」

青宮城、三層・書物庫。

潤沢にある国の歴史書。裁判における判例。城の設計図、輝術の手解き書……らしきもの。すべて、らしきもの。

読めない……。読めないんだ。

発話されている言葉は中国語っぽい。言葉の響きが。

でも書かれているのは英語っぽい。ただしアルファベットじゃないし、二十六文字なんか優に超える文字数あるし……。

私でもわかるのは「青」の字くらいだ。アルファベットのSをX状に交差し、その上になべぶたを付けたみたいな文字。これだけで青(シー)と発音する。お、つまりアルファベットにおけるSっぽいものは全部サ行になっているんじゃないか、と思って、たとえば進史さんの名前を書くと、アスタリスクっぽいもの、Yが上下反転して繋がっているもの、斜めの楕円、星に水平二重線が入ってその間が空白になっているもの、となる。

Ｓｈｉｎｓｈｉに当てはまるわけでも、シンシに当てはまるわけでもない四文字。シーでもない。

そして文字の形状があまりにも……なんていうのかな、統一感が無さすぎる。

だから、もういっそのこと聞いてみた、夜雀(イエチュエ)さんに。

どうやって文字を覚えたのか、と。そうしたら。

「文字？　……こうやって！」

といって、祭唄(ジーベイ)さんと額を合わせたではないか。

——輝術で言語インストール。

嘘(うそ)だろ……ハイテクかよ……となった。ちなみに受け手側に輝術の才がないとどーにもならないので、私にはインストールできないらしい。また、輝術の使い方も同じようにインストールするものらしく、やはり明確に何を使っているか、ははっきりしなかった。……あ、一連の流れでインストール

という言葉は勿論使われていない。私の脳内解釈だ。

だから、貴族の家には赤子用の教材が無いとの話。計算や芸術に関しては親から子にインストールしても向き不向きがあるのでそっちの教材なら、と言われたけど、私が欲しいのは言語の教材だ。ある程度裕福な平民なら持っているかもしれない、とは言われたけど……。

「ダメだ……読めん……」

ずるずると崩れ落ちる。

これだけの紙があって、これだけ丁寧に記された文字があって、読めない……。勿体ない……。

「……仕方ない」

リセットするか。

2

トンテンカンと、金槌が木板を、そして釘を打つ音が響く。

いつものトンカチは腰に佩いたまま、いつもは使わない金槌を手に、口に釘を何本か挟み。

――青宮城の外壁、そこからさらに下の岩壁近くで、槌を打つ。

「小祆……なんでそうしなきゃいけないの？　私怖いんだけど〜！」

「いつも謎だけど、いつにも増して謎。ここに工作物を取り付ける必要があったにせよ、城で工作をしてからにすればいいのに」

「それだと調整が上手く行かんだろう」

進史さんに打診を入れた時は、ついにおかしくなったのか、と言われた。

青宮城の柱に縄を結び、自身の腰に括りつけ、それだけを命綱にここで作業している私を見て、夜雀さんも祭唄さんも頭がおかしくなったんじゃないかと言ってきている。浮かびながら。

「少し……いや、色々行き詰まっていてな。考え事をせずに済む手なりでの工作と、風に当たりたい気持ちを混ぜたらこうなった」

「行き詰まりすぎだって……じ、祭唄、もし縄が解けたら」

「上の縄は新空達が見張っている。私達が気を付けるべきは縄が千切れないか。胴縄は進史様が創ったものだから、絶対に切れない」

胴縄。苦しくないような綿で作られた帯に、括りつけられたというより内蔵されているようにしか見えない縄。

これを工作で作ろうと思ったら死ぬほど大変だ。だけど輝術ならイメージだけで完成、と来た。意味がわから……ああいや、こういうのを考えないためのリセットだった。

私はただの玩具作り職人。風に揺られて当てられて、今日も今日とて玩具を作る～♪

完全に手なりなので、完成形なんて見えていない。

作っているのはモビールだ。吊るして楽しむインテリア。あれの超巨大ｖｅｒ．

進史さん曰く、青宮城の周辺の気候は輝術によって保たれているけれど、この浮いている岩付近にそれは無いのだと。なぜかと問えば、この岩自体が特殊な鉱石で作られていて、そばを通り過ぎる程度ならともかく、覆い尽くすような輝術を使うと弾かれるとかなんとか。

鬼との会話で輝術イコール魂の律動みたいな認識を持ってしまっている私にとって、その説明は

「じゃあこの岩もしかして……」となった。なったので、これであるともいえる。

視覚があるかは知らんが、頭の上と下でだけ人が入れ替わり立ち替わりになって、自分だけ何千年と不動なのは寂しかろうさ、っていう。

というわけで、このモビール以外にも風鈴とかこいのぼりとかも作っていくつもりだ。デカいのを。

……ただし風鈴は硝子(ガラス)細工が大変なので進史さんが必須なのと、こいのぼりは……いやまぁ裁縫、か。いけるか。

風と言えば凧(たこ)とかのぼりでも良かったんだけど、アレ上に行くからなぁ。

「……」

魂が存在し、それに干渉する技術が存在し。

それを食う存在がいて、それが何か、面倒なことを起こそうとしている。

……お前も被害者だったりするのか、大岩。なんて。

流石に返事は帰ってこなかった。

「ん？」

「小祇、どうしたの？」

「いや……あそこ。青宮廷(シーキュウテイ)の」

眼下に広がる青宮廷。正方形の土地の中に、碁盤の目のような形の施設がぎゅうぎゅう詰めになっていて、上から見ると四角形の読み取りコードのように見える。中心……内廷だけが堀によって隔離されているから、余計にそれっぽい。

「んん？　……あぁ～、幽鬼だね。でもその場に留(とど)まっているだけみたいだから、無害な幽鬼だと思うよ～」

「祆蘭（シェンラン）、視力が良い。私達は言われるまで気付かなかった。気付いた今も、輝術を使って拡大していないと……見失う」

「あんなにいっぱいいるのにか？」

「え？」

見失う、って。いや私の視力が良いとかじゃない。そんな一人一人はっきり見えているわけじゃない。でもあそこの……一部区画。

アレ、全部幽鬼だろう。

「……嘘、あそこ雨妃（ユーヒ）の」

「祆蘭、ものづくりは中止。緊急事態かもしれない」

「あ、ああ」

引き上げられる。

夜雀さんの顔を見るに……本当の本当に緊急事態らしい。蒼白（そうはく）だ。

祭唄さんもかなり顔が硬い。幽鬼は毎日のように出ると進史さんは言っていた。けど、それが集まると、どうなるんだ？

……食い合いが起きて鬼になる、とかいう話？

自室に戻された後、俄に城が騒がしくなった。

相当大変なことらしく、窓の外を見ればあの空飛ぶ馬車が何台も出て行っている。

護衛の人達は……私の近くにいるけれど。

「どういう……ことだ？　幽鬼は昼夜問わず出るものだろう？　それが一か所に集まると、何か悪いのか？　無害な幽鬼なのに」

「……祆蘭。幽鬼が出るとは、どういうことか。わかる？」

「どういうことか？」

ふむ。どういうことか、か。

「ああ、人がたくさん死んだ、ということになるのか」

「そう。そして、無害な幽鬼ということは、強い未練や恨みを持っていない幽鬼であるということ。つまり」

「自分が死んだことも気付かずに死んじゃった人とか、眠っている間に殺された人とかが無害な幽鬼になりやすいの」

「……はは ぁ、雨妃の宮で、大量殺人か、あるいは無理心中でも起きた、ということか」

「うん……考えたくないけど……」

言われてみれば、確かにだ。幽鬼が出るということは人が死んでいるに同じ。至って真っ当な思考なのに、思いつけなかった。……幽鬼を独立した化け物として考えている節があるな、私。だから死と結びつかないんだ。

「雨妃、というのは……青州の妃の一人、で合っているよな」

「そう。雪妃、雨妃、雲妃。青州の妃はこの三人」

「本当に一時だったけど、私が青宮廷にいた時、雨妃様の宮女をしていて……。うぅ、雨妃様、大丈夫かなぁ……」

「少なくとも雨妃様は宮女と心中を試むような人じゃない。……生死は祈るしかないけど、雨妃様が悪い、ということには絶対ならない」

祈る、ね。ま、今は空気が読めなすぎなので聞かないけど。

「雪妃は……確か寧暁が宮女をしていた妃、だよな」

「寧暁？　……ああ、あの幽鬼の！」

「そう、あっている」

そうか。この人達にとっては数いる幽鬼の内の一人に過ぎないか、寧暁は。

私はまだ出会った数が少ないから、強く記憶に焼き付いているだけ。

「どういう人なんだ、雪妃というのは」

「雪妃様は……うーん、性格はちょっと怖い人だし、他の妃様にもあたりの強い人だけど……自分の宮女にはとっても優しい人、って聞いた覚えがあるよ」

「会ったことのある貴族は少ない。自分の宮女と帝くらいしか雪妃様は会いたがらないから」

珍しく、なのだろうか。自分の髪を弄りながら、普段の二割増しくらいには流暢な言葉繰りで、祭唄さんが話してくれる。

「へぇ。雲妃は？」

「雲妃様は、とっても明るくて元気で……でも、どこか儚げな方かなぁ。一度だけ、亭に座ってうつらうつらとしているのを見たことがあるんだけど、とっても可愛らしい方でー」

「それと、雲妃様は勉学に明るい。知識も豊富で、冷静。ああいう女性には憧れる」

「……祭唄が雲妃様に？　……だったらもう少し笑ってよ〜」

「うるさい。そして雨妃様が、とても懐が深くて、宮女の失敗も笑って許してくれる方。普通なら辞めさせられてもおかしくないような失敗でも〝誰でも失敗はありますから、大丈夫〞と言って許してくれる」

いや、二割増しどころではない。四割増しか六割増しは流暢だ。そして語彙も豊富。

「なんだ、雨妃だけ人物像が鮮明だな」

「私が内廷を出て要人護衛に入ったあと、同い年くらいだったのが祭唄でね。色々話したんだ〜」

「自分のことのように話すことができる程度にまで洗脳された」

洗脳て。……でも想像できるな。夜雀さん、物凄い勢いで語り尽くしそう。

しかし、帝の妃なんていうからもっと調子に乗った高飛車なお嬢様を想像していたけど、案外皆慕われているんだな。……というか性格の悪い妃なんか帝が選ばないか。根底がどうであれ、普段から の鳴りは潜められるわな。

「ね……ねぇ、小袄」

「なんだ」

「小袄って、幽鬼の事件をいっぱい解決している……んだよね？」

「いや、二件ほどだが」

「なんでもいいからさ〜！　その……こういう時、私、怖い憶測ばっかり立てちゃって、気が気じゃないの。雨妃様が心中を試みたとか、宮女がおかしくなって雨妃様達を全員殺した、みたいな怖い真相じゃない奴で、何か思いつかない？　私をその……安心させられる、本当に適当でいいから、こじつけを……」

こじつけ。詭弁。

それは大得意だが、如何せん情報が足りなすぎる。……が、やってみるか。

「さっき見た時、幽鬼が集まっていたのは雨妃の宮殿だった。それは間違いないのか？」

「間違いない。それも、私の記憶が正しければ、雨妃様の寝室を中心としていた」

「じじ、祭唄！　やめて！」

「事実を言ったに過ぎない。夜雀こそ、信じたくないなら信じなければいい」

寝室を中心に幽鬼が集合していた、か。

ふむ。

「確認だ。幽鬼とは別に、死した人間の真上に出てくる、とかではないんだよな？」

「それは……そう。だと思う。私達が相手にするのは、基本的に移動した幽鬼だから……発生の瞬間を見ているわけじゃない。ただ目撃例を統計するに、家の中にいた、ということは滅多にない。基本的にどの幽鬼も庭先や塀の上で佇んでいる……はず」

「つまり言い換えれば、よく見ていた場所、だな？」

「あ……」

まー実際がどうかなんて知らんが、聞いている限りそうっぽい。

宮女が庭先に現れることなんてないだろう。そこで洗濯をしていたとかなら別だけど、どちらかというと廊下から庭先を見ていた、という方がしっくりくる。

塀に関しても同じだ。閉塞感を感じさせる内廷の塀は、さぞかし高く見えたことだろう。無害な幽鬼は未練も恨みもないというけれど、幽鬼になった時点で何かしらの未練はあるはずなのだ。無かったら楽土へ行っているから。

つまり、そういうところで佇む幽鬼は、そこに思いを馳せていたとか、何か……枯れそうな花とか死にそうな鯉とか、気に掛けるものがあった、ということ。それが微かな未練になっている。

「この理論で行くと、雨妃の家に密集した幽鬼は雨妃の宮女や雨妃のものではなく、雨妃の宮を見ていた何某かたちの幽鬼、ということになる。……理由とか動機は知らんし、なぜ見ていたのか、について聞かれても答えは出ないが……どうだ、夜雀様。少しは落ち着いたか？」

「……うん。そういえば、そうだなって……思えた。私の経験則でも、幽鬼はその場に出ることはほとんどない。……うん、うん！　ありがとう小祆！　怖い憶測は……まだちょっぴり残っているけど、かなり薄まった〜！」

「やはり学が無いは嘘。疑いとかそういう話じゃなくて、こじつけでもなんでも、聞いた情報だけでここまで組み立てて考えられるだけ凄い。子供なのに。偉い」

……ただ、私としては。あの場に行って、無害とされている幽鬼を諭してやりたく思う。なぜあそこに集っているのか……恐らく幽鬼達自身ですらわからないままに、輝術によって消し飛ばされる。

そんなの……酷だろう。

「祆蘭。進史だ。入って構わないか」

「ああ、構わん」

進史さんが来た。調査に行っていなかったのか。

「っと……お前達もいたのか。ああいや、咎めているわけではない。護衛として正しい。……のだが」

「はい！　私達は一旦部屋の外に出ますね！」

「祆蘭、また後で」

「ああ。……上司なんだ、言い淀んでないではっきり命令してやれ。察されてどうする」

「返す言葉もないな……」

ま、基本的にこの部屋に来て話すのは私と進史さんの二人きりである場合ばかりだ。

一瞬反応に困ったんだろう。

3

空気を読んで出て行ってくれた二人を見送り……どかりと床に座る進史さん。

そう、もう異国情緒とか気にせず床に木を張ったのである。汚れたら私が掃除すればいいだけだし、なんて思いで。そうしたらなんと、「輝術で靴の汚れは落としているから汚れない」と言われた。

まったく、輝術め。私の配慮を返せ。

「雨妃の宮の件は、あの二人から聞いたな？」

「ああ。……まさかとは思うが、何の調べも無しにどう思う？　はないよな？」

「――正式に許可が下りた、と言ったら？」

「……正式に？　どこから、何が？」

「輝霊院から、お前が捜査をする正式な許可が下りた。此度の事件……少々不可解過ぎてな。以前の寧暁の件から、お前に任せたい、という意見が多数出たのだ」

そ……そんなこと、ある？　私は探偵じゃないし、貴族でもないんだぞ？

寧暁の件は、彼女が平民だと見抜けたからできた話であって……今回のは完全に貴族のゴタゴタっぽいだろう。

「私が同行する。好きに調査を行ってくれてかまわない。だから――真実を導いてほしい」

「正直に言う。期待が重い。私が無知過ぎるのもあるが、真実になんぞ辿り着けるとは思えん」

「お前の欲す情報は全て私や現地の者が出す。……輝霊院には、お前と同じ考えの者もいるのだ」

「私と同じ考え？」

「幽鬼を、幽鬼という理由だけで祓うのは如何なものか、という考えの者だ」

「！」

……バレていたのか。いや……まぁ、鬼につく、みたいな素振りを見せた時点で、ではあるが。

「そしてこれは、雨妃からの依頼でもある」

「生きていたのか？」

「ああ。輝霊院が駆けつけた時、雨妃は身を挺して幽鬼を庇った。まずは調査をしてあげてください、と頭まで下げたのだ」

「ほーぉ」

「それを受けて、輝霊院はとりあえず幽鬼を滅するのではなく、雨妃達の保護に方針を転換した。よって、現在雨妃の住まう雨霜宮は無人。無害とされている幽鬼だけが、一応行動制限の輝術を受けた状態で佇んでいる、という状態になっている」

よく……それが許されたな。

桃湯(タオタン)じゃないが、それがいきなり有害な幽鬼になることもあり得るのに。

「どうだ。できるか、祆蘭」

「できるかできないかで言えばできるし、やりたいかやりたくないかで言ってもやりたい。だが……真実に辿り着けるか、と問われると……難しい」

「そんなことはわかっている。私達はお前を天才だと仰いでいるわけではない。ただ幽鬼に寄り添うことができるのがお前だけだから、こうして頼み込んでいるに過ぎん」

幽鬼に寄り添える。

……ふぅん。

「わかった。行こう。ただ、申し訳ないが、言葉遣いと姿勢だけは気を付けてほしい。調査中は私が人払いを行うが、どこか施設へ向かうとなれば、相応の振る舞いをしてくれ」

「ああ」

感じている。私の扱いが……変わってきている。けど、まぁ、いいだろう。

気付かなかったことにしておいてやる。あるいは気付かせるのが目的か？

……なんでも良いがね、あまり気を揉ませてくれるなよ。それともそれが狙いか進史さん。心労仲間を増やそうと……。

空飛ぶ馬車を降りて、やってきました雨霜宮……ではなく。

「ここはただの通路だが……こんなところを調べるのか？」

「はい。ああ、確認ですが、雨妃を含め、雨妃の宮女は誰も亡くなっていないのですよね」

「ああ。全員の生存が確認されている」

であれば、だ。

見上げる。雨霜宮の……塀や屋根の上に乗った幽鬼達を。全員女性なのは内廷だから当然として……健康状態はそこまで損なわれていないように見えるな。遠目だが。

それで、良い感じの角度を……この辺か？

人差し指と親指を直角に開いて、写真の画角を決めるように移動していく。

「……？」

「どうした？」

「高さが……足りない。進史様。私をこの塀の上に上げることは可能ですか？」

「勿論だ」

雨霜宮の塀ではなく、その対面の塀。身体が浮遊する感覚。……光の粒に包まれているわけではない。もう、本当に分からんな輝術。

ああ、雑念雑念。今はこっちに集中だ。

「少し、私は周りが見えなくなりますので、私が塀から落ちそうになったら止めてください」

「わかった」

移動していく。高さは合った。あとは位置。これだから……この辺。いやもう少し……。

ここだ。

「進史様、先ほど依頼したもののここに印をお願いいたします」

「承知した」

物的証拠は……流石に残っていないか。髪の毛の一本でも落ちていてくれたら、と思ったけど……。

「では反対側の塀に私を。幽鬼に話を聞いてきます」

「ああ。……拘束はしてあるが、細心の注意を払え。私も気は抜かない」

「はい」

佇む幽鬼の前に降り立つ。幽鬼の前だ。眼前。

でも……私を見ようとはしない。見えていないというより、これは。

「どうだ？　何か聞こえたか？」

「……いえ。次に行きましょう」

「諭せぬのなら、ここで祓うが」

「次へ行きましょう、進史様。あまり想像したくないことを想像しました。それを否定するためです」

「……わかった」

こうやって、同じことを繰り返していく。

夜雀さんを安心させるために使った、「幽鬼が現れるのは生前によく見ていた場所」理論のもと、その幽鬼がどこで死んだのかを割り出していく作業。それと、幽鬼自身へアプローチをする作業。

これらを十数回繰り返し……完了する。

……。

「進史様。確認します」

「ああ」

「雨妃及び雨妃の宮女が死んでいない以上、これら幽鬼は誰なのかがわかっていない。そして——青宮廷においても、まだ突然死や不審死の報せは上がっていない。上がっていたとしても、こんなに大量ではない。そうですね？」

「その通りだ。私達もこれほどの幽鬼が現れたのだから、どこかで大量殺戮が起きていないとおかしいと調べて回った。だが……どこでもそのような話は聞かない。今青宮廷の外にまで捜査の手を伸ばしている段階にある」

そう。それはあり得ないこと。これほどの幽鬼がいて、死体が一つも上がっていないなんて。

なれば、導き出される答えは一つだろう。

「進史様。その捜査は無駄なので打ち切ってください。代わりに、青宮廷内で違法薬物やそれに準ずる輝術などが使われた形跡がないかの調査を」

「薬物？　それは……どんなものだ？」

「申し訳ありません。私は無学なものですから、どのようなものが存在するかは知りません。ただ——生きているままに、あるいは立っているままに人の意識を刈り取るような代物であるはずです」

「……まさか」

「はい。——この幽鬼達は、まだ生きている人間の魂であるものかと」

そういう薬物があるのかどうかは知らない。もしかしたら鬼の仕業かもしれない。ただ……死体が上がらないのであれば、まぁ、そういうことだろう。

「……今伝達を行った。少し騒がしくなるだろう」

「雨妃様の判断に感謝すべきですね。この幽鬼達を滅さなかったのは正しいはん……断……」

私は……私は、偶然の一致や機会の重なりを重視する。

本当か？　雨妃は、本当に……慈愛の心だけで、幽鬼を滅さなかったのか？

輝霊院もだ。それは……本当か？

――こいつらが生霊だと知っていたから、手を出さなかった、という可能性は？

「進史様。雨妃様に私が会う、というのは」

「残念だが、不可能だ。そこは……青宮廷の鉄則だ。すまない」

「いえ。であれば、輝霊院にいるという、私と同じ考えを持つ方とお話がしたいのですが、どうでしょうか」

「それならば問題ない。すぐに手配する」

「お願いいたします」

妃は基本的に内廷の外との接触を固く禁じられている。

それは進史さんや青清君（シーシェイ）の力を以て（もって）しても敵わ（かなわ）ないこと。唯一の例外であるのが墓祭りの日で、もう過ぎた。

「連絡がついた。このままお前を運んでいく」

「はい」

顔を伏せた状態で浮かび上がる身体。進む先にあるのは、大きな建物。

……英語っぽい文字で横書きに何かが書かれた場所。あれで輝霊院なのか……。わからん……。この世界の言葉わからん……。

ただ、浮かんでの移動の速いこと速いこと。

もう辿り着いてしまった。そして——出てきたのは。

「進史、仕事なのは理解しているけれど、あまり固い声で伝達を行わないでくれ……心臓に悪い」

「周遠(チョウユエン)。済まない、今は世間話をしている時ではない。——祆蘭」

「……まさか、周遠様が、ですか？」

「ああ。こいつが輝霊院の中でも、お前に近い主張を持つ者だ」

「私に？　……話が良く見えてこないな。どういうことか、説明してほしい」

……私だって人の子だ。感情はある。

今、私は「ある疑い」を「その意見を持っている人物達」にかけている。それを……進史さんは理解しているはずだ。

どんな心境だったのか、など。

「お久しぶりです、周遠様。あの時は……今もですが、無学故言葉に難あり、御挨拶できず申し訳ありませんでした。祆蘭と申します」

「ああ、君が祆蘭だったのか！　それはそれは……ということは、雨妃の件だね？　うん、立ち話もなんだ。二人とも。こっちに来てくれ。輝霊院にも一応応接室というものがあるんだ。そこで話そう」

快活。目を細めて、にっこり笑って、彼は輝霊院……輝術に関する総合的なことを扱う施設へ私達の歩みを促す。

何も変わらない。普段通り……に、見える。

進史さんの顔は。

「……この先、私の顔を窺うのはよせ。それで透ける可能性がある」

「……すまない、迂闊だった」

さて、鬼が出るか蛇が出るか。

4

応接室。出された茶には手を付けず……単刀直入に問いをかける。

「改めまして。私は祆蘭。此度、輝霊院……あなたの要請を受けて、調査に参りました、ただの平民にございます。して、周遠様。——生きたまま幽鬼となる者について、何かご存知でしょうか」

「知らないなぁ、そんな事例は。あったら……私が必ず目を通しているはずだよ」

即答。悩む素振り無し。

……まるで用意していたかのような答えだな。なら。

「では、この紋様に見覚えは？」

「……いや、見たことはないね。これは……花の紋様か何か、かい？」

こっちは悩んだ。秒数にして一秒に満たないが……左眉を一瞬吊り上げた。

「では、最後の質問です、周遠様」

「もういいのかい？」

「はい。――周遠様の、将来の目標をお教えください。子供の頃からの夢でも構いません。なりたいもの。憧れているもの」

「い、いきなりかい？　それは……気恥かしいな」

「周遠」

「わかっているよ、調査のため、なのだろう？　……そうだね。私の憧れは、進史だ」

「……私？」

「ああ。あらゆることをそつなくこなせて、それでいて向上心を持ち続け……いつしか、文字通り手の届かぬところへ行ってしまった私達の自慢の同期。恥ずかしい話だけど、私は進史に……強く強く、憧れているんだよ」

「青清君の付き人になりたい、ということか？」

「そういうわけじゃない……というのは不敬かな。ハハハ……」

よし。大丈夫だ。

この人は。

「進史様。――黒です。首を刎ねてください」

「っ……!?」

「何を言って――るのやらなぁ！」

突然の豹変。直後、部屋の中に充満する煙。煙幕か？　輝術を使ってくると身構えていたから、反応が遅れた。

刹那、身体の近くで何かが弾けるような音がする。

そして……まるで押さえつけられるようにして、煙幕が地面へと急速な沈殿を見せた。

「——すまない、躊躇した」

「いえ、誰でもするでしょう。それより、守ってくださりありがとうございます」

周遠の姿はない。ただ……床に、血が落ちている。続いている。

「念のために、お前に防護の輝術をかけておいたというだけだ。咄嗟に判断できたわけではない」

「それが功を奏したのですから、問題ないでしょう。……伝達は？」

「もう行った。……見つけ次第殺せ、とも伝えてある」

茫然自失、が正しいだろう。

進史さんは、私への受け答えを行いながらも……立ち尽くしたまま動けないでいる。

ふむ。

「何があの方を黒だと断定したのか、について考えておられるのですか？」

「……」

「簡単なことです。ああ、質問に意味はありませんよ。あの方、私を見てからずっと目を細めていたので——眩しいのだろうな、と思って」

「……」

膝で、思い切りケツを蹴り上げる。

「!?」

「莫迦か、あんた。予期していた事態だろうが。それより、あそこまで短気だとは思わなかった。最悪あの幽鬼……生霊の本体である人間が全て死ぬぞ」

「っ……どうすればいい」

「知るか。精査はあんたらの得意分野だろう。どうすればいいのかを考えるのもあんただ。ただ――依頼主があの男だとすれば、全て手遅れである可能性の方が高いが……」

「頼む。どう思う、祆蘭。こじつけでいい。詭弁で良い。当て推量で何も問題ない。外れても文句は言わない！　……だから、教えてくれ。私が行くべき場所はどこだ」

崩れているよ、完璧超人。規則を大切にする付き人が……あまりに、人間らしい。

ま。この人も人の子だった、って。ただそれだけだ。

「雨霜宮。雨妃に会ってはいけない、というのはわかったが、そこに入るのはいいんだろ？　なんせあちらからの依頼だからな」

「……わかった。連れていく」

さて。

あまり悲しい事実でなければいいのだけど……どうだろうな。

第十話　泥パック

1

雨霜宮(ユーシュアンキュウ)に着いた時、初めの調査時には感じなかった……異臭がした。

だよなぁ、なんてどこか他人事になりつつも、そこへ入る。未だ無人の雨霜宮へ。

無人のはずの、雨霜宮へ。

「うん？　――おお！　進史(シンシ)ではないか！　どうしたどうした――こんなところへ手つきの者など連れて来て。無人の妃の宮で、幼子と睦(むつ)み合う気か？」

「……劾瞬(フェアシュン)。……嘘(うそ)だと言ってくれ。これは……ただの悪夢だと」

大男、劾瞬。男子禁制の雨霜宮に……その姿があった。ああ、そうだ。彼もまた、進史さんの。

「またケツを蹴り飛ばされたいか、進史。――よく見ろ、奴(やつ)の口元を」

「ッ……！」

「ん、んーぐっ……ぷはぁ！　ああいや、すまんすまん！　出て行けというのなら出て行くが、もう少しだけ待て。――今俺は食事中だからな！」

赤。赤。赤。

血だ。――血肉だ。撒き散らされた血。まだほとんど酸化していない鮮血と……猟奇的な照り。

「この現状を見て何を迷っている、進史。早くアレの首を刎ね飛ばせ。それができるのは今あんたしかいないだろうが」

「く……クソ!!」

お貴族様としてはあり得ない程に汚い言葉を吐いて――進史から風圧のようなものが飛ぶ。

劾瞬に一直線に向かったソレは、けれど。

「おっと！」

――突然現れた虚ろな目の幽鬼によって、阻まれた。

いや、幽鬼は……祓われたから、阻まれたというより、盾にされたというべきか。

「食事の作法に一番うるさかったのはお前だろう進史！　まったく、無粋極まりない！　……そら、死して早々出番だぞ。俺がお前達を解放してやったんだ、他の者がお前達の同類となるまで、俺を守れ守れ！」

もう疑いようは無い。決定的過ぎる言動。いや私は確信を持っていたのだけど、進史さんが揺れていたから……って、なぜ追撃しない？

まだ動揺しているのか？　……まぁ、するか。周遠、劾瞬。あの日あった友人二人が裏切り者で、片方は人を食うまでしていた、とあらば……その反応は当然だ。

……むしろこうまで割り切れている私の方がおかしいな。なら。

「退け、意思奪われた幽鬼」

前に出る。一歩、前に出る。

「む、なんだ？　俺は進史の手付きを奪うつもりは無いぞ。まぁ進史から鞍替えするというのなら、ハッハッハ、跨がらせてやっても――」

踏み込んで、トンカチで側頭部をぶん殴る。

……止められたか。まぁ当然だな。

「……工具を他者に向けるな、危ないだろう。親の教育がなっていないとみた。どこの貴族だ、文句を言ってやる」

「生憎私は平民でな、最後に両親の顔を見たのは私が三つの時だ。ああ、死んだわけではない。出稼ぎに出て、そのまま帰ってこないだけだ」

「平民？　なぜ平民が青宮廷にいる。進史、まさかお前、己の趣味だけで青宮廷の規則を破ったのか？　それはいかんぞ！」

止められたけど、掴まれてはいない。

バックステップで距離を置き――もう一度殴り掛かる。また止められる。

「というか、おおい、幽鬼達よ！　何をしている！　俺は食事中だと言っただろう――この子供を引き離せ！　喧しくて食事に集中できないだろう！」

「ふん。微かでも、それを未練に思うなら。私の魂に触れろ、憐れなる者共。――悪し世苦し世に見限りをつけるのは逃避ではなく自己防衛だ。それを手段にするのは以ての外だがな」

虚ろなる幽鬼達は……ゆらりゆらりと私に近付く。近付いて、重なって、そして……消えた。

「む……何をした。折角肉体から解放してやったというのに、まさか輝術で引き裂いたのか？　おお、なんと可哀想なことをする」

「だから平民だと言っているだろう、鳥頭。いや猿頭か？　なんでもいいが、そろそろ食う手を止めろ。大の男が女の乳房に噛みつく様など、子供に見せるな」

「勝手に俺の食事場に入って来たのはそちらだろう！　はあ……まぁ、わかった、わかった。――そんなに死にたいのなら、許してやろう。俺は子供には優しいからな」

眼前に巨大な拳。

流石に早いな。避け切れる気がせん。

トンカチも……間に合ったところで、それがどうした、だし。せめて鋸くらいは持ってくるべきだったか？　鋸があったところで何が変わったとも思えないが。

意識を飛ばさぬよう気を付けなくてはな、なんて考えながら、迫る拳を見ていたら……ぞぶ、と……肉の断ち切れるような音が響いた。

「お……？」

私の眼前三寸くらいのところで急停止して、ぶつりと落ちる、劾瞬の腕。

はぁ、ようやく再起動か。もっと早く割り切れないものかね。

「――劾瞬」

「お、おお。おおお。……酷いな進史！　俺の腕を斬り飛ばすとは！」

「お前、子供は苦手だと言っていただろう」

……え。あ、え？

――そっち？

「加えて、口では下世話なことばかり言うお前だが、その実女の裸を見ればすぐに頭に血を昇らせて

倒れるような奴だった。——なぁ、劾瞬。お前は」

「待て、だとしたらマズい！　進史様——輝霊院だ！　本物がいるとしたら、そ」

視界の端に、何か不吉な……不穏を覚える黒が映る。だから、直感的にタックルをした。進史さんを突き飛ばしたのだ。こちらを見遣る彼に言葉を投げかけようとして。

直後、世界が閉じた。

何が起きたのかはわからない。黒い幕のようなものがあたりを包んだように思う。少なくとも見える範囲に彼はいないので、巻き込まれてはいないのだと判断する。……声が途中で出なくなったのは理解したけど、伝えたかったことは伝わっただろうか。

……して、どうするか、ここから。

2

クソ、読み違えていた。やっぱり私は推理などできない。

……周遠さんも劾瞬さんも、偽物であるのなら。本人が豹変したのではないのなら、話が前提から覆る。今まで考えてきたことをリセットしろ。

「ほう？　中々気骨のある娘だな。奴をこそ食いたかったが、逃がされたか。だが……お前はお前で、良い魂の色をしている。美味そうだな」

「ハ、人目が消えて取り繕うのをやめたか。……ん？　声、出るじゃないか。出せるようにしてくれたのか？　……しっかし、劾瞬を成り済まし先に選んだのは失敗だったな。毎度毎度大声を張り上げねばならず、苦労しただろう」

「おお、わかるか。輝霊院などという小難しい場所への潜伏を嫌ってこっちにしたが、いやはや、面倒なことこの上ない。この男も、発話ごとに声を張るなど、気が触れているとしか思えんよ」

正眼にトンカチを構える。

けど……これは、流石に命数尽き果てたか。

全然違った。私の読みは、「鬼になるための儀式」である、と踏んでいた。幽鬼達の位置と、生霊の存在をなぜか知っていた者。これらを踏まえて「人が望んで鬼になるために必要な手順」がそれなのだと……勝手な先入観を走らせていた。

でも、わかる。この狂気たる惨状と、先の進史さんの言を考えるに。

周遠がどうだったかはともかく、コイツは確実に。いや、周遠も輝術を使わなかったあたり……。

「もしやとは思うが、先ほどから使っていたソレで俺と戦う気か？」

「馬鹿め。刹那の間ですら保つわけがないだろう。体格も膂力も天地の差だ。腕が一本無かろうが、反対の腕で殴れば事は済む。蛮勇に美しさなどない。踏み潰されるべき虫は抵抗の余地すらなく踏み潰されるべきだ」

「……まぁ、概ね同意するが、そこまで己を卑下しなくともいいだろうに。おかしな娘だな」

「だから、楽土の土産に一つだけ聞かせろ、鬼」

「時間稼ぎのつもりだろうが……まぁ、良い。付き合ってやろう。さっきも言ったがな、俺は子供には優しいのだ」

「鬼が食うのは魂だと知り合いの鬼から聞いた。だが、お前は肉を食い、魂である幽鬼は放置した。

――肉の方が美味いのか？」

「鬼の知り合いがいるというのもおかしな話だが……お前、楽土の土産に聞く話がそれか……？　一応答えてやると、肉を食うのは俺の趣味だ。全ての鬼がそうであるとは……どうだろうな。そういう趣味の奴が全くいないとは言い切れん」

「そうか。であれば問題はない」

「よくわからぬが、では死ね、娘」

千切られていない腕による拳。

先程よりも格段に速い。無理だな、避けるとかトンカチを間に合わせるとか、そういう次元に無い。

――だから、踏み込む。

「は⁉」

「馬鹿なの⁉」

拳は……遮られた。

音に。

「なんだ、遅かったじゃないか、桃湯。青清君の氷が冷たすぎたか？」

「あんなのすぐに抜け出したけれど……ねぇ、馬鹿なの？　あなたって実は馬鹿なのでしょう？」

「誰だ。俺の術に介入するとは、無粋なやつめ。出てこい！」

「馬鹿はお前だ、桃湯。これでは私を守っているのと同然だぞ」

「だから、守っているのよ。あなたには鬼子母神になってもらいたいのだから、守らないはずがないでしょう」

「ん？　鬼は一枚岩じゃないのか」

「そもそもが勘違い。――そいつ、鬼じゃないから」

え。

そこも違うの？　いや……今日の私、全部だめだな。よく進史さんのケツ蹴り飛ばせたな。

……あ！　そうじゃん、周遠さんには輝術による伝達が届いていたじゃん！　……え、じゃあアレは本物？　いや、そもそも輝術による伝達って……相手が本物かどうか調べられないのか？　それとも電話番号的な奴でかけているのか？

というか苛立って進史さんの敬称飛ばしたけど良かったのかな。

とか。雑念雑念雑念！　今考えても仕方ない！　悔いるのは色々終わったあと！

「前に話したでしょう。くだらない、俗な理由を持つ同胞の話」

「ああ」

「同じよ。なりかけの鬼。手法そのものは……遠回りが過ぎるとはいえ、悪くはなかったけれど」

「成り済ましは？　成り済まされた人間がいるのだが」

「いるから、なに？　別にその人間を殺すかどこぞへなりと監禁しておいて、姿を変えればいいだけでしょう。そういうことに関してはむしろ鬼より輝術の方が向いていると思うのだけど」

……視覚効果は光、って？

だからわかんないんだって。鬼に何ができて何ができなくて、輝術に何ができて何ができないのか、という基礎の話。誰か説明してくれ。額合わせインストール以外の教材無いのか!?　……いや書庫にあったな、読めないけどな!!

「ふむ、話を整理すると……この聞こえてくる声や、俺の拳を阻む音は……もしや、本物の鬼か？」

「ああ、私の従者だ」

「……いいの、それ。それだと本格的にあなたが鬼子母神であることになるけれど」

「山分け、なのだろう？　あの宮殿にいた全員をそうだと認めなければ私は鬼子母神にはならん。だが、桃湯は私の従者だ。なぜなら私を守るからな」

「先ほどから何を言っているのだお前達は。鬼子母神というのは……それは……鬼と、何か関係があるのか。よければ教えてはくれないものか、鬼の先達よ」

じゃらん、と……弓が弾かれる。桃湯の溜め息と共に。

それだけだった。

それだけで――劾瞬が、倒れる。あの生暖かい暴風が劾瞬から桃湯へと流れたのだ。

「あなたが私に贈ってくれた、木彫りの私。あれのお礼よ。――これからも私があなたを守ると思うのなら、それは間違い」

「おい、余計なことをしてくれたなお前。私を守らせながら奴から情報を聞きだすつもりだったのに、できなくなっただろうが」

「……。この輝術からも出してあげようと思ったけど、気が変わったわ。せいぜい迷いなさい。鬼子母神になることを頷いてくれたら、ここから出してあげる。それじゃ」

「あ、おい！」

……調子に乗り過ぎたか。

まぁいい。追い払うために傲岸不遜に振る舞った節はあるしな。神子だの鬼子母神だの、担ぎ上げられる気はサラサラないんだ。双方共にお断り。互いの誘いの手がどうしようもなくなったら、私はトンカチと……鋸を両手に立ち向かって、敢え無く散る気だ。

馴れ馴れしくしてくるな。私からは馴れ馴れしく話しかけるが。

「で」

で、だ。どうやって出るんだこれ。輝術らしいけど……。

劾瞬の身体……は、うわ。なんか剥がれてきた。……え、成り済ましってそうやってやるの？　輝術でパパーン！　じゃないの？　ん、これ……、粘土とか染料とかを使った特殊メイク……か？

ええい、死体解剖なんてそれこそ輝霊院にやらせたらいい。私が分かることなんか何もない。

それより出方だ出方。幽鬼……もいないし、食い散らかされていた女の死体も無い。まだ残っている者がいたけど、あれは生きているのか。それとも自我を奪われているのか。……桃湯は「アプローチはいい」みたいなことは言っていた。だから、儀式である、というのは間違いじゃなかったんだろう。そして……進史さん含む輝術師が一向に助けに来ないことや、桃湯がせいぜい迷え、なんて言って来たあたり、輝術から少しだけ逸れた外法なのではないかと推測。だから最初に雨霜宮へ来た時進史さんも気付けなかったのだろう。

……雨妃も成り済ましだ、とは……疑ってしまう自分がいるけれど。ここまで外しまくっていると、彼女はただただ優しいだけの人にも思えてくる。もうわからんわからん。

「というかここ、雨霜宮の中なのか？　全く別の場所に飛ばされている可能性は？」

わざわざ声に出すのは、桃湯が音を届けることができたから。

実は声だけは通るんじゃないか説。……無さそう。

私の言に従って進史さんが輝霊院を調べている最中だと仮定して……そして雨霜宮の中にまだいると仮定して。雨霜宮の中に黒い幕がある、って外部の人間が気付くのはいつになる。雨妃とその宮女は絶対に近づかないよう厳命されているだろうし、私と進史さんが調べるから、という理由で輝霊院も近づいてこない。そもそも輝霊院は成り済まし騒動で大慌てだろう。こっちへ目を向ける余裕はなさそう。

つまるところ。

「おーい助けてくれ桃湯ー」

……。

「青清君ー」

……。

「……えーと、角栄(ジャオロン)ー、旧蓮(ジウリエン)ー」

……。まずーい。

今回護衛の人達は青宮城(シーキュウジョウ)にいる。他、私の頼れる相手は。

えっと。……明末(メイミィ)？

「鬼子母(グウイズームー)」

「なる？」

「神(シエン)にはならないんだけど」

「あらそう」

……いるにはいる、んだよな。クソ、最悪のカードを切りやがって。私の自業自得だけど。

手持ちの武装はトンカチのみ。釘（くぎ）の一本も持っていない。

——よし、フラットに行こう。

考えても仕方ないなら、考えない。馬鹿の考え休むに似たりだ。

打つ。

打つ。床を、打つ。

「ええと……一応、何をしているのか聞こうかしら」

「私は床に立っている。この空間には床がある。壁もあるのかもしれんがむやみに動き回るのは下策。なら、とりあえずしっかりとした基盤である床をぶっ壊せば、なんとかなるんじゃないか、と思った次第だ」

「そう……これは独り言なのだけど、輝術に対して打撃を行っても何の意味もないのよね。これは独り言なのだけど」

「やっぱり優しいなお前」

「……呆（あき）れた。じゃあ私、もう行くから」

「待て待て待て待て待て」

考えろ。考えろ私。フラットがダメならリセットするか？

馬鹿の考え休むに似たりだが、馬鹿の一つ覚えともいうし。言うから何？　……いや、待てよ。

「そこが……偽㓨瞬の倒れているところが、儀式の中心部であることに違いはないんだよな」

返事はない。鬼になるための儀式、らしきもの。その紋様の中心部にいた㓨瞬。

あのまま……心臓を食らっていけば、鬼になれた、のか？　それとも人間をたくさん集めてたくさん殺して、自分が最後に死ねばいいのか？

私がそこに行く……のは、なんだかマズい気がする。桃湯の思い通りな気がしてならない。

今までの傾向から考えるか？

この……私の工作に対して、妙に世界が呼応する現象について。こじつけ以外のなんでもないけど、バランスバードも水中花も、多分だけどおきあがりこぼしも……事件がそれと呼応していたように思え……なくも……なくもなくもなくも。

なら、今回作ったモビールにも何か呼応がある、か？

モビール。吊るされたオブジェ。複雑なバランスを取りながら、空気の揺れ程度でくるくる回ったりして面白いアート。現状は……規則的な幽鬼、というか生霊の配置と、わずかな揺れ程度では一切変わらない輝術と、まったく面白くない現状。

……吊るされた？

そういえば……幽鬼は皆、塀の上や屋根の上にいた。私が印をつけた位置も、地図上ではわかりづらいけど、全て塀や他の宮の屋根の上ばかりだった。

だから、紋様自体は二次元なんだけど、横から見ると少し浮いているはずなんだ。

なぜ？　どんな儀式を行うつもりだったにせよ、地面に接地していた方がやりやすくないか？

それとも、あの高さでなければならない理由が。そう……そういえば、雨霜宮は……外の通路からも、屋根が見えるほど背の高い作りをしていて。

だから。

床をペタペタ触って、慎重に動く。そして……壁に辿(たど)り着く。

ああ、やはり。真っ黒になっただけで部屋の構造は変わっていない。

だとすると……こちらの壁を伝って行けば、多分この辺に。

「痛っ……こういう時に小指を強打するのやめろ、緊張感が削がれるだろうが……」

なんてぶつくさ文句を言いつつ、見つけた階段を一段一段丁寧に登っていく。

這うように、だ。耳を澄ませて音を拾いつつ、上がる。

気配。……呼吸音。苦しそうな呼吸の音。

階段を上がりきって……そこに。

そこに、いた。ヒューヒューと空気の抜けるような呼吸を繰り返す、人形のようにさえ見える生気のない女性。絹のような髪は全てが投げ出され、薄く開いた目に光は無い。瞼は時々動いているから、生理反応がないわけではないのだろうが……これは。

「……意識があるなら、右手を動かせ。少しで良い。反応などほとんど期待していない」

ピクリと動く右手。

そうか。あるのか。

右手が動く。

「お前が雨妃で相違ないか？」

まぁ、実際美しいしな。これが妃というのも納得だ。であれば、避難しているという雨妃は。

……いや、進史さんを信じよう。あの時点での進史さんなら、全てを疑ってかかってくれるはずだ。

「呼吸が浅いが……外傷はないな。薬か毒……だが、死に至るものではない、か？」

反応はない。わからないいか。

……妙な、膨らみ。

「すまん、処罰なら受ける」

雨妃を包む美しい反物。

それを剥がして……剥がして。

妙な膨らみのある場所を、露出させる。下腹部だ。

そこに、まるでキノコでも生えているかのように育った……気色の悪い瘤があった。

「桃湯。これ、千切ったら死ぬか？」

「さぁ……？　私達も確かに輝術師だったけれど、全ての輝術を知っているわけではないし、況してや外法となると……判別に困るわ」

「そうか。まぁどの道だろう」

トンカチの、くぎ抜きの部分をその瘤の付け根に宛てがう。

「激痛だろうことは大前提として、これで死んだらすまない。幽鬼となりて私を恨みに来い。その摂理は受け入れる」

ぴくりと。

動く、右手。

引き、千切る――。

3

後日。

私は――雨霜宮にいた。護衛も付けずに。

「……色々マズいだろう。しきたりだの習わしだの掟だの……お貴族様はきっちりしているべきじゃないのか」

「命の恩人を無下に卑しめることはできませんから。お茶菓子が口に合うと良いのですが」

――余韻とか、ハラハラとか、ドキドキとか。

そういうのは無く、まぁ、正解だった、と。

あの瘤を引き千切った瞬間、黒い世界はパチンと弾けた。そして、流石に無傷といかなかった雨妃の患部から血が溢れ始めたので、応急処置として彼女の反物を引き千切って止血。いや私の着物は調査で汚れている可能性が大きかったからな。傷口に毒を塗り込む趣味はない。

そのままどうすることもできずに待っていたのだけど、容態の恢復し始めた雨妃が輝術を使ったようで、輝霊院……その中でも女性の精鋭部隊だという者達が雪崩れ込んできた。

あとは彼女を引き渡し、そして気色の悪い瘤も引き渡して、私はお役御免。私の容姿や存在は進史さんを通して伝わっていたようで、特に何を疑われることも無かった。また、偽効瞬が殺し損ねていた女達も死してはいなかったようで、先に運び出されていたとかなんとか。今は医院で薬を抜いている最中らしい。

偽効瞬はすぐさま解剖へと送られその後は知れず、偽周遠は捕まった後舌を噛み千切って血と舌を喉に詰まらせ、窒息死。自決した。

輝霊院の奥の部屋に本物の効瞬さんと周遠さんは監禁されていて、けれど二人も薬を使われていたらしく、今も入院中。命に別状はないと進史さんは言っていたけれど、それが私を気遣っての言葉なのか、進史さん自身を奮い立たせるための言葉なのかはわからない。

そして――偽雨妃は。

「また、難しいことを考えているのですか？」

「ん……ああ、まぁな。今回の事件は……少々思う所があった。いや少々どころではないが」

「……そうですね。私も……そうです」

偽雨妃は、突然土塊（つちくれ）となって崩壊したらしい。

その土塊は偽物二人に施されていた特殊メイクと同質のものであり――土に秀でた州といえば、で。

まぁ、調査は難航している。

今回使われた外法の輝術に関しても同じ。アプローチの一切が掴めないようで、未だ何もわかっていない。被害者の数も多ければ、容疑者は全員死亡。使われた術も儀式も薬物も不明。まぁ薬物に関しては今抜いている最中なので、抜き終われば検査できるのだろうけど。

「……まぁ、なんだ。自信を失くした、とでも言えばいいか。……やはり私は無学で無知なのだと思い知らされたよ」

「今回の功労者であるのに、ですか？」

「当て推量の推理と妄想の域を出ない憶測で突っ込んだ結果、偶然敵の目論見と最終結論が合致してなんとかなった。それだけだ」

そんな中で、使われていた薬の量が少なかったことと、腹部の傷が縫うほどのものではなかったことから他より早く退院した雨妃。

彼女はあろうことか私を雨霜宮に呼び立て、しかも敬語ではない素の話し方で喋ってくれ、なんて言い出したのだ。……そこから、数日ごとに呼び出しを食らっている。他愛のない話をすることもあれば、事件を思い出してしんみりすることもあるが、総じて最終結論は。

「でも、それでも。あなたがどう思っていようと……私を救い、雨霜宮を救い……果てには、無残にも利用された者達の幽鬼をも救ったことに変わりはありません」

「……娘にはならんぞ」

「ですから、私の娘になりませんか？　……あら、先に言われてしまいました」

これなのだ。

いやいやと。

いやいやいやと。あんた、帝の子を受胎しなきゃいけないんだろ？　子がいちゃまずいんだろ？

「養子なら問題ありませんから！」

いやいやいやいやいやなんだよ。そういうこっちゃないんだよ。そもそも平民だしそもそも私がここにいるのがおかしいし、なんだよ。

というかこれ最悪州君と妃がバチバチし合うっていう意味わからん展開になりかねん。早く飽きてくれないか。今だけ青清君の飽き性をこの人に移植できないか。

なんというか。

「疲れたな、色々……休みたい」

「休暇、無いのですか？　青清君のお相手、というのは……」

「いや……ある。むしろあり過ぎる。いつもは暇で暇で仕方がないくらいだ。……だけど、仕事というか……仕事じゃない仕事が舞い込むと、それが必ず私の許容量を超過していて……疲れる」

「それでしたら……まぁ、子供の身である小祆（シャオシェン）におすすめするのは少しおかしな話ですが……私がいつも受けている按摩（あんま）を受けてみる、というのはいかがでしょう」

「……按摩？」

「はい。日々の疲れを癒すために、全身を揉（も）み解（ほぐ）すのです。どうですか？」

按摩……マッサージか。

え。え、いや、ちょっと。

……かなり興味がある。ここは中国ではないけれど、あっちのマッサージって本格的ってイメージが強いし。それでいて平民の生まれだから、そんなもの受けたこと無かったし。青宮城でも……まぁ頼めばやってくれそうではあるけど、やってないし。

「痛い……奴か？」

「痛い方が気持ちいい、という方には痛くするそうですが、ただただ心地よい、という力加減にもしてくれますよ」

「……だが、いいのか？　それ……妃だからこそ受けられるものなんじゃ」

「私の命の恩人だというのに、あなたは私からのお礼をほとんど受け取ってくれないでしょう？　これがお礼になるというのなら、雨妃の名のもとに命令してでもやらせます」

「そういうことをすると、帝からの心象が悪くなるんじゃないか？」

「あの方は子供に対して礼を尽くすことに目くじらを立てられるような方ではありませんから」

そ……そこまで言うなら。

まぁ。なんだ。

「じゃあ、お言葉に甘えて……」

「はい！　少し待ってくださいね……今按摩師に伝達を入れました！　ふふふ、嬉しいですね。ずっと心につっかえていたのです。あなたが……多分、本来はなんでもかんでも自分自身だけで完結してしまえる方ですから、私のような……立場だけが取り柄である者が、どう礼をしたらいいのか、と」

「そんな完璧超人じゃないと証明したはずなんだがな……」

「あれほどに秘された情報の中から、どんな経路を辿ったのだとしても、唯一の糸口である真相に辿り着いた。それは才であり、あなたの努力ですよ。何よりあなたは、私を含めたたくさんの命を救ったのですから――もう少しだけ、誇りに思いなさいな。あなたが気付かなければ、青宮廷は大混乱に陥っていたかもしれないのですから」

ああ。……疑ったことを謝るよ、雨妃。あんたは良い人だ。ただの善人。

ちなみに幽鬼を庇ったのは土塊の方だったらしいので、そこの評価はノーカウントとしても。

もう少しだけ誇りに思え、ね。

金言、余りある。

なお。

「あらあら……こんなに小さいのに、肩も腕も腰も背中も……首も頭皮も、頬の筋肉まで……」

「足なんてほら、なんて固いのかしら。鍛えていると言っても、それ以上に疲労が溜まって溜まって……可哀想に」

「雨妃様があれほどまで言っていたから何事かと思ったけれど、これはあたしたち、本気の技を見せる時が来たようね」

えー、古代中華っぽい異世界の、本格按摩。

すんぎょいです。すんごい……うぅ、溶ける……溶けるぅ。

「この……香……良いな。落ち着く……」

「これはね、黒州で採れた苹果を使っているの。鼻から匂いが抜けて、すっきりするでしょう？」

「ああ……身体に塗っている香油とは、別だよな……」

「こっちは緑州で売られている橘子の香油。香りとしてはほとんどしないはずだけど、鼻が良いのね」

「生まれ故郷でな……椪柑を良く食べていたんだ。椪柑の果醤……離れてから然程経っていないのに、懐かしく思う……」

「へぇ、椪柑果醤！　いいわねぇ、健康になれて美味しくて！」

「ああ……」

ちょっと世間話の声が大きめなのが玉に瑕（きず）だけど、会話自体は好きなので面白い。

そして気持ちいい。肉体的だけでなく、精神的な疲労も全てデトックスされていく感じがする。溶ける溶ける。融解する。

「ね、あなた。雨妃様を救ってくださった、って聞いたわ」

「ん……それは、まぁ……成り行きだ」

「それでも。――私達は皆、雨妃様に救われているから……本当に感謝しているの。ありがとう」

「……これで推理が合っていればなぁ……素直に喜べたんだけど……」

そこなんだよなぁ。いや、アプローチは良かった。けど結果的に効瞬さんと周遠さんを疑いまくって、なんなら雨妃も疑っての……コレである。

疑った相手が偽物だったからよかったものの、もし本物だったらと思うと。……いや本物じゃないって確信したから進史さんに「首を刎ねてください」って言ったんだけど。思えばアレも……なんか、ちょっと偉そうすぎじゃなかったか。証拠もないクセにさ……。

あー……。きもちーけど……後悔残るなー……。……進史さんに……謝らないと……。

「あら、寝ちゃっ……。嬉しいわぁ、そんなに……よかったのね」

「……らしい寝顔ね。……だもの、当然だけど……」

「雨妃様、苦しいでしょうね。……あの方の……妹……たら、歳の頃……しれないし」

……あのね、おばさん達。微睡（まどろ）みの中でも声って聞こえるんだよ。

別に同情はしないけどさ。やめてくれ。気を遣うだろうが。

……水子供養、作るかね。

第十一話　走馬灯

1

青宮城下に作った超巨大モビールを完成させて、一息を吐く。

反省したのだ。

やはり私にできるのは当てずっぽうと詭弁とこじつけだけ。真実はいつも一つ！　を行ける頭は無いんだな、と。雨降って地固まる、終わり良ければ総て良し、みたいなことを雨妃から言われまくったけど、申し訳ない、私が一切立ち直れていないので、もう探偵役はやらないだろう。

カコン、という静かな音が城内に響く。

そう、少し前に作った鹿威しが、そのまま捨てるのは勿体ない、という理由で城内に置かれることになったのだ。しかも吹き抜けの滝のすぐそばとかいう重要地。加えてその滝から分水してもらって鹿威しに流すという……いいの？　みたいな措置。いいらしい。

私の御機嫌取りに必死なのか、ただ気に入っただけかは知らないけど、まぁ無音の城よりこっちの方が私は好きなので特に何も言わないでおく。

そうなのだ。私は誰かに意見できる立場ではないし、誰かを動かせる立場でもない。そして真相を解き明かす術(すべ)も持っていない。

であれば大人しくDIYしていろと。いやはやその通りだと。雨妃の呼び出しには政治的な話で応じるしかないので応じることはあるけど、基本は玩具作り職人……職人じゃないな、細工師……そんな大層なものではないか。

まぁなんでもいいや。青清君(シーシェイクン)のお気に入り。それだけ。


今日も今日とて工作をする。小出しにしろと進史(シンシ)さんに言われてはいるけど、暇があると変に介入したくなるだろうから、もうガンガンに作っていく。

まず厚紙を二枚用意します。これを丸くカットします。木串の先端をそれで挟みます。その時ちょっとだけ空洞を作ります。

あとは厚紙の表裏に紙紐(かみひも)と錘(おもり)を付けて、でんでん太鼓の完成〜！

……。

竹を輪切りにし、内径より外径の小さい竹を用意。小さい竹は短くもしておく。

外側の竹と内側の竹の底部を糸で結び、外側の竹の出口を丸く切った木板で塞ぎ、錘を使って穴を作成。しっかりピストン運動が可能であると見て。

超簡易水鉄砲の完成〜！

……。

黒州(ヘイシュウ)から輸入した防腐剤と木串を組み合わせて、木串鉄砲の完成〜！

……。

「わかっている……わかっている。そうじゃないのはわかっている……」

別に、青清君が喜びそうなものを作るのはできる。私の頭にはまだまだ面白い原理のものが詰まっているから。

だけどそれとは全く関係なく……気になる。偽周遠(ヂョウユエン)の短絡性。偽劾瞬(フェアシュン)の外法、及び詰めの甘さ。

なぜ雨妃を狙ったのか。それはそれとして幽鬼を使った紋の精密さ。青宮廷(シーキュウテイ)にバレることなく運び込まれた薬物の存在。

ちぐはぐが過ぎるのだ。短絡的で目先の事しか考えられない駒と、緻密で潜伏の上手い指し手。

その二存在がいるような気がしてならない。ならない、けど……。

私の推理は外れるからなぁ……。

「……ちょいと真面目なもの、作るか」

モビールを作って、別に事件と呼応していない、ということが知れたので、なんとなーく避けていたものも作れるようになった。……はず。

用意するのは以前おきあがりこぼしの時に使った糊(のり)と紙。ただし今度は一枚の紙を何度も重ねて、和紙っぽい灯(あか)りの通し方をするように調整。

そこに馬や鳥といった適当な動物の形の型を作って置いて、短剣でザクザクと穴を開ける。角筒になるよう形を整えて、乾かしておく。同じ比率の角筒で、且つ一回り大きいものも作成。

次に風車を作る。これも紙。量角器で中心の角度が四五度、両角が六七・五度になる三角形を作図。その内側に羽となる三角形も作図。糊代も……まぁ私は感覚でやっちゃう派だけど、一応作図。

あとはこれを型どおりに切って、折って、……なんていうのかな、サーカスの屋根、みたいな形にしたらＯＫ。

先程乾かしていた、切り絵のある方の角筒の上に屋根を取り付ける。

内側には燭台。プラス、金属製の受け皿。これは煙管を分解して作った。軸受けとなるように三本脚に支えられたそれは、燭台の土台へと強く固定を行う。

屋根側の頂点から針を落として固定し、やじろべえと同じ感じでバランスを取れるよう軸受け側と調整。

一回り大きい紙箱を被せて、これも燭台の土台に固定。

後は下から燭台に火を灯すだけで……回り灯篭のできあがり。走馬灯ともいう。

内側の切り絵行燈が煙突効果でくるくる回って、切り絵の光を外側の行灯に映すのだ。うん、綺麗。

2

「……ひと月、か」

……もうすぐひと月が経つ。私が青宮城に来てから、だ。

まだそれだけしか、という気持ちと、もうそんなにか、という気持ちが混在して……。いかんいかん。それこそ走馬灯を見ているような回想をするんじゃあない。死ぬ気か？

「祆蘭、進史だ。入っても構わないか」

「幽鬼絡みの思考労働はお断りだ」

「……そうか」

「ああもう、落ち込んだ声を出すな。とっとと入れ。話せ。そして間違えてやる」

しょぼくれた雰囲気で部屋に入ってくる進史さん。

傍らには白布と本。形状からして大きいのは絵画だな。

「……その」

「で、なんだ。今度はどこがどうなんだ。言っておくが私はもう現地調査など行かんぞ」

「行く必要はない。というより、もう存在しない」

「……？」

「過去の幽鬼事件に関する資料なのだ。その……確かに前回の騒動においては、お前を頼った。だが……青清君に言われてしまったよ。〝幽鬼が出るたび祆蘭祆蘭と、お前達はいつから赤子になったのだ？〟と。……幽鬼に寄り添えるから、などという理由でお前を駆り出したのは、私が大義名分を得たと……心のどこかで安堵していたからに過ぎない。お前の護衛につけた者達と同様、私も熱に浮かされてしまっていたらしい。あの時の威圧が……お前を、見上げさせてしまっていた」

だから、と。白布を置き、進史さんは……両手を頭の上で合掌し、深く深く、頭を下げる。

エリート貴族が何やっているんだ。平民だって言っているだろこっちは。

「頼りすぎていた。期待を寄せすぎていた……は、良い言葉ではないな。あー……その。私達はお前を幽鬼相談役としてここに呼んだわけではないし、お前は幽鬼の専門家ではない。間違っていても当て推量でもこじつけでも詭弁でもいい、などと言って縋っておきながら……お前が真に間違えることを想定していなかった。そして、そうなった場合、お前の心がどれほどの傷を負うのかも」

「……」

「申し訳なかった。お前は……どこか超然としているし、どこか飄々としているし、どこか……浮世離れした雰囲気を持っているが、私達と同じ人間で、何よりも子供だ。人の生死にかかわる判別を下して、それが心労にならないはずがない。責任のある立場、というのはそれを目指し、それを担う覚悟を持って初めて就けるもの。成り行きでことを任せるなど……大人として、貴族として、恥じ入るべきだと判断した」

「……」

「だから」

「長い。それで、そこまで反省していてなんでまた幽鬼絡みの事件を持ってきた」

「――反省はした。だが……お前が特別であることに変わりはない。鬼に纏わることもそうだが、いつかまた、幽鬼に関する事件で……私がお前を頼ってしまう可能性がある。わかっている。情けの無いことを言っている自覚はある。だが……いや、だから……その、だな」

「過去の事例を私に見せて、私に学ばせて、私が失敗しないように経験を積ませたい。ただし現在起きている事件では二の舞だから、もう終わった事件を使って、たとえ間違えたとしてももうどうしようもないのなら問題ない。……こんなところか？」

「……ああ」

要は突発抜き打ちお受験あるかもしれんから日頃から過去問を解いておけ、と。

進史さんの顔を見る。……憔悴しているな。クマもできている。周遠さんと効瞬さんの吉報はまだ耳にしていない。……これは、仕事の合間を縫って、入院中の二人に会いに行っているな。

……こちとら九歳のガキだぞ。わかっているのか。だとして、そんな疲れ果てた青年を見て……放って置けるワケないだろう。馬鹿にしているのか？

「わかった。資料を貸せ。だが、説明はするな」

「いや、だがお前は文字が読めないだろう」

「なんとなくで察する。良いから口は出すな。いいな？」

「あ、ああ」

進史さんを座らせる。そして……異国情緒過ぎるけど、自分で縫ったカーテンを窓にかけて、外の光を遮る。

この部屋の光源はこれで走馬灯のみとなった。あとは薫衣草（シュンイーツァオ）のお香を焚いて、と。

さーて。……うん、読めない。

読めないけど、やっぱり写真的な輝術（きじゅつ）があるのだろう。大きな絵画もそうだけど、現場写真みたいな絵が記載されている。これが幽鬼で、こっちがその幽鬼の死体があった現場。この割れた茶器の絵にある文字は……証拠的な意味合いか？

走馬灯が回る。進史さんの目が、壁に映る影を追っているのがわかる。

あー、はー……なる、ほどね？　服毒自殺なのか他殺なのか、みたいな判例で、結果的にこの……顎の出ている男がどうにかなって、輝術を使わずに幽鬼を消すことができた、という判例か、これ。

……多分？　幽鬼必殺悪即斬！　の資料なんか私に持ってきても仕方がないからな。進史さんなりに配慮したというか、選びに選んだんだろう。選び抜いたもの……幽鬼が満足して消えた、というものを探したのだろう。

馬鹿め、そういう気遣いをするから疲れるんだ。もう、こくりこくりと首が動いている彼。……まるで赤べこだな。赤べこってどういう作りだっけ？　今度作ってみるか、記憶にある限りでだから試行錯誤が必要になるだろうけど。

伝統工芸ならともかく郷土工芸はなー。前世の私はそこまで工芸に興味津々だったわけじゃないから、知らんものも多いんだよなぁ。

どさ、と。ちょっと心配になる倒れ方で……横になる進史さん。完全に寝たな。んじゃ掛け布団をかけて、と。……規則正しい寝息。寝顔を見るとわかることだけど、普段のしかめっ面じゃないとかなり幼く……若く見えるな。もしかして進史さん、まだ青年くらいの年齢なのだろうか。

なんにせよ……へぇへぇ、平民はせいぜい過去問のお勉強をしますよ。

どうしようもなくなった時、あんたが私を頼れるようにね。

しばらく判例を眺めて、それを閉じる。文字は読めなかったけど概要は把握したので、とりあえず終了にして、今は新たな工作を作っている。

トンテンカンの音が出ない、削るだけの工作。竹を人間の背骨のような節状の形に削り、それをいくつもいくつも作っていく。ある程度の数を用意したら、中に糸を通し、外側にも布を……まるで一本の縄に見えるような縫い目を付けて、包(くる)んでいく。

端と端を結んで……はい。

ある一定の捻(ひね)りではピンと張り、それ以外の角度では蛇のようにぐにゃぐにゃしなり、最初のひねりの反対ではだらんと垂れ下がる……インディアンロープとかヒンズーロープとか言われているものの完成である。

……ん？　待てよ。方向を持って支えると、自重が骨子となって一本線になる。

だけど、支えが無かったり、方向が違ったりすると容易く瓦解する。

……いや。私の考えるべき話じゃない。ふとソレが過ったけど……でも……。

進史さんを起こさないよう細心の注意を払ってカーテンに潜り込み、窓を開ける。

眼下に広がる青宮廷。雨妃の宮の位置だけは覚えたので、そこに想像上で件の紋様を描く。偽周遠が言っていたように、花を思わせる紋様。紋様は内廷をぐるりと囲んだ形になっている。

中心には確かに雨妃の宮があるけれど、紋様の通っている場所もそれなりの重要施設が多い。特に外廷に重なる部分には、食糧庫や酒蔵などが存在していて……。

私の考えが正しければ、なんて言葉はもう口にするつもりは無い。

だけど。私の勘があたっているのなら……持ち手は、ここか？

一か所だけ。綺麗に――内廷と外廷を隔てる水路というか堀と重なっている場所。

ここで、何かが起きたから……秘密裡に行われようとしていた儀式が露見した、というのは……妄想か？　いやだって、偽物達が鬼になりたかったなら、あんな派手に幽鬼を配置する必要はないだろう。輝術師に殺させたかったのなら、土塊の雨妃に庇わせる、ということもしなかったはず。

だからあれは全員が全員咄嗟の行動をしていて……そうなった理由は、持ち手が突然いなくなったか、指図できなくなったから。

よし。

「進史様。進史様」

「……ぅ。……祆蘭……か。ああ、すまない……眠っていたか」

「調べてほしい場所がある。失敗続きの私の言にまだ信を置いてくれるのなら、頼めないか。杞憂(きゆう)ならそれでいいんだ」

「……詳しく話せ」

おやすみはここまでだ。

回り続ける走馬灯は、けれど蠟燭の火が消えれば止まるもの。負のスパイラルにはどこかで終止符を打たなければならない。

杞憂なら容赦なく罵ってくれ。だから。

3

そうして、私の指し示した位置から、例の黒い輝術によって巧妙に隠された水死体が上がる。身元はまだ判明していないが——青州(シーシュウ)の人間ではない可能性アリ、と。それだけ聞かされた。

……黄州(オウシュウ)。帝(みかど)の治める、州君(しゅうくん)のいない州。中央。

特産品は多種多様な土と鉱石。……偽物達の身体を固めていたものも、雨妃の偽物も土。

帝の母御、玻璃(ファリー)。私が元鬼子母神(グヴィズームーシェン)ではないかと睨(にら)んでいる女性の住まう所。

陰謀論だ。それに、名声を欲さぬ何者かが何事かを未然に防いでくれた、という事実も残っている。

あまり身内ばかりを疑うものではない。

これ以上は流石に妄想だ。輝霊院(きれいいん)と青州そのものに期待しよう。

「小祆（シャオシエン）、これ……難しいね～」

「切り絵。奥が深い」

今は私の部屋で、夜雀（イエチュエ）さん、祭唄（ジーベイ）さんと切り絵をしている。

部屋に入って早々走馬灯に気付き、「自分達も欲しい」と言い出したのが始まりで、けれど私は元来青清君専用の玩具作り屋さんなので、だったら自分達で作ってみよう、になったのだ。

で、それはもう完成していて、だけど内側の行灯でやった切り絵が二人の美的情操に何かしらを訴えかけたらしく、厚紙を使っての切り絵をずーっとやっている。

この分だとステンドグラスなんかも刺さりそうだな、と思いつつ、硝子（ガラス）をいっぱい用意するのがこの世界においてどれほど大変なのかがわからないので何も言わないでいる。

あとパッチワークとかも良いか？　裁縫はできるのかな、この二人。

「よし！　見て見て、祭唄！」

「……？　見た」

「そうじゃなくて、これ祭唄！」

……なまはげ？　え、夜雀さんには祭唄さんがこうやって見えているのか？

「……うぅ。どうせ私には絵の才はありませんよーだ……」

「祭唄様は、相変わらず上手だな。構想力の差か」

「まだ切り出してないのに、何かわかるの？」

「青宮城だろう？」

「そう。祆蘭は予測が上手」

泣き真似をする夜雀さんへのフォローを一切入れずに、祭唄さんとお互いを褒め合う。

だんだんこの人の扱いが分かって来た。

「夜雀様にはこれを貸しておく。青清君へ献上するものの一つだが、進史様から小出しにしてくれ頼むからと必死の懇願を受けていてな。来月か再来月に出す予定のものだ」

「え……っと、いやそれを私が先に見ちゃうのは……色々と」

「似たものが存在しないかの確認も兼ねて、だ。市井とは距離が近かったのだろう？」

言いながら放り投げるは、木板の重なったもの。

ヤコブのはしご、と呼ばれる玩具だ。木板と糊と紐で作る知育玩具だけど、大人でも楽しめる。

最初は恐る恐るだったけど、途中からパタパタと音を立てて、「おもしろーい！」なんて言いながら遊ぶ姿が見えた。うん、失礼だけど年相応に見えるのはなぜだろう。歳側が相応になっているという意味で。

「それにしても……よく、思いつく。祆蘭の想像力は……凄(すご)い」

いや。その。人類の歴史が凄いのであって。

「あ、そうだ。二人は青宮廷に降りることはできるのか？」

「申請を出せばできる。どうして？」

「墓地、というものは……存在する、よな？　そこの敷地の、どこでもいい。これを飾ってきてほしいんだ」

取り出したるは、紙で作った風車。

プラスチックなんかないので、厚紙の風車にはなるけど……できるだけ長持ちするように作った。

「できれば屋根のある場所が良い。雨風にはとことん弱いから」

「……なら、輝術で保護する？」

「輝術か。……何ができて、何ができないんだ、輝術」

「命は蘇らせられない。傷や病は治せない。それ以外の事は大抵できる。ただし、術師の力量に大きく左右される」

「大抵というと……たとえば、空から火の玉を降らせる、なんてこともできるのか？」

「州君やその付き人くらいにもなれば、そのくらいはできると思う。私は……掌に火の球を出すことはできる。普通に光らせた方が便利だから光源として使うことはないけど」

そうなんだよな。そもそも輝術のこの……実体も熱も持たない光、とかいう意味の分からないものがデフォルトで使えるのが……本当に意味わからん。

加えて腐食や風化対策の防護をしたり、不可視の何かを飛ばして斬撃を行ったり、浮遊したり……。

「あー。話が逸れたが、頼む」

「うん。それで、これは何？」

「まぁ……供養だよ」

水子供養。聞いた限りでは、雨妃の妹は生まれる前に死んでしまったらしいから。

そういう概念があるのか知らないけど、気持ちの問題だ。

「前々から思ってたけど、小祆って優しいよね。すぐ悪ぶるけどさー」

「優しいか優しくないかについて論ずる気はないが、私には私の倫理観があって、それに従っているだけだ。とはいえ目先の益のためなら倫理観もかなぐり捨てる程度の奴だぞ、私は」

「うんうん、そうだねー」

……。まぁ、善意だし、本心で馬鹿にしているわけではないのは知っているが。

これでもくらえ。

「わっ!?　……っと……なに、これ？　箱？」

「魔方（モーファン）という玩具だ。これも青清君の先取りだが、これについては青清君はあまり興味を示さないだろうな」

早い話、ルービックキューブである。内側の枝構造を木で再現するのに苦労した。でも最初のルービックキューブは木製だったって話を聞いたことがあるので、できないことはないはずだと根を詰めた。少量の油を用いて滑りを良くしたり、どうしても引っかかる部分は面取りをしたりなどして調整はしたけれど、出来は良い自負がある。

「祇蘭、私には無いの？」

「祭唄さんは頭が良いからな……」

「え!?　それって私のこと言外に」

「ああ、その魔方は頭が良い者でも中々解けない遊び細工だ。全ての面の色を揃（そろ）えろ」

よし。で。

「……本来は鉄で作るべきなんだが、鉄の加工技術をもっていないのでな、木で作った。これ、壊さずに外してみてくれ」

「これは……、変な形の鎖？」

「智慧（ちえ）の輪という玩具だ。力を込めずとも、すんなり外れる解法が存在している」

ルービックキューブと知恵の輪、どっちが解きやすいか、についてては空間把握能力と記憶力の差なので、頭の良さとは直結しないけれど、暇つぶしには丁度いいだろう。

しばらく……カツコツという木と木の当たる音が響く。

その間、私は勉強だ。過去の幽鬼絡みの事件ファイル。過去問。

今回の事件は、無害な幽鬼が三体、同じところに現れた、という事件。

数字だけはなんとなくわかるので、なんとなく察するけど……多分五十年前とかの事件。一見して関連性の見つからない三人の男女が、立て続けに同じ場所に幽鬼となって現れた。

ただし、男、女、女、という順番で死んでいるのに、女、男、女、の順で幽鬼が現れたという。

真相を初めに話すなら、最後に現れた女の幽鬼は、他の二人が死んだことを見届け、満足して消えた、という……所謂痴情の縺れ。最初に現れた男女を殺したのもその最後の幽鬼だったとかで、何やら罪の告解文のようなものが書き連ねられている様子だけど、読めない。

「こんな時に聞く話題じゃないのはわかっているんだが、二人は鬼を相手取ったことはあるのか？」

「無いよ。むりむり」

「私はあるけど、命からがら逃げ出せた、が真相。倒すことはおろか、傷を与えることもできなかった。命があっただけ奇跡に近い」

「殺した事例はどれほどあるんだ？」

「ほとんどない。あるのは青清君が倒した鬼と、かつてあった死霊院という所が倒した記録だけ」

「死霊院……とは、物騒な名前だな」

「輝霊院の前身というか、併合吸収した施設だね。やってることは……なんていうのかなぁ、あんまり子供に聞かせる話じゃないけど……こう、自らの命を度外視して鬼を滅する、みたいな組織で」

「早い話が自爆。生きて帰るという発想の無い狂人集団が死霊院だった。けど、そんな場所が長続きするわけがない。だから今は、輝術に関する総合専門施設である輝霊院に吸収されて、その中でも幽鬼を祓(はら)う部隊となっていることが多い」

ほー。でも、それで鬼を殺せるなら充分なんじゃないか？

死を覚悟した蟻(あり)が象に真正面からぶつかって勝つ、みたいなことだろう。普通に偉業に聞こえるが。

「でも、どうしたの突然。そんなこと聞くなんて」

「いや……なんだ、私はお前達が戦っているところをほとんど見ていない。玉帰(ユーグウィ)様が桃湯(タオタン)に腕を折られたところ、しか知らん。だから……なんだ」

「本当に私達は護衛として役に立つのか、ってこと？」

「まぁ、言葉を取り繕わないでいうのなら、そうだな」

この人達本当に強いのか？　って。特に……ヤコブのはしごと知恵の輪で遊ぶ二人を見ていると。

……そんな目線を向けたら、二人は顔を見合わせた。

「青宮城の地下。浮層岩(フソウガン)の中に、練兵場がある」

「久しぶりの手合わせ！　やろっか！」

ふむ。いいかもしれない。気分転換として……つまり殺陣(たて)、という奴だろ？　それも超本格的な。

「じゃあ行こう！　これ解けないし！」

「私は解けた。面白い。こういうの好き」

「おお。早いな。新たなもの、幾つか作っておくから、暇なときにやりに来てくれ。そっちの魔方も祭唄様なら」

「あげない！　私が解くの～!!」

らしい。青清君の献上前までに解けると良いね。

4

練兵場。お貴族様の中でもあんまり戦わない者達ばかりの青宮城になぜこんなものがあるのかと問うたら、「え？　むしろここの人達すっごく戦うよ？」と「輝術も体術もできてこそ。青宮城勤めでも、赤積君（チィジークン）を目標にしている人は多い」との返答が。

……武闘派多いんだ、輝術師って。そういえば劾瞬さんもかなり鍛えていたな。

「じゃあ、最初は軽く行くよー」

「うん。全力で来て良い」

消える。……消えた。いや、土埃（つちぼこり）は見える。だけど……目で追いきれない。

速いな。そういえば偽劾瞬の拳もだったけど……もしかして輝術に身体能力向上みたいなのがあったりするのか。

「練兵場に申請。……誰かと思えば、あの二人？　護衛……忘れている」

「あ、玉帰様。腕はもう大丈夫か？」

問えば、左腕を持ち上げて見せてくれる玉帰さん。

「完治した。……あの二人、見えるか？」

「いや、まったく。なんというか……ちゃんと強いんだな、と」

「腕、折られた。俺が……不安にさせた」

「まぁ直接の原因はそうだが、相手は鬼だろう。仕方がないと言えば仕方がないのではないか？」

「……進史様。不意打ちの、本気の攻撃で……頭を潰せなかった。あの鬼が強いのは、確かだと思う」

そういえば。桃湯にはあの場にいた鬼全員が束になっても敵わない、なんて言われていて、けれど進史様の狙撃は彼女の頭部にしっかりとダメージを与えていたな。

あれは良い指針かもしれない。強さの基準の。

「……あの時の威圧。今、できるか？」

「いや、自覚がないんだ。どうやったのかはわからない」

「そうか」

威圧ねぇ。まずもってする意味がないからなぁ。何があったら威圧になるのやら。

「邪魔をするな、という意志。それが……威圧だと、赤州で聞いた。先日の墓祭りで、旧知に会った」

「ああ。そういえば、あの時」

——黙っていてくれよ。

とか、思ったな。余計なことをする奴に対して。

「……ん？　どうした、もう終わりか、夜雀様、祭唄様」

「え……いや」

「玉帰……？　祆蘭に何をさせた……？」

「俺は、少し助言をしただけだ。……こんなにも早くコツを掴むとは、考えていなかった」

はて。

……え、今の？　黙っていてくれよ、って念じればいいの？

黙っていてくれよ。……二人に、特に変わった様子は無いけど。

「自然と頭を下げかけた。さっきのは紛れもなく威圧。青清君がたまに見せる……自然と従いたくなる存在感。あの日感じたものと同じ」

「私も、心臓が……凄く跳ねて……びっくりした〜」

それは申し訳の無いことをした。

……どうにか制御できるようになれば、アレか。一欠片の財宝を手に入れられるまであるか、これ。

しかし……自然と頭を下げかけた、という言い回しが引っかかるな。まるで、全てを導くうんたらかんたらみたいじゃないか。……使えば使うほどそれっぽくなっていく気がしてならない。

よーし、封印！

「ところで、だ。二人とも」

「なに？」

「なーに？」

腰に佩いていたトンカチを取り出し……練兵場の真ん中へ行く。

そして、それを正眼に構えた。

「私も」

「あのね、小祇。私達はあなたの護衛でね」

「護衛が、護衛対象を傷つけるわけがない。考えてほしい、少しは」

「祇蘭……輝術の使えない、平民と貴族では、地力からして、隔絶した差がある。無様に腕を折られた俺が言うのも、おかしな話だが……その無様が、お前に還る」

「だろうな。だが、先日鬼になりかけた人間と戦って、痛感したんだ。私には戦う力が無いと」

「だから、私達がその力になる」

「というか小祇は戦うんじゃなくて、基本は逃げるの！　戦っちゃダメ！」

えー。

「あ、そうか。じゃあ部屋から鋸を持ってくるから」

「そういう問題じゃない」

……その後、どれほど頼み込んでも相手はしてくれなかった。

第十二話　紙とんぼ

1

ここは一応、異世界である。一応も何もだけど、異世界なのだ。地球とは違う。だから、主に植物や鉱物に、見たことのないものが交じっていたりする。

「これは、黒州の方にだけ生える鱗木というものでね。君が使っている金属製の鑢とは違う、他の木の表面を玉のように仕上げる時に使うものなんだ」

「これそのものの加工法はないのですか？」

「もちろんあるよ。輝術でやるんだ。そうだな……食事によく、魚や野菜をすりおろした物が出てくるだろう？　あれはこの鱗木を使った調理器具で調理しているんだよ」

「……成程」

とか。

「蓋木。これだけ太いし、木を名乗ってはいるけれど、歯朶の一種でね。他の樹木のような腐食を気にせず水源の近くに置くことができる。丈夫で、水を吸うんだ。地域にも依るけれど、船の櫂にこれを使うところもある」

「吸水率が高いのなら、重くなってしまうのではないですか？」
「君は賢いね。そう、だから掴む部分にこれを使う」
「……石？　とても……軽いですね」
「あははっ、良い反応をありがとう。実はこれ、石に見える植物なんだよ。恵草花という植物の根で、一株植えるだけで周囲の水を全て独り占めして、一帯の植物を枯らしてしまう。はっきり言って有害な植物だけど、用途としての広さは極大だ」

とか。

楽しそうに面白植物を紹介してくれているのは、青宮廷から青宮城へと薬を補充しに来た、今潮という男性。持ってきた薬だけでなく、こういう面白植物は常に持ち歩いているとかで、出るわ出るわの人間倉庫。中には特別臭いの強いものもあって、けれどそれは輝術で包んでいるから匂いが漏れない、のだとか。……ラップか……チャック付きのポリ袋か何かか？　輝術って。

進史さんの紹介で私と引き合わせられた今潮さんは、けれど嫌な顔一つせず、どころかそれはもう楽しそうに植物を紹介してくれる。私がどう、というより植物が好きで好きでたまらなくて、その研究の果てに薬師になった人っぽい。

そして無理矢理それに付き合わされている私は。

「今潮様は、樹脂についてはどれほどの造詣がありますか？」
「ほお！　樹脂！　防腐剤くらいにしか使われていないアレに興味を持つ子供がいるなんて……！」
「その言い回し。防腐剤以外の使い方も知っている、と見てよろしいでしょうか」

それはもう興味津々に彼の話に食いついている。いやぁ、智者との話は実があって良い。

「勿論だよ。防腐自体輝術でできるんだから、それ以外の用途を見つけないのは馬鹿のすることだ。……あぁでも、ごめん、ごめんね！　樹脂は未加工だと保存が難しくて……今持っていないんだ。次に補充に来る時、必ず持ってくるよ！」

「お願いします。私は樹脂で色々やりたいと思っているので」

「……まさか、使い道を知っているのかい？」

「いえいえ、樹脂と言っても多種多様。私の知る樹脂があれば、の話ですよ」

「知識欲を刺激して来るなぁ君は！　進史様！　彼女、連れ帰っても」

「祆蘭は青清君のお気に入りだ。これ以上言葉は必要か？」

進史さんの言葉を聞いた途端、ずぅん……と背にぐるぐる模様を背負う今潮さん。リアクションの大きい人だ。多分「ずぅん」という文字も背負っているに違いない。

「……あー。そうか……そうだよねぇ……。君みたいな面白い子、青清君が放っておくわけがないし。……いや、でも……お気に入り、ということは一年の契約だろう？　今何か月目かわかるかい？」

「先日ひと月を終えたところです」

「そうか！　じゃああと一年以内には城を降りるんだね。そうしたら私の弟子にならないかい？　あ、平民とかは気にしないよ、私の弟子にも平民はいるから」

「よく……務まっていますね。輝術による急冷や固定など、調剤で使う輝術は多いのでは？」

「うん、そうだね。でもそれは輝術でなくても時間をかければできることだ。誰しもができることである以上、輝術が使える使えないで差別して、新しい才能や埋もれるべきではない才能の芽を潰してしまうのは、馬鹿のすることじゃないか」

とても気が合う。とても……とても良い。……次の就職先、全然そこでいいな、と思うくらい、気が合う。ただなー、鬼が私を狙っている以上、巻き込んじゃうのがなぁ。

「輝術というのは……些か万能すぎる。進史様や青清君ほどになると、物質を作ることまでできてしまう。でも、それでは人は前に進めない。植物を知るということは世の理を知るということ。ほら、少し前に鎮魂水槽という工芸品が青宮城から発表されただろう？　あれはまさに世の理を知るための工芸品だった。植物とは違うけれど、ああいうものこそ増えるべきだよ」

ごめんなさいそれパクりなんですガッツリ。ああでも、知育玩具が増えた方が良い、というのは同意する。私の功績とかでなく、人類が幼少から科学や化学に興味を持つようになれば……輝術だけでどうにかしよう、という風潮も消えるのではないか、と。

別に消して何になる、というのは……うーん。人それぞれの価値観だろうけど。

「……簡単な〝世の理を知る工芸〟であれば、今も作り得ますよ」

「というと？」

「今潮様、使わない紙か、その切れ端などを持っていませんか？」

「ああ、それならいくらでもあるけれど」

あ、そう。長らく述べてなかったけど、輝術のおかげかこの世界、製紙状況がとんでもなく良い。平民には行き渡らないけど、貴族は普通に使っている。どういうことだってくらい使われている。しかも質の良い物が。

それはそれとして、はい、と渡された紙。その端の方をビリーッと破き、中頃までをさらに細く半分に裂いて、裂いていない方の端を折りたたむ。

「えい」

これをダーツの矢のように上空へ向けて投げれば……くるくると回転しながら落ちて来る。

子供の頃、誰もがやっただろう紙とんぼである。牛乳パックの紙なんかでやった方が精度はよくなるし、錘（おもり）は折りたたむよりテープやクリップの方が良いんだけど、無いから。

「……」

「と、ああ、申し訳ありません。私は無学なものでして、既に存在しているものなら」

「いや……働いている力としては、鳥が翼で空を飛ぶことや、虫が翅（はね）で空を飛ぶこと、あるいは……ヒレを持つ動物。これらがなぜ沈まないか、落ちないか、前に進めるか、というものと同じだね」

「そうですね、まぁ、こっちは簡易にも程がありますが」

「けれど……成程。それを〝世の理〟だと言うんだね、君は」

ん。……なんかおかしなことを言っただろうか？　どこか悲しそうに……目を細める今潮さん。

「そうだね……私や進史様相手ならいいけれど、それはあまり口に出さない方が良いかもしれない。鳥は空を飛べる生き物だから、飛ぶ。虫もそう。ヒレを持つ水棲（すいせい）生物は、そういうものだから前に進める。それらは〝ヒトが歩けること〟と同義とされているんだ。今の世の中はね」

「……？　それらは全く別のことでは」

「そう、私もそう思っている。ただ……悲しいかな、大声で言うことはできない。その細工が〝世の理〟であるとも……私は理解してあげられるけど、言ってはいけない。それは、なんというか……」

「天染峰（テンセンフォン）の成り立ちに関わってくるから、だ。祆蘭。お前は多くを知っているのかもしれないが、それは……人々が生まれた時から信ずるものを破壊する毒にもなりかねない。少し、気を付けた方が良いだろう」

「テンセンフォン、というのは？」

「……」

「……」

「……ええと、どうしたのですか、急に黙って。テンセンフォンとは？　この国の宗教、ですか？」

「……。えっと……それは本気で言っている、んだよね？　この子は……本気なのですよね、進史様」

「ああ。頭の痛い話だが。……己を無学無学無知無学と卑しめるくせに、頭の回る娘だと思っていたが……成程、正しい自己認識だったのか」

え、あ、いや。そこで認めてもらえるならこちらとしてはありがたい限りなんだけど……何、この空気。この、何とも言えないぬるい空気はなんだ。

待て。考えろ。テンセンフォンとはなんだ。フォン……発音がちょっと違うけど、蜂花と同じニュアンスを感じた。テンセン蜂……伝染蜂？　いやいや、日本語的過ぎる。というかなんだ伝染蜂って怖すぎるだろう。

「成り立ち、そう仰られていましたね。ええと……だから、帝や州君という仕組みを指している……とか？　ですか？」

「まぁ……中らずと雖も遠からず、かな？」

「……あの、勿体ぶらずに教えてくださいませんか。テンセンフォンとは？　何か重要なものなのでしょう？」

全然答えてくれない。

あ、わかった。前に輝術とはなんなのかを聞いた時も、こんな感じの答えだった。

つまり――この二人も「なんなのか」自体は言えないんだろう！

「この国だよ。この国の名前」

「なるほど。そうですか。今日はありがとうございました。――自室に帰らせていただきます」

嘘だろう。そういえば私知ろうともしていなかったなその辺な。国の名前を知らない国民は……流石に私くらいだったりするか、これ。

明末！　お前だけが私の味方だ！　頼む、知らんと言ってくれ!!

2

などと言って、簡単に水生に確認しにいける立場ではない。

特に鬼が私を狙っている、ということは変わらず、そして桃湯が平然と生き延びていたことも確認しているので、私はもう青宮城から出られない現状だ。

ただ、一つだけ。あの黒い輝術に飲み込まれた時……桃湯と気の置けないやりとりをした、というのは……伝えていない。

ただ、横取りを嫌って桃湯が介入してきたと。青清君や進史さんにはそう伝えてある。

音。

「……性懲りもない、とはこのことだな。……外壁にも護衛はいたはずだが？」

「眠ってもらったわ。食べる価値の無い魂で、それでいて……無駄に殺せば、あなたはこちらに来なくなる。大丈夫よ、安全なところに移動させてあるから」


夜だ。微かに開けた窓から入る、弓の音。自室の外壁を挟んで向こう側に、彼女がいる。


「また攫いに来たのか？」

「いいえ。あなた、言ったでしょう。弓を弾きに来る程度なら、いつでも来て良い、って」

「確かに言ったが。……青清君が怖くないのか？」

「あなたに会いたい気持ちが勝った、と言ったら……あなたは口説かれてくれるのかしら？」

「なんだ、私と好き合いたかったのか？」

「……本当、風情のわからないお子様ね」


鬼に風情を説かれてもな。まぁ、地底の宮殿や鬼火は確かに風光明媚だったようにも思うが。……全部水で圧壊して凍って粉砕されていそうだ。憐れ文化遺産候補。


「私は……楽器にはあまり詳しくない。ただ、お前に才があるのなら、弾いてほしいものがある」

「詳しくないのに？」

「ああ。……なんというか、久方ぶりに聞きたくなった、というか」

「ふぅん？　まぁ、弾けるかどうかは別として、どういうもの？」

「琴、という楽器に聞き覚えは？」

「ああ、古い記憶に、微かに覚えがあるわ。私が人間だった頃に、一度だけ……どこかで見たような」

「普遍的にある楽器、ではないのか」

「そう……ね？　あまり気にしていなかったけれど、少なくとも青州(シーシュウ)では見たことが無いかもしれないわ。私、色んなところに潜り込んでいるけれど……見たのは人間の記憶のその一度だけ」

そんなに色んな所にいるのか。それは流石に報告するが。

「……あーなんだ。あの日、私を助けただろう、お前」

「あの鬼の成り損ないのこと？」

「そうだ。……お前は……私の木彫りの礼だと言っていた。そうだな」

「ええ。だから、これからはもう助けない。別にあなたが五体満足である必要はないから」

「お前に贈り物をしたら、礼は尽くしてくれるのか？」

「……あなた、まさか鬼を利用しようとしているの？」

どんなに挫(くじ)けぬ心を持てど、平民は輝術を扱えず、身体能力も、最下級だという貴族を超えられない。であれば──有事の際、力となってくれる者がいるに越したことはない。

護衛が頼り得ないのならば、尚更(なおさら)に。

「呆(あき)れた。……あなた、青清君のお気に入りで、青清君に退屈しのぎの玩具を作る。そういう立場でしょう。だからこそ……平民でありながら、様々な無礼が許されている」

「ああ」

「その立場を使って、鬼を味方に付ける、なんて……気が触れているようにしか聞こえないのだけど」

「その立場を使っているわけじゃない。勝手に押し付けられた立場を利用しているだけだ。最終的に私が誰につくにせよ、逃げ果せるにせよ……保険を作っておくに越したことはない。あの成り損ない共のように、またいつ命を狙われるか、そして私がいつ知らぬ間に危地に迷い込むかわからん現状だ。であれば」

言葉を一度切って……凭れ掛かっている壁の、その向こう側にある月を思い浮かべながら……続きを口にする。

「頼ることのできる者、は。……一人くらいは、必要だろう」

「……それは、あの付き人や青清君が全く頼れないと、そう言っているように聞こえるけれど」

「上司と雇用主。現状のあの二人との関係性はそれだけだ。あちらがどう思っていようと、私にはそうとしか伝わってきていない。あれらにはあれらの苦悩があり、あれらにはあれらの思惑があるのだろう。だがそれを全て考慮してやれるほど私の懐は広くない。結局のところ私は私で手一杯だからな」

だから、必要だ。

「輝術師だろうが鬼だろうが、あるいは幽鬼だろうが。私に対して借りを持つ超常的な存在、というのは……最後の最後で、必ず必要になる」

「……」

「ま、お前でなくともいいのは事実だが、話が通じて、これほど気軽に会える鬼を他に知らんのでな」

「……贈り物次第ね。考えておくわ」

「そうか。良い返事だ。ああ、先ほど言った通り、一つ目の贈り物は琴にする予定だ」

「それ、あなたが音を聞きたいだけって言っていなかった？」

「お前は美しい楽器が手に入って嬉しい。私は美しい音が聞けて嬉しい。両者が得をするのなら、それほど良い取引はなかろうさ」

「……風情も分からなければ、可愛さの欠片も無い子供よね、あなたって」

「なんとでも言え。ああ、私はお前の容姿を端麗だとは思っているぞ」

「はいはい。ありがと。……それじゃ、弾くけれど。好みの唄はあるかしら？」

「馬鹿め。無学を舐めるなよ。唄なぞ、一つたりとて名を知らん。お前が毎回弾いているのも音としてしか捉えていない」

「はぁ……。……じゃあいつもの唄を弾いてあげるけれど、ちゃんと覚えなさい。この唄は」

夜が、更ける——。

3

翌日、朝餉の席で、それを問う。

「進史様、青清君。『夕狐の蹴鞠遊び』という唄を知っているか？」

「ん……ああ。少し前……というか、私が子供の頃に流行った蹴鞠唄だな」

「私も知っているぞ。進史の前の付き人は監視が甘くてな。よく抜け出しては、こっそりと花街へ行っていた。朝の、賑わい始める前の花街は静かでなぁ、子供の蹴鞠唄はよく響くのだ」

「……私の前任と言いますと、檜武様ですか。そうですか。今度お会いする機会があったら、伝えておきますね」

「やめておけ。あ奴、しきたりや掟の一切を無視して殴り込んでくるぞ」

桃湯の弾く唄は、『夕狐の蹴鞠遊び』という曲名で、人間だった頃から弾いているらしい。

だから——桃湯が元々誰だったのか、を特定できないかという意味で問いを掛けたのだけど、流行曲だとそれは難しそうだ。

「しかし、いきなりどうした?」

「昨晩桃湯に会ってな。何の唄を弾いているのか問うたら、そう返って来た」

「……護衛の者はどうした」

「眠らせたらしい。鬼の力というのも輝術と同じでよくわからんな」

あっけらかんと言ってみれば、時が止まった。案の定ではあるけど。辛うじて再起動した進史さんも、動揺の色が隠せていない。

「というよりアレだな。護衛の者、減らしてくれていいぞ。青宮城にいる内は襲ってこないようだし、良く話す夜雀様、祭唄様、玉帰様くらいで、他は他の要人護衛に回ってもらった方が効率良い」

「はぁ……朝餉くらい心労無く食べさせてくれ……」

「私は食べ終わったから話をしているんだ。食べるのが遅い方が悪い」

そう私が吐くや否や、青清君はお椀を持って食事をガツガツと口に掻き込んで、ちゃんと咀嚼し終えてから、嚥下して、口を開く。

「足りぬか、祆蘭」

「朝餉か？」

「わかっていて聞いているだろう。——やはり墓祭りを共に回った程度では、お前を引き留めるに足りぬか」

……ふむ。

「何を今更」

あの日、青清君は進史さんに無礼点、と言っていたけれど。

私の反感ポイントだって未だ衰えず付き続けているんだ。

気を許すも何も。引き留められるも何も。

別に、疲れている者を部屋で休ませるとか、水子供養に風車を作るとか、浮層岩というらしいこの岩を憐れむとかは、私の個人の話。桃湯にも言ったように、進史さんと青清君は、上司と雇用主程度の関係性でしかない。しかも無理やりやらされているバイトの。

「情が湧くには、情が湧くに足る理由が必要だ。長い時を共に過ごせば情が湧く、などと思っていたら大間違いだぞ。私は一年契約で当然のようにここを出て行くつもりだしな」

「鬼は」

「鬼を盾にするのは流石に悪手が過ぎるが、それは摂理だからあんた達には関係ない。この城から水生に帰る途中で襲撃を受け、連れ去られて、あんた達が来ない。そこに挟む疑念の余地などないだろう。真実私とあんたらは関係ないのだから」

無論、雨妃（ユーヒ）くらいは、守ってやりたい、という感情は芽生えている。あれだけの善人だ。あれは、命を狙われやすいだろうが、平定たる世にはいなければならない人物だ。

それと比べて……他者を振り回すばかりの州君と、どれほど甘やかしすぎだと言っても「私にはできない」と言い訳をし続ける付き人。どこに見直す要素があるのかこっちが知りたいくらいだ。

「契約だからな、仕事はするさ。だが、それ以上の感情を持ち込まれても知らん。況してや神子だのなんだのと……そういうことがあるなら契約書に書いておいてくれ。権力を笠に着た口約束では、そこまでの強制力はないよ」

……これ以上言うのは意味がないな。

朝餉くらい心労を、というのならこっちだってそうだ。まぁ鬼と密会しているかのような言葉は看過できなかったのだろうが、そろそろ鬼だから輝術師だからという色眼鏡はやめた方が良いと思うぞ。

──どうせ、ほとんど同じなんだろ？　としか。

今のところはそうとしか思えん。私の拾える情報では、だが。

「何か……ない、のか。私達が……お前の信を買えることは」

「だから、前にも言ったが、帝の母御の玻璃様に会うことだ。そしてあんた達はそれを一考の余地も無しとして却下している。存在する事実はそれだけだ」

「それはっ……だから、不可能なのだ。あの方に会える者など……青清君でも呼ばれない限り無理なのだから、お前が会いたいと言っても」

「……。……帝に、件の細工師に会わせてやる、とでも言えば……機会は作り得るだろうな」

「青清君!?」

ほう？　件の細工師、というのは。……ああ、水中花や鎮魂水槽を作った者を、「青州の細工師」とでも言ったのかな。

突破口はそこか。だが。

「頼んでいる身で言うのもなんだが、振り回され過ぎだろう。あんたの退屈しのぎのために招喚しただけの小娘の我儘だぞ。あまり真に受けるな。そして、無駄な感情を注ぎ込むな。雇い雇われの関係だと割り切れば終わる話だろうに」

「断る」

「……何が」

「無駄な感情を注ぎ込むな、という所だ。断る」

んー？　何が言いたい？　いやまぁ感情的になりたいならなってくれても構わないが……それ、自分が苦しいだけだぞ？

「私は、一年でお前を手放したいと思っていない。お前の作るものは面白い。同時に、お前も面白い。だから……嫌だ。嫌だし、お前がそれをしたいと言っていて、私にそれを叶える手段があるのだから、やる」

「子供か、あんた」

「――もう帝に伝達はした」

「なっ……青清君!?　流石に戯れが過ぎます！　祇蘭を帝に見せたら、それこそ――」

「わかっている。渡すつもりは無い。……ち、あ奴め……眠っているのか。叩き起こしてやろうか」

「青清君！」

二人のコントは放置して、思案する。

私、そこまで入れ込まれる要素あったか？　自分で言うのもなんだけど……すぐに悪ぶって、すぐに嫌味なことを言う性格最悪人間だぞ、私。

年上を敬いもしなければ、衣食住の保障者に感謝もしない最悪の人間だ。そして、口から出る理屈っぽい言葉は全て詭弁（きべん）かこじつけという……救いようのない性質。

……神子、だからか？　いや、鬼に渡されては困るということか？

わからんな。もう少し動向を窺（うかが）う必要がある。

……人が人を好くには、足る理由がいる。恋愛の話じゃない。恋愛の話でも良いけど。

けれど嫌うにはそう大した理由は要らん。受け付けない。それだけでいい。人が人を好くことがどれほどに難しいことで、人が人を嫌うことがどれほど簡単なことかを……私は知っている。

面白いから好き。結構だ。別に、理由としてそういうこともあるのだろう。

だが……弱い。それで州君の全権を使ったり、帝との火種になりかねないようなことを思い付きで行ったりするものか？　点数稼ぎにしても……少し、理解のできなさが勝るな。

……やっぱり鬼の方が楽でいい。奴らは素直だ。隠し事が無い。欲望に忠実であればあるだけ、相手が望むものも見えやすくなる。見えないのだ。青清君が何を欲しているのかが、全く。

「……そちらのことは、そちらで勝手にやってくれ。私は部屋に戻る。新作はもうできているから、後で取りに来い」

居心地は……まぁ、悪い、としか。

4

祭唄さんが持ってきてくれた、この大陸の大陸図を見る。

「これが天染峰の全体図。青州はここ」

「……この、周りの囲いはなんだ？」

「囲いは囲い。……？　囲いは囲い」

「いやだから、それが何かを聞いている」

「だから、囲いは囲い」

……話が通じない？　私の言葉の理解が甘いのか？　何か……固有名詞過ぎてわからない、とか？

この地図には、中央にある黄州(オウシュウ)、南東にある青州、南西にある黒州、北西にある緑州(ロクシュウ)、北東にある赤州(チィシュウ)が描かれている。

いや、地図上で上だから北と表現したけど、本当に北かどうかはわからない。この世界の方角もよくわかってないし。で……それらを囲む海と、さらにそれを囲む……円形の台地。これは……なんだ？　本気でなんだ？

ただのデザインか？

「その囲いに、名はあるのか？」

「光閉峰(グァンビーフォン)。この全てが光閉峰」

「全て地続き、ということか」

「地続きというか、峰々というか。もっと沖合に出ないと視認できないけど、天辺が雲より高い峰が海を囲っている」

そ……んなことある？　つまり、ここは巨大な湖、ってこと？

「確認する。海は塩水、だよな？」

「うん。塩が混ざっている」

「その光閉峰の向こうには何がある？」

「知らない。誰もこの峰に登頂できていない。ただ、太陽や月、星はこれの向こうから昇るし、雲もこれの向こうからやってくることがあるから、あの峰々の先に何かがあるのは確実だと思う」

……地球の常識に当てはめすぎなのか？　……天動説の世界、ってことは……無いとは言い切れなくなって来たな。

いや、だからなんだ、なのだけど……。

「海面が上昇、あるいは下降している、という記録はあるか？」

「わからない。私は測量室の勤めではないし、噂話としてもそういうことは聞いたことが無い」

天染峰と光閉峰は絶対に何か関係あるだろうし、光閉峰と輝術も絶対何かある……と思うんだけど、知った所で感も強い。

だけど、不思議世界なのは再認識できた。

「いや待て。なぜ登れない？　輝術があれば簡単だろう」

「浮層岩と同じ。ある一定の高度まで行くと、輝術が弾かれる。海底も同じ。ある一定の深度まで行くと、輝術が使えなくなる。それで落下死したり、溺れ死んだりした、というのは知識として存在する。……輝術師が、親から子に伝承する知識」

……箱庭だな、それは。……不思議世界が……より、空恐ろしいものに見えてくる。

ただ、親から子に伝承する知識、というところが気になる。それ、例の輝術インストールだろう。

もし……始まりの記憶が誤りであった場合、それは知識として、一切の疑いなく親から子に受け継がれていく、ということだよな。

情報統制をするなら持って来い過ぎるシステムだ。峰の上と海底に、何か知られてはいけないものでもあるのか？

「そうだ、輝術を遮断する部屋、というのがあると進史様から聞いたことがあるが、それも峰や岩と同一の原理か？」

「多分？　そういう鉱石があるのは確か。というか、これがそう」

言いながら、祭唄さんはテーブルに小刀を置く。彼女がいつも持っているものだ。

鞘(さや)から抜き放たれたそれは……鉄、ではない。何色だ？　……乳白色と月色の中間と表現するのが正しい、ライムグリーンよりさらに黄色っぽい、けど金属っぽい色をしている。

触れようと指を伸ばしたら、目にもとまらぬ速さで仕舞われた。

「ダメ。危ない」

「刃に触れなければいいだろう」

「こういう場合の祆蘭は信用できない」

失敬な。子供じゃな……子供か、私。

「……ちなみにこの地図は、どうやって描かれたものなんだ？」

「輝術。たまに見ると思うけど、見たものや思い描いたものをそのまま目の前に描き起こす輝術が存在する。ただ、使える者は限られる」

「それは、州君や帝でなければならない、という話か？」

「こっちは才能。州君や帝、その付き人でも、できない人はできない。逆に貴族としての家格を奪われるような最下級の貴族、没落貴族であっても、できる者はできる」

「輝術は大抵のことができる、のではなかったのか」

「これが大抵のことに含まれないだけ。他にもいくつか、大抵のことに含まれない、天賦の才を要する輝術が存在する」

「それは……たとえば、光らない、むしろ闇を作り出す輝術とか、か？」

「……？　それは知らない。どういうこと？」

知らないのか。だったら私も詳しくは説明できない。

「こう……黒い幕を持ち上げるような輝術だ」

「幕？　こう？」

そう言って、私の塗ったカーテンを持ち上げる祭唄さん。

いやそうじゃなくて。……でも、それでも……できる、のか？

たとえばアレだ。カーボンナントカ。光の吸収率が凄(すご)い奴。あれを自在に操って……みたいな。

だとして、パチンと弾けて痕跡も残さなかったのはなんだったんだ。

「幽鬼を滅する時は、どういう輝術を使うんだ？」

「基本は斬る。輝術を纏(まと)った刃か、今言った通り、この鉱石でつくられた刃は幽鬼に有効。あとは普通に引き千切るとか、逆に圧壊させるとか」

「……」

「想像した？　ごめんね」

「いや、なんというか……もっとこう……なんだ。光に包んで浄化、みたいな……ことは、しないんだよな」

「うん。包んだら、まぁ、拘束にはなるけど。それと、穢(けが)れがあるのは鬼だけだから、幽鬼に対して浄化という言葉を使うことはない」

ん。それ……ちょっと脳裏メモだな。

穢れ。人体に入ったら自己増殖し、その身を冒す毒……的なもの。輝術で押し返せる他、魂でも弾ける謎エネルギー。それが幽鬼に無い、というのは。

「一応聞いておく。なぜ幽鬼に穢れはない？」

「知らない」

「そうか」

「うん」

やっぱり、この世界の人間は幽鬼や鬼のことを知らなすぎる。ただ鬼達も……輝術のことをよくわかっていないようだったし、鬼になる手段も明確に知らされているわけではない。

どうにも……どこかで情報が握りつぶされている気がしてならないな。

そういうことができるのは、やはり。

「祆蘭。いるか。進史だ」

「ああ。なんだ」

「……日程が決まった。三日後の深夜、青宮城を出て中央へ向かい——謁見することになった」

「そうか。わかった」

日程が、のあたりから耳を塞いでいた祭唄さん。

自分が聞いちゃいけない話題だと一瞬で察したらしい。偉い。

……んじゃ、まぁ。

ご対面と行こうか。帝の母御。元神子玻璃とやらに。

第十三話　失敗作

1

袖を合わせ、顔を伏せ。

その場に——入る。暗い部屋。奥にある、一段上がった場所に座っている男性は、帝……だろうか、顔を伏せているのでその容貌は杳として知れないけれど、声の雰囲気は柔らかい。目線を上げれば、優しそうな印象を受ける口元が目に入った。

「青州が州君、青清君。帝、陽弥の要望通り、鎮魂水槽を作った細工師を連れて来た」

青清君の声色から伝わってくるのは……緊張？

緊張なんてするのか、この人。

「おお、そうか。いや、母があの鎮魂水槽を毎夜のように眺めては、何かに思いを馳せているようでな。ああも感情的な母を見るのは十数年ぶりのこと。直接の礼と、何か褒美を取らせたいと思っていたところよ」

「……」

「して、細工師よ。何か望みはあるか？　発言を許す。なんでも申してみよ」

「……」

「ああ、そうか。細工師、面を上げよ。発言を許可する」

「……。……帝、陽弥様。あなた様の母御……玻璃(ファリー)様に、お会いしたいと存じております」

青清君も進史(シンシ)さんも、私に敬語を教える、ということはなかった。

定型文ではダメだと。教えた言葉では見抜かれると。

だから、お前の考えつく限りの丁寧語を使え、と。それが無礼となっても不敬となっても。

「母に？　ふむ……理由を申してみよ、細工師」

「問うべきことがあるゆえでございます」

「して、その問うべきこととはなんだ」

私は、私を曲げるつもりは無い。


「鬼子母神(グゥイズームーシェン)」

肌の粟立(あわだ)つ感覚があった。大気中の水分が凍り付いたかのような、首筋にナイフを添えられたかのような感覚。深海の底に投げ込まれたかのような圧迫感は……間違いない。

竹簾(たけすだれ)の奥。帝より――背後にいる者。

「鬼子母神？　聞かぬ名だが、それを母に問いたいと？」

「それは答えと受け取るが――構わないな？」

帝を完全に無視した言葉。そして、丁寧語でも敬語でもない粗雑な言葉。

恐らくほぼ同時。青清君と帝が「何を」という問いをしようと口を開いたその瞬間。

「陽弥。その女子（おなご）だけを、こちらに。州君と会うつもりは無い」

「……母よ。それは」

「頼む、陽弥。これは……私の、過去に纏（まつ）わる話だ」

「なんと……それは」

背後で鳴る、乾ききった口から出るような音。二の句が継げぬ音。

けれど……竹簾の向こう側にいる帝と、そのさらに奥にいる「彼女」は、やはり事情を知っている。

「——よかろう。細工師、お前の望みを通す」

竹簾が持ち上がる。そこを通れ、ということか。

……さて。鬼は出たが、蛇はまだだ。

其（そ）は何者か——。


そこには、光しかなかった。

あり得ない。今私は、竹簾を潜（くぐ）っただけだ。

前兆など欠片（かけら）も無かったし、外側から玻璃の姿はシルエット程度でも見えていた。

だけど、ここは……まるで別の世界だ。

「まず、名を。敬意は不要です。私も楽に話しますから、あなたもそうしてください。——私と同じ、楽土（らくど）より戻りし神子（みこ）」

「祆蘭（シェンラン）だ。そして、神子である自覚などないよ、鬼子母神」

「……そうですか。では、私はあなたを祆蘭と、そう呼びます」

「なら私はお前を玻璃と呼ぼう。これで対等だ。気を悪くするな」

玉座にも見えるそれに座った女性。

顔布で顔は見えない。膝の上で合わさっている手は……綺麗なまま。帝の年齢を考えても、あり得ない程に若い。

「問う。お前は今も鬼か？」

「いいえ。そして……私が鬼であったことは、一度もありません」

「なるほど。つまり、騙くらかしていたわけだ。輝術師の身でありながら、古の鬼共を全て」

「それは……少し、悪意的な表現ですね。より精確な言葉を使うのならば、古の鬼達は全て元より私の手の者である、というべきです」

……私の頭は良くない。雨妃の件で痛感している。

だけど、思考は止まらない。聞いた事実を考え続ける。続けてしまう。

「鬼と輝術師の違いが分からない。死を境界に使ったその二存在は、その実同一存在に思えてならない。……いや、鬼が輝術を厭う理由がただただ受け入れられぬものである、拒絶反応である、というのなら」

痛い、と言っていた。なぜか痛いと。理由はわからないと。

「あなたが私に問いたいことは、本当にそれですか？　輝術師と鬼の関係性など……あなたがその一生を終えるまでに辿り着き得る真実に思えますが」

「ああ、すまない。性分でな。一度考え出すと止まらないだけだ。ふむ、お前の言う通りだな」

フラットにいこう。難しい話はしない。私は私の問うべきことを問う。

「楽土とは、どんなところだった？」

「……そうですね。豊かなところでした。欲したものはすべて手に入り、思い描いたものはなんでも実現できる」

「今は違うとでも？　政から身を引いたとはいえ、帝はあれほどの母親好きだ。望めば意のままだろう、この国など」

「彼が……陽弥が私を気に掛けてくれるのは、母だから、ではありませんよ。ただ私の境遇を不憫に思ってこそ」

「それは、お前と帝の血が繋がっていないことに関係しているか？」

「……！」

初めて動揺が見て取れた。

ま、これは単純な疑問だ。帝の母親の話はいくらでも出て来るのに、父親の話が一切出てこない。早死にしたという話も無い。そして、そもそも神子は州君として育て上げられ、世俗から隔離される、という話なのに、玻璃が中央にいる事実。

過去、州君が帝と争い、その座を奪った事実。

「今の帝は、お前の養子だろう。それで、お前は元々どこの州君だ。……いや、符合を考えれば……青州か？　あるいは、黄州にも州君がいたのか？」

「ふふふ。今の言葉は、凡そ九割が憶測ですね。証拠も確信もなく、けれど根拠なき自信に胸を張る才。あなたの特筆すべき部分は知識や魂の在り方ではなく、そこでしょう」

「褒められていると解釈する。そして、今の問いが合っているかどうかにはあまり興味がない。問いは先ほどのものだけだ。楽土とはどんなところだったのか。……いいや、回りくどいな」

光り輝く部屋で、玻璃を正眼に捉える。

「楽土は、この世界ではない。そうだな？」

「ええ。私のいた楽土はこの世界のものではありませんでした。ですが……あなたのいた楽土とも違うように思います」

「ああ、私もそう思う。私の楽土出身であれば、鎮魂水槽に思いを馳せるなど……まぁいないと言い切ると少々角が立つが、どうにも考えられんしな」

地球文化に思いを馳せた、にしてはこの世界の文化が地球に似すぎている。その上でオイルタイマーにそこまで大きな感情を抱く地球人が果たしてどれほどいるだろうか。いや綺麗だとは思うけど。

「鎮魂水槽。あれの正式な名はどういうものですか？」

「オイルタイマー」

「……ふふ。やはり違いますね。今の言葉を聞いても、上手く発音できる気がしません。……ああ、だからあなたの言葉はとてもたどたどしいのですね。言語体系の違いと、貴族の血が流れなかったこと。さぞ苦しめられたことでしょう」

「ふん、その程度を苦に思うようなら、生まれ直した時点で死を選んでいるさ。むしろ平民で良かったよ。時間が有り余っていて、言葉が下手でも咎められない。おかげで趣味に九年の全てを費やせた」

「そうですか。あなたは、強いですね。……私はあなたほど強くはありませんでした。他と隔絶した輝術の才に、尊ばれるような生まれ。ですが……私の世界には、光が無かった」

はらりと……顔布を外す玻璃。その顔は端整で、少しだけ桃湯（タオタン）を彷彿（ほうふつ）とさせる美形。

けれど彼女の双眸（そうぼう）は、固く閉じられている。

「……盲目か」

「はい。楽土では見えていましたが、この世界に生まれ直してからは、何も。ただ……輝術の光だけがはっきりと見える。どうなのですか、この世界は。美しいのですか？」

「さてな。どこにでもある普通の世界だろうよ。しかしお前、目が見えぬのに、どうして鎮魂水槽に興味を示せた？」

「私の見得（みう）るものが、輝術の光だけではないゆえです」

「というと？」

「……今も、目の前にいるあなたが。強く強く、目の見えぬ私が目を細めてしまうくらい、強く。明るく輝いて、揺らめいて見えます」

「だがそれは、輝術が魂と根源を同一としているからだろう？」

「そして、あなたの作り上げた鎮魂水槽も。あなたが住まう青州、その青宮城（シーキュウジョウ）のある場所も。まるで空に輝く星々や、海面を煌（きら）めかせる陽の光が如く、美しき光に見える」

……ああ。そういうことか。

「感情を込めて作ったものには、魂が宿る、なんて話が私の楽土にはあったが……それと同じことか」

「はい。この世界では、それが顕著であるようです」

言葉を紡ぐ。頭を通り抜けない言葉。私の直感がそのまま意思を持っているかのような言葉。

「鬼と共に居たのは、彼らの姿をはっきりと視認できるから、だな？」

「……あなたは予感や直感、そして己の感性を酷く重要視するのですね。……ええ、そうです。鬼や高位の輝術師は、その身体は疎か、表情までもがはっきりと見えます。ふふ、あなたほどになると、眩しすぎて逆に何も見えないのですが……」

「孤独か？　玻璃」

口を突いて出る。思考がそのまま言葉になっているようだ。考えたことがそのまま、吟味を通さずに口を出る。あまりよろしくない傾向だ。隠し事ができない。

「孤独……ですか？」

「ああ。暗闇の世界。鬼くらいしかまともに見えず、人間達のほとんどは透明。月明かりも星明かりもない、ずっとずっと夜である世界。それは孤独かと聞いている」

「……はい。孤独ですね。……私を気に掛けてくれる陽弥の顔もわからないこの世界は……孤独です」

「そうか。ならば、取引をしよう」

「取引ですか？」

私は何者にも手を差し伸べることのできるような聖人ではない。けれど、まぁ、目が見えずに困っている人間がいたのなら、手を引き、道を示してやることくらいはできる。

「先程お前は、本当に聞きたいことはそれか、と私に問うたな。……確かに一番に聞きたいことはあの問いではなかったが、一番でなければ問いたいことはこれでもかというほどにある。……いいか、玻璃。私は無学であり、無知だ。だがお前の世界を照らすことができる。ゆえに——教えろ。お前の知る全てを。お前が秘す全てを。代わりに私は、お前の世界を光で満たしてやる」

「……あなたは確かに無学で、無知かもしれません。あなたの言葉は甘美で、あなたの提案は……私から願い出たいくらい、嬉しいものです。でも」

「もっと周りを見てやれ、とでも言いたいのだろう？　特に青清君を気に掛けてやれと」

「わかっていて、あのような言動を取り続けているのですか？」

「覗き見とは悪趣味……だと思ったが、違うな。さてはお前、今でも鬼と繋がっているな？　……具体的には、遠くに声を届けられる術を持つ桃湯と」

「あの子は、優しい子ですから」

にっこりと笑う玻璃。蕩けるような笑みだ。ただそれだけで……相手のスタンスが伝わってくる。

「お前が根本的に人間の味方ではない、ということは理解した。私もそうであるつもりはないが、帝は咎めないのか？」

「拍車をかけている、といえば伝わりますか？」

「……ああ、盲目で、時折何もない虚空へと語り掛ける養母。成程、心優しい帝であれば、誰よりも何よりも優先しないはずがない。……存外最低だな、お前」

「先ほどから、少しばかり悪意的な表現を多用するように思います。私はあの子に報いたいと思っていますし、あの子も私をどうにか救いたいと考えている。相思相愛とは、まさにこのことでしょう？」

「相互監視の間違いじゃないか？　とはいえ、ただ優しいだけで帝を続けられるものかね、なんて考えてしまうのは……あまりよろしくないことかもしれないが」

さっきから引っかかっているのはそこだ。そうだ。私は引っかかっている。

完全なイメージだけど、宮中とか大奥とか、お貴族様だの豪族だの後宮だのの中で、帝、殿、といった権謀術数渦巻く閉鎖空間における中心人物が、「ただ心優しいだけの者」である可能性がどれほどあるか。他者に対する審美眼。害を遠ざける危機管理能力。州君達のと絶妙なバランスを保ちつつ、平定の世を維持する手腕。

玻璃が盲目である以上、政へは大して干渉できないはずだ。ある意味、私と同じで文字が読めないのだから。

報告書、資料、あるいは密告文。それだけじゃない。世界が暗闇であるのなら、盤面整理も難しいだろう。暗記(ソラ)でエイトクイーンをやるようなものだ。記憶力がずば抜けているとかならともかく、どうにも玻璃からはそういった天才性が見受けられない。

であれば、やはり。

「確認する。ここでの会話は外に漏れていない。そうだな？」

「ええ。楽土に関する話は、秘されるべきものでしょうから」

「ならば、聞かせろ。お前の目的はなんだ。鬼を利用し、鬼と通じ、何をしようとしている？」

2

再び蕩けるような笑みを見せる玻璃。

「桃湯から、何も聞いていないのですか？　全てを話したと、あの子は言っていましたが」

「鬼子母神になれ、と言われた。だが、鬼子母神の名は知らぬと言っていた」

「桃湯は賢い子ですからね。何かを画策していたあなたに全てを話すより、私が直に話をした方が良いと考えたのでしょう。そして、あの子の言葉は本当ですよ。そのままに」

……。

……そのまま？

「まさかとは思うが……継げ、と？」

「はい。楽土より帰りし神子。楽土より帰りし鬼。そして、幽鬼を慈しむ心の持ち主で、輝術を使わずとも〝世の理〟を魅せる者。私では足りなかった……足り得なかったその座も、あなたであれば夢ではありません」

「器じゃない。私は……どこかの田舎で工作をしていられたら、それでいい。その程度の人間だ」

「私の世界を照らしてくださるのに、ですか？」

「孤独を苦しむお前と知識を欲す私の目的が合致しただけだ。お前を救いたいから、という理由ではない。それは自意識過剰だ」

「であれば、尚更に平等でしょう。あなたは州を贔屓しない。あなたは種族を贔屓しない。ただただ対等に、取引相手……同じ存在であるものとして扱う。……陽弥が妃を取れば、かならずどこかの州の声が大きくなります。それは争いの火種を生み、この平定たる世を踏みにじるでしょう」

「帝に報いたい、と言っていたのは虚言か？」

「私が州君であり、帝の座を奪った。その私があの子を養子にしてしまったから、あの子は帝となった。報いとは何か、など人それぞれでしょうが、私にとっての報いとは、あなたの在り方と同じ。どこかの田舎で慎ましく生活できたら、それでいい。――私は陽弥を、その報いに巻き込もうと考えています」

「……酷い母親もいたものだ。子の意見は無視か」

「子が何を企んでいようと、私は母ですので」

フラットに行け。惑わされるな。

考えれば考えるほどドツボに嵌る。

「私の今の所属は青州だ。その私がお前の跡を継げば、当然青州が声を大きくする」

「けれど、たった一年の契約なのでしょう？　一年後、あなたは自由の身となる。その時でも構いませんよ。……私にとっては、今更、一年も十年もそう大して変わりませんから」

「鬼子母神を継いでも、私は輝術が使えない。州君共に目の敵にされて殺されるが関の山だろう」

「鬼を統制した、という功績。及び鬼を従えた、という事実。並びにあなたが神子であることを明かせば、州君とて頭を下げざるを得ないでしょう。そこには青清君も含まれます。いえ、むしろ青清君は鬼と共にあなたの力となってくれるやもしれませんね」

よし。

口では勝てない。ここは逃げ――。

「逃げられませんよ。この世界には囲いがありますので」

「……光閉峰も、お前の仕業か。知識の情報統制も」

「いいえ。あれは私達のような神子を逃さぬようにするための鳥籠でしょうね。……そして、知識の統制。ふふ、そんなことにまで辿り着いていたことには驚きですが、これも私の仕業ではありません。

もっともっと根深い問題です。私達の話が矮小に思えるほど、深く、大きな問題」

「神とは何者だ」

「……あなたは段階を踏み越えるくせがありますね。どうしてその疑問に至ったのか、言葉にできますか？」

「鬼子母神。神子。纏わる単語がこれほど出ているくせに、肝心の神の姿がどこにもない。鬼子母神はただの通称だと聞いている」

だから、いるはずなのだ。

神とやら。この世界を閉じ、情報を統制した、この世界をちっぽけだと言う神とやらが。

……待てよ？　それらすべてが神の仕業で、輝術や鬼そのものが魂由来なのだとしたら……神の入る余地など、一つしかないじゃないか。

「穢れ、か」

「称賛を。ええ、そうです。鬼とはその信念が神に見初められた死者。故にその身には穢れがある。同時に穢れは輝術や魂に弱い。神が嫌がるからです。嫌で嫌で仕方がないから閉じ込めたソレが、己の見初めた存在に手を伸ばすことに、耐えられない」

「つまり、最終的なお前の目的は、神殺し、ないしはこの世界から神なる者の干渉を取り除くこと、で合っているか？」

「ええ。良い理解ですね」

「私が鬼子母神となり、この魂とやらを以て穢れを駆逐し……そうした上でヒトも鬼も援け、導く……女帝となれ、と」

「はい。正しい理解です」

……うん。

「お断りだ。一年……そうだな。青清君との契約満了の後、私は雲隠れしよう。それまでに……そうだ。輝術の届かない海底か光閉峰の天辺か、あるいはその外側にまで行けるようなモノを作って、おさらばさせてもらう」

「たった一年で、この世界の歴史の全てを上回ると？」

「お生憎様、私のいた楽土では夜空の星々や、中天の月にまで手を掛けていた。雲より高い程度の峰を越えることくらいワケはない」

深海は難しいかもしれないが、空なら。輝術を使わない、空を飛ぶもの。

――あるじゃないか、たくさん。

私が再現できるかどうかは正直微妙だけど。

「楽しみにおりますよ、祆蘭。あなたの選択を」

「そうか。勝手にしていてくれ。そして、それはそれとして取引はどうする。応じるのか応じないのか、まだ返事を聞いていない」

「では……桃湯を通じて、文を交わしましょう。ふふふ、私の楽土では文通というものをしなくなって久しかったものですから、今から楽しみです」

「一応聞くが、桃湯こそがお前の本当の娘、ということはないんだよな。少しばかり容姿が似ているように思うのだが」

「あら、そうなのですか？　私は……自分の容姿も桃湯の容姿も見たことが無いのでわかりませんが。

「ええ。私には見えませんが、あなたの髪は長いのでしょう？　桃湯から聞いた話だと、この世界に

「ああ……髪を結ぶものか。なんだ、くれるのか？」

「元結、というものをご存知ですか？」

そこから、ふわり、と……何かが出て来た。それは空中をふよふよ漂って、私のもとに来る。

青清君や進史さんのそれとは一線を画す光。

光り輝く部屋の中で――極光が集う。

「なんだ」

「ああ、最後にもう一つだけ」

歴史は嫌いだって言っているだろう。誰の思惑がどうでこうでとか、知らん知らん知らん。

ど……なんというか、キャパオーバーだよ普通に。

でも、あの偽物騒ぎは桃湯の仕業じゃない。まったく……神だの鬼だの人だの、流石は異世界だけ

「ええ、あなたもまた、賢い人ですね」

「桃湯は鬼で、私の味方ではない。そういう話だろう」

「であれば……そうですね。忠告があります」

妙な事件が起こり続けているからな。半分くらい桃湯のせいだが」

「そうか。……さて、そろそろ私は帰る。お前が帝を信じるのなら、私は疑ってかかる。どうも最近

……桃湯の見た目が死後のままだとしたら、些か若すぎるようにも思うけれど。

桃湯の年齢如何によっては、逆もあり得るのかもしれない。つまり、桃湯の子孫が玻璃、みたいな。

……ただ、少なくとも私は誰とも番っていませんので、娘ではないことは確実ですね」

は珍しい常盤色の瞳をしているとか。顔立ちも整っているのに、風に吹かれる柳のような黒髪を無造作にまとめていることだけが勿体ないとぼやいておりましたよ」

「桃湯に顔立ちの整っている、なんて言われてもな……」

ワックスでもかけているんじゃないかと思うほどの艶髪。長い睫毛。瞳の色は翡翠。……幽鬼と鬼は、琥珀色か翡翠色の目しかないようなのだけど、これはなにかあるのかな。

赤い反物に身を包んで弓を弾くその様は、古代中華風異世界には申し訳ないけれど、和装美人、という感じだ。華美過ぎないというか煌びやか過ぎないというか、あれだけ鮮やかな赤色の反物なのに、それが目立たないというか。

あと、怖くない、というのも印象的だと思う。ほら、美人って「整い過ぎていて怖い」なんて表現をされることがあるけれど、桃湯はそれに当てはまらない。むしろ親しみやすいというか……自然体？　は、ちょっと違うな。それこそ柳のような、風に紛れて、けれど根はしっかりしているみたいな……。うーん、形容が難しい。

「あらあら。私からけしかけておいてなんですが、青清君も前途多難ですね」

「何の話だ……と、おい、この元結動くんだが」

「結んであげます。こうでもしないと、あなた持ち帰るだけ持ち帰って箪笥の奥にでもしまってしまいそうですから」

なぜわかった。

……意思を持っているかのような動きで、元結が髪に結ばれる。まぁ長すぎて邪魔だったからありがたいと言えばありがたいか。

「……この元結、ここを出た後も動く、とか言わないよな」

「あなたの愛が籠れば、見えるようになりますから……動かせるかもしれませんね」

「成程。棚奥に突っ込んで、その引き出しだけ糊と粘土で固めておくよ」

「ええ、夜中、無理矢理でてきてあなたの髪を縛るでしょうから、問題ありませんよ」

それはもう呪いでは。

ホラーだよそれは。

「……名残惜しいですが、そろそろ戻らないと……二人とも心配してしまいますから」

「ああ。じゃあな、玻璃。次第に明るくなっていく世界を心待ちにしているといい」

「ええ。今度こそ、本当に楽しみにしております」

直後、パリン、という薄い硝子の割れるような音がして……私は、竹簾を潜った所にいた。

……どういう。いや輝術……か。今の、全部。

でも元結はある。

「礼を言う、陽弥、そして青州の州君。この世に生を受けて……初めて、充実した時間を過ごすことができた。これ以上は望まぬ」

「母よ、そんなに気に入ったというのなら、その細工師を黄州に置くというのはどうだろうか」

「帝。──それは青州との戦争宣言と受け取るが、良いのか？」

「陽弥、母は満足した。ふふ、それに……待つだけでは実らぬ果実、というものも存在する」

竹簾を出る。そして、袖を合わせて顔を伏せ、青清君の隣にまで戻った。

「……!?」

「誰のものでもない果実には、紐でも巻いて、印をつけておくことを勧めるぞ、青州の州君」

気のせいでなければ、青清君から威圧に近いものが出ている気がする。なんだなんだ、何事だ。

「……お、穏便に。穏便に。すまない青清君、お前がその細工師をそんなにも気に掛けていたとは知らなかった。取り上げよう、などという気はないのだ。悪かった。……だが、可能であるならば、またその細工師の細工を母に見せてやってほしい。私は母の笑う顔が見たいのだ。どうか、どうか頼めぬだろうか」

「ならん。この娘は私のものだ」

「いや、だから、取り上げる気はないのだ。青清君、気を鎮めてはくれぬか」

「……ひと月に一つ。最大限の譲歩だ、帝」

「おお、ありがたい！　母も喜ぶだろう！」

「……もう帰る。帝……次、もしこの子を私から奪うような発言をすれば――」

「わかっている、わかっている。……はぁ、どうしてこう州君という奴は。緑涼君、唯一心休まる緑涼君はいずこか……」

なんて帝の言葉を背に、むんずと腕を掴まれて帰路を辿る。

まるっきり自分の玩具が取り上げられそうになって怒っている子供だな。まぁ……目的の見えない帝や、見えているけれど到底受け入れられない玻璃よりかは、可愛く見えて来た。

さてはあんた、本当にただただ私というおもちゃ箱がどこかへ行くのが怖いだけだな？

3

青宮城に帰ってきてすぐ、私は例のものの製作に取り掛かることにした。

まずは、板材……ではなく、原木の切り出しから。

ＤＩＹの範疇に無いことは重々承知だし、元来は熟練の職人が長い年月をかけて辿り着くものであることも知っている。

お琴、家にあったしな。

「じゃあ、頼む」

「任せて！」

元物置な自室を占領する巨大な原木。それが鋸などを使わずに、夜雀さんの斬撃によってスパパンと断られていく。滑らかな断面。琴の表面部分、底面部分の曲線も、流麗と表する以外の形容の見つからない美しさで剪断されている。さらに底面には刳り貫きまで行ってもらって、次は祭唄さん。

「それで、乾燥させる。合っている？」

「ああ」

「わかった」

輝術による乾燥。割らないようにするため、細心の注意を払って行うそれに合わせて、刳り貫き部分に覚えている限りの模様を彫っていく。私の家にあったものはカクカクした模様だったので、それを忠実に。あとは表面に鉋をかけて、つるっつるにして、上部の出来上がり。

今度は下部の……蓋って言えばいいのかな。さっき刳り貫いた底部の形に合うように板材を切り出して、微調整を加えながら、時には夜雀さんの斬撃も貫いながら調整していく。

「固定する」

「……いつ聞いても思うが、輝術のこの固定というものが一番わからん」

「固定は固定だけど」

接着剤、糊要らず。説明が輝術寄り過ぎて半分くらいは理解できてないけど、絶対位置と相対位置を決めて固定するらしい。輝術って……。

焼きの作業。ここも輝術に頼る。炎の扱いは赤州（チィシュウ）が一番らしく、赤州の旧知に手解（てほど）きを受けたことがあるという玉帰（ユーグゥイ）さんに概要を伝え、手伝ってもらった。焼きが終わったら、今潮（ジンチャオ）さんに貰った鱗木（リンムゥ）で表面を磨いていく。

あとは器具・金具をまた輝術で加工してもらって。それを取りつけて……弦を張って、おしまい。

弾いてみる。ぶょぁあん……という、凡そ琴ではない音がした。

「不思議な音色だね！」

「うん。聞いたことが無い」

「このような楽器は、見たことが無い。青清君の献上品として、相応（ふさわ）しい」

「いや、普通に失敗だ。……見様見真似じゃ無理か……？」

記憶にある琴はもっと綺麗な音だった。

どこの工程をミスしたのか。……やっぱり本物が欲しいなぁ、楽器に関しては。

「これは琴という楽器なんだが、同じものを見た覚えはないか？」

「ないかなー」

「少なくとも俺は……知らない」

「……黒州（ヘイシュウ）に、似たようなものがあった気がする」

「行くか、黒州」

ま、簡単に作れるものが対価になるなんて思っていなかったしな。試行錯誤の日々だ。いいじゃないか、楽しいぞ。

青清君への献上品、文通で行う玻璃への贈り物、とは別に。

桃湯を完全な助っ人にするための作戦は、今始まりを迎えたのであった――。

書き下ろし番外編

キャンプ用品

1

夜の青宮城を歩く。護衛の人達が付いてきている気配はあるけれど、まぁ、特に気にすることもない。青宮城はブラックではないので夜はしっかり消灯が為される。無論真夜中まで作業や討論、研究をしている貴族らもいるようだけど、そういうのは一部で、やっぱり夜は真っ暗だ。

そんな真っ暗闇の中を月明かりだけを頼りに歩いて、一層の角……私の部屋とは正反対の位置にある、吹きさらしの廊下へ出る。

心地の良い夜風……というほどの夜風は無い。輝術で制御されているらしいから。ただ、外が暗いというだけで夜そのものを楽しめるのだ。月明かりと星の瞬き。青宮城全体を流れる水のせせらぎ。

うーん、風情。

そこへいそいそと設置するのは、折り畳み式の椅子である。

作り方は単純なものにした。

脚用に用意した四本の木材を大体五十センチメートルくらいに切り揃え、X字型のフレームを作る。

こちらは二つ作って一旦終了。

次に幅四十センチメートルほど、長さ五十センチメートルほどの木材を五本用意。これが座面となる。座面が柔らかい方が良い、というのであれば布にすることも可能だけど、ナイロンなんかが手に入らない現状では角材で良いだろう。気を遣うなら檜（ひのき）か松にすると尚（なお）良し。

座面の幅に合わせてX字フレームを立てて、双方のフレームの中心から少し上を通るように軸穴を製作する。軸そのものは両端に軸先を掘って作り上げ、強度増強に防腐剤を塗り込めばＯＫ。軸穴に軸先を打ち込み、外側からさらに防腐剤で固定。ただし、先の強度増強の防腐剤が乾いてから外側の防腐剤を固定すること。

そこまで作り終えたら、座面を取り付ける。X字フレームの頂点二つ……というか四つをしっかりと支える形で設置し、継手細工を用いて動かないよう固定。椅子としてはここがかなり重要なので、床と平行になっているかを何度も何度も確かめる。なっていればＯＫ。

最後に麻縄でストッパーを作る。X字フレームの足下へ、その足が広がり過ぎないようにするためのストッパーだ。座った時……つまり組み上げ時よりさらに強い荷重が座面にかかった際、壊れてしまわないように、崩れてしまわないようにする役割を持つ。

だいたい仰角三十度から四十五度程度になるよう麻縄を括（くく）りつけ、片側と同じになるようにもう片方も組付け。

仕上げとして鑢（やすり）で全体を滑らかに仕上げ、ささくれなんかもそこで消す。また、全体的に薄く防腐剤を塗布し、腐食効果も持たせたら、完成。

超簡易折り畳み式椅子、である。

同じ要領で折り畳み式のテーブルも作って……。

よーし。

「いやぁ……酒を飲む習慣は無いし、それを嫌う側の人間ではあるが、うむ。……月を見ながら夜食、というのは何事にも代え難い罪悪感だ」

「この程度のことをするのであれば、要人護衛に許可を取ればいいものを……なぜお前はそうコソコソと動くのだ」

声がした。

2

「……いつからいたのだ進史様」

いた。いつの間にか、隣に。というか背後に。

……護衛の人を撒くべきだったか……！

「隣、良いか」

「え、ああ。だが椅子は一つしか……」

なんて言っている内に、光が集まる。ああそうだ、そういえばそうだった……なんて感想を抱きながら、その光が収まるのを待てば。

「見様見真似だが、どうだ」

「あー……その作りだと折り畳みができないが、まぁ椅子としては役に立つだろう」

生成された椅子。それは折り畳み式椅子ではなく、折り畳み式〝風〟椅子であると言えた。なんか折り畳めそうではあるけれど、実際にやると上手く連動しないもの。ただ椅子として座る分には何の問題も無いから、特に何を言うでもないもの。

「……まぁ、見様見真似では限界か。やはり青清君のように解析を行わなければ」

「別に、その場で椅子を作り出せるのならば、折り畳みで運ぶ必要もないように思うがな」

輝術の使えない私にとっては便利であるこれらは、けれど輝術師にとっては無用の長物だろう。地球人類が生み出した叡智の中で、とりわけ「持ち運び」に関する便利グッズは、どうしても輝術に劣る。これは生成でなくとも同じこと。浮遊であっても十分だからな。

「……で、何の用だ」

「私の言葉だ、それは。こんな夜更けに何をしている。消灯時間はとっくに過ぎているし、ここが青宮城であるとはいえ、女子一人で夜闇に出歩くなど……」

「ふん、襲い来る不埒な輩でもいるのなら、目玉と首をそれぞれ串刺しにでもしてやっただろうよ。……が、ここは曲がりなりにも選ばれた貴族しか入り得ない城なのだろう。そんな不埒な輩はいなかろうさ」

……ま、鬼やら幽鬼やらは出るようだが。

厨房で作ってもらった酢漬けの野菜……ザワークラウトを皿にぶちまけ、楊枝でつつく。

酒は飲まない。が、つまみは食べる。食の好みは無いが、この時間帯のしょっぱいものは脳に効く。

「私も食べて良いものか？」

「構わんが……腹が減っているのか？」

「いや、夕餉は充分に食べた。……ただ目の前で食べられると、少々な。普通なら咎める側に回るのだが……お前相手では何を叱る気にもなれない」

「そうかそうか。ではこっちのも食わせてやろう」

取り出すのは瓶。中に入っているものは――なめろう。アジの生臭さを消すための生姜の香りが一気に充満する。うむ、これも酸味且つちょっとした苦味代表。魚はどこで手に入れているのか知らないけれど、これも厨房にあったので、こっちは自作させてもらった。なめろう、という料理自体がなかったらしく、魚と清醤と生姜――あるいは葱や大葉などの薬味――だけで作るこの料理は、厨房でも好き嫌いの分かれるものではあったけれど、概ね受け入れられた。

青清君が気に入りさえすれば、正式メニューになるかも、とのことだ。

「独特な……臭いだな。微かに海の香りがするが……」

「なめろうと言ってな。ま、香りも味も苦手に思う奴もいるだろうが、お前に合うかどうかは未知数だ。どうだ、挑戦してみるか」

「まぁ、出されたものを食べぬわけにはいかぬだろう。……ふむ……ん、む？　……ふーむ」

「どうだ。無理そうなら無理して食わずとも良いぞ」

「いや、好みではある。ただ今まで食べたことのない……こういう……言葉を選ぶとだな」

「大雑把な味、か？」

「む、むぅ」

その感想は正しい。漁師飯だからな、これ。船上の漁師さんが作っていた大雑把飯だから、その感覚は完全に正常であると言える。

が、好ましく思えるのなら何よりだし、それが悪い事、ということでもない。一人暮らしの男飯なんてものは女でも作る。面倒な時はな。そういう時に作る大雑把飯は、けれど美味いんだ。その「大雑把さ加減」に対して罪悪感やら言い難さを覚える必要は全くない。

「美味いと思うのなら食え。誰も咎めん」

「……なら、遠慮なく」

「ああ」

笑う。月を見て……あぁ、悪い癖だけど、偽悪的に笑う。

やはりこの人はまだ青年なのだ。あるいは青少年なのかもしれない。

けれど素直で……青清君の側にいて、彼女と共に在れる人物なのだ、と。

「……なんだその表情は」

「ん？　私は今、何かおかしな表情でもしていたか？」

「……母親か、祖母か。とかく小さな子供を見るような目でこちらを……」

「ああスマンスマン。他意はない。ほら食え、たんと食え。食わんと大きくなれんぞ」

「わざわざ母親面をするな。……というより、そういうのは……青清君にしてやってくれ。あの方の方が寂しがり屋なのだから」

「考えておくよ」

水を呷る。塩辛いものだからな、喉が渇くんだ。ザワークラウトも……うむ、美味い。

進史さんの方は……特に何かを飲んでいる様子はない。真面目な人だし、友人との飲み会以外ではお酒は飲まないのかな。それとも私が普段から毒だ毒だと言っているから？

「大体何を聞きたいのかはわかる。飲酒をしないのか、だろう？」

「ああ。どちらも酒に合うツマミだと思っているからな」

「確かに……合いそうだが。……お前の前で少しでも理性を失うのが怖い。痴態を晒そうものなら、ここからの一年間常にそれをつつかれそうだからな」

「本音を暴かれたくないから、ではないのか？」

特に言葉を濁すこともなく、ただドストレートに送球してみれば、進史さんは。

「……お前は」

大きな溜め息と共に……俯いて、ぼそぼそと語り始めるのであった。

3

勃瞬さんと周遠さん。

先の事件で成り代わられていた、進史さんの友人二人である。

彼らは輝霊院の中にある学び舎の門戸を叩いた同級生……いつか言っていた、第七十一期生という奴で、所謂クラスメイトのようなものであった、らしい。輝霊院がどういう場所なのか、学び舎とは何なのか、を聞かないままに……進史さんの独り言にも似た、もしくは愚痴であるものが零れ落ちていく。

「勃瞬の奴はな、昔から……すぐに手が出る奴だった。輝術の学び舎だというのにだ。軽い挑発にもすぐに乗ってきて……」

「なんだ、挑発をする側だったのか？」

「まぁ……時には、ある。今はほとんど無いが……なんだ、学友に対する……競争精神を高めたくて、そういうことをすることがあっただけだ」

「ほーぉ詳しく」

「詳しく話すことでもないのだがな……」

進史さんは箸でなめろうを抓んで、それを一口食べて。

少しだけ目元を緩ませて、昔を語り始めた。

「輝術の力量は、基本的に変わらない。生まれた時から死ぬる時まで、一定だ。ゆえに私は……まぁ、自分で言うのもおかしな話だが、優等生、だったのでな」

「想像がつくよ」

「嫌味だな、それは。……はぁ。だから……まぁ、競い合う相手がいなかったのだ。……折角の学び舎であるのだから、私はそれが……どうにも悲しくて。だが、お前も知っている通り私はそこまで口が上手くない。他者との距離の詰め方の基礎、というものを理解していない。ゆえに孤立していった。……していったと、思っていた」

酒が入っているわけでもないのに、段々と饒舌になっていく進史さん。抱えていたものがあったのだろう。悔んでいることがあったのだろう。それは雨妃の事件で剥き出しとなり……けれど、誰に聞かせるわけにもいかず、燻ぶらせていたと。

青臭いな、本当に。

「輝術の力量、という言葉が心の底から嫌いだった。苦心して手に入れた結果も、努力して歩み寄った仲間も、全て輝術の威光だと揶揄される。青清君がいたから州君とは呼ばれなかったものの、彼女がいなければ州君だった、などと持て囃される反面で、私に競い合おうとか、逆らおうとか、対等になろうとか……そういう気概を持つ者は減っていった。いや、いなかった」

俯いた顔を上げて、月を見上げて。

「当然の話だ。物質生成まで為し得る輝術など、恐怖の対象でしかない。お前が私達に恐怖を抱いているのも伝わっている。……だが、私とて人の子でな。もっと対等に高め合う仲間が欲しかったし、負けて悔しい、という思いが欲しかったのだ。輝術による身体強化がなくとも学友を圧倒できてしまったこと、努力をすることで全てが結実すること。……手を抜いたことは無い。それでも……同じ訓練を経た者達と、差ができる。それが苦しくて仕方がなかった。……贅沢な悩みだ、今考えても」

持つ者ゆえの苦悩。持たざる者には理解できない苦悩。

加えて……言及はしないが、この顔だ。さぞかし女にも言い寄られたことだろう。それに対するやっかみもあったのかね。

「だが……それを苦しいと思っていたのは、思い違いだったと知らされた。先程言ったように、孤立していたという考えは、私の中だけのものだったのだ。膂力では私に勝るはずなのに、剣術では一度も勝ち星を得なかった効瞬は私に、〝勝ったのならばもっと嬉しそうにしろ〟と言った。死に物狂いで勉学に励んできた周遠は、事あるごとに私を飲みの席へと誘ってくれた」

嫉妬など、しないはずがないのにな、なんて吐き捨てる彼の顔には……けれど、後悔の色がない。

むしろどこか嬉しそうに続きの言葉を紡ぐ。

「傲慢な願いだ。己の力がもっと無ければ。彼らの性格がもっと悪ければ。……ああ、誰に聞かせるべくもない、己の根底にある歪み切った願い。彼らと日々を過ごすたびに積もっていったその感情は、いつしか……どうしようもないほどに、抱えきれないほどに大きなものとなってしまっていた」

茶器を空へと掲げる進史さん。揺らぐ茶の水面に映るは、月か、過去か。

そうして彼は……珍しく、にやり、と笑って。

「そうなっていた私に、奴らはなんと声をかけたと思う？」

「ふむ。何を一人でしんみりしているのだ、とかか？」

「いいや。――互舐彷口、だ」

互舐彷口。つまり――傷の舐め合いをしようぜ！　みたいなニュアンス。

「それは……どうなんだ。お前に傷など」

「傷だらけだったさ。己ではどうしようもできないほどに。己が他者と違い、他者が当たり前のようにできることができないという事実が、果てしないほどに傷だった。だから、〝自分達も君には底知れぬ嫉妬や対抗心を抱いている。君がたびたび挑発してくれたおかげで、それを抱くことができた。だから、お互いに傷ありだ。第七十一期生全員が傷を有しているんだ。なら〟と」

クツクツと笑い、雰囲気に酔っているかのように肩を揺らして箸を進め。

「〝張り合える相手になってみせる！　満ち足りた友で良かったと思わせて見せる！　後ばかり見ているな、下ばかり見ているな！　お前が見ている俺達の幻影より、もっとずっと高いところにいるぞ、俺達は！〟と……私を、引き上げてくれた」

「友、か」

「ああ。友だ」

そして。いいや、だから、と。

「本当に良かった。友が無実で。友が無事で。……祆蘭、お前は多分、私は何もしていない、と言うのだろう。むしろ疑ったと。むしろ……傷つけようとした、と」

「事実だからな。……はぁ、その話は解決しただろうに、まだ蒸し返すのか。ねちっこい奴だな」

「心から安堵している、という話くらいさせてくれ。……道中の……道程の。お前のあらゆる全てがなんであれ、私の心と私の友は、お前に救われたのだ。何度も礼を言うくらいの我儘は聞き届けてほしい。お前が母親のような目で私を見るのならば、尚更にな」

ふん。確かに年上だけど、母親程年齢が離れているわけではない。まぁ早くに産んだのならギリギリ、くらいか？　……だとして、この人を息子には思えんが。

でも。

「いいじゃないか。友は大切にしろよ。いつまでも、どこまでも。大人になってからの友というのは離れて行くばかりで、新しく作ることは至難だ。かつて学友だった者と今になっても良好な関係を続けていられることなど稀にも程がある。何度も言う。心から言う。──大切にしろ」

「……お前は何歳のつもりでそれを私に説いている」

「さてな。好きに疑え。別に私の言葉の全てを飲み込め、という話でもない。大人なんだ、情報や助言の取捨選択くらいできるようになれ」

茶器を空に掲げる。今度は私も、だ。けれど水面に浮かべるは過去ではなく──月、そのもの。

それを呑み干してやる。いつか世界を呑み干さんとするかのように。水面の月は、尽くが飲み込まれた。残る水滴に映る月など取るに足らず……ってな。

「……今の流れのどこに剣気を出す理由があった。はぁ、友とはわかりあえた私だが、お前の心は相変わらずわからない。お前には……まぁ、引き裂いた側から言うのもおかしな話だが、お前の友はどういう者だったのだ。随分と造詣の深い話をしていたが」

ん。

友、ね。明末（メイミィ）の話をするのもアリだけど……ま、ここは前世の友の話でもしてやろうか。

昔話を聞いた代価だ。受け取れよ、若者。

4

その口が緩慢に開かれる。

「まず初めに言っておく。昨今流行っている『転生モノ』。異世界に行くのなら転生とは言わないし、『てんせい』じゃなくて『てんしょう』だし。それと、不運があって、手違いがあって、あるいは何かしらがあって人間の魂が異世界へ飛んでいたら――地球の歴史において、一体幾人が異世界に飛ばされているんだ、という話だ。異世界地球人飽和問題か何かが起きていたっておかしくはない。だってそうだろう、日本で迎える死なんかより理不尽な死は海外に転がりまくっている」

「……言わんとしていることはまぁ、わかったから、フォークで突き刺したチキンを他人に向けないでくれる？　行儀が悪いのよ、何度も言っているけれど」

「そもそも、だ！　人生！　この素晴らしき人生をなぜ楽しめない！　なぜ楽しむことなく次を求める！　意味が分からん！　この世より楽しい場所など無いぞ！　断言してやる!!」

「概ね同意だけど、とりあえず喫茶店なのだから、声のボリュームを抑えてくれない？　店員の目がキツいから」

「嘆かわしい嘆かわしい！　……などと言いつつ、世界を変えようだとか、そういう運動をしようだとか、そういう気概は全く無いのだがな。はっはっは、口先だけマンここに極まれりだ」

「私もご多分に漏れず口先だけウーマンだけど、あなたにだけは負けると思っているもの。流石ね」

喫茶店にて二人。

男女であることは……まぁ、少なからず「ソウイウ目」で見られることもあるけれど、コイツの性格を知っていれば「それは無い。ナイナイ」となるはず。

私とこいつは親友だったけれど、実は互いの名前も知らなかった。所謂ネッ友というやつで、オフで会って意気投合しただけの関係性。なんでもなく恋人がいるらしいそいつに「私と喫茶店で会うことは浮気扱いされないのか」と問うたことがあるけれど、帰って来たのはカラッとした返事だった。

「別に会いに行きたいなどと言った覚えはない。この歳になってできた友人は大切にしろ、と言われたから仕方がなく赴いてやっているだけだ。……彼女の言う言葉は、まぁ、多少は？　理が……あるからな」

「成程尻に敷かれているわけね～。良いお嫁さんに巡りあえて良かったじゃない」

「ああ、己の人生には過ぎたる人間だと思っているよ。もっといい奴と巡り会えただろうに、こんな口先だけのぼんくらに捕まって……時折憐れにさえ思う」

カップに入ったコーヒーをマドラーでかき混ぜて、かき混ぜるだけかき混ぜて……飲むことなくガムシロップと砂糖とミルクを大量投入していくそいつ。……本当に、言葉も行動も……相容れない。

「いいね、いつも通りの最低野郎。けれど、愛情はあるのでしょう？」

「もちろん。恐らくこの世で唯一己を愛してくれる人間だぞ。そんな希少人物を愛さぬはずもない。……己は幸せものだよ。今生こそがエンターテインメント！　転生したとしても彼女には会いに行くし、異世界に生まれ直そうものならどうにかして地球に帰ろうとするだろうさ」

偏屈で偏狭で変人で変で。

それが私の友人だった。親友だった。行儀は悪いし時間は守れないし、デリカシーも無ければコンプライアンス意識も無い。最悪人間の見本市を擬人化したようなそいつは、けれど。

「だから……己は、お前を心から尊敬するよ。その生まれで、その育ちで、どうしてそう笑っていられる。己以上に人生を楽しんでいないとその笑いは出ないだろうに」

私を、心の底から肯定する……唯一の他人、でもあったのだ。

「悲しむ意味が無いから、よ。非効率だ、とでも言い換えましょうか？　過去を悲しみ恨むほど、現在の幸福度が下がる。それほど無駄なことが、他にこの世にある？」

「……人間、そう簡単に割り切れるものではないと思うぞ」

偏屈なくせに、常識の目線を有していて。変人のくせに、どこか他人想いで。

「ならば別に人間でなくなってもいいでしょう。いい？　過去の己も、未来の己も、私じゃないの。私はここにしかいない。刹那において、私は常に時間移動を続けている。パラレルワールドにも別の時間軸にも世界線にも、私は一人しかいないの。――であれば何を悔やむの？　何を怖がるの？　事実として残る〝不都合〟は、私の歩みを妨げることに一役を買うことも無い……それだけの話」

紙煙草と比べて、どう考えても味の薄くなった電子タバコを口に含み、大きく息を吸う。毒煙の方が良いのだけど、公共の場では自重しなければいけない。喫煙可能スペースであるとはいえ、世間の目は痛いから。

「恋人を作りたいと思うことは無いのか？」

「それなりに長い付き合いの自負があるけれど、まだ私が恋人を作りそうに見えているの？」

「いや……むしろ生涯独身を貫いた上で、生まれや育ちよりもさらに酷い〝不都合〟の中で、考え得る限りの中でも最悪の死を遂げそうだ」

「……ちょっと、少しは友人の幸福を願うとかないわけ」

「長い付き合いだからな。なんとなくわかるんだよ。お前は絶対に幸せにはならない、と」

酷い親友もいたものである。……結果的にそれは正解だったとはいえ、この時の私はしっかりと不貞腐れた覚えがある。

「なら、強がりを言うけれど。――あなたは幸せを掴みなさいよ。私の分まで、しっかりと」

「任せろ。最高の嫁さんがいるからな、既に人生の頂点にいる。あとは転がり落ちないよう気を付けるだけだ」

「はいはい、自信家ここに極まれり、ってね」

自覚はあった。私はこいつから少なくない思想を受け取っているし、私もこいつに多大なる影響を与えている。けれど、決して交わらぬ運命にあると……互いに思っている。

こうやってファミレスや喫茶店で会話をすることが本当にギリギリの接点で、それ以外の部分では関わらないのだろう、と。根本的に違う道を行き、抜本的な部分で反りが合わない。どこまで行ってもドライな大親友。

「……ねぇ、私が死んだら、あなたは何をしてくれる？」

「盛大に笑い飛ばしてやる。葬式でオールドロックンロールかオルタナティブメタルでも流してやろうか。死者への手向けをしんみりさせる必要性を感じないからな！　己は盛大に！　派手に！　大親友の無様を笑い飛ばすよ」

「成程最低ね。あなたと友人で良かったわ。心の底からそう思うもの」

「だから、約束だ。代わりに……己の方が早く死んだ場合は、盛大に泣いてくれ。お前の泣き顔は、一度でいいから見てみたい。聞けば母親から生まれた時も泣かなかったらしいじゃないか」

「ええ、涙というものを母胎に置いて来てしまったから。……いいでしょう、あなたが私より早く死んだら、泣いて泣いて泣きわめいて、もっとあなたと過ごしたかった、とでも言ってあげる。そんな私に周囲がもらい泣きする中で、してやったりとほくそ笑むまでがセット」

「その場合己を殺したのはお前だな……」

「あら、バレちゃった？　完全犯罪だと思ったのだけど」

軽口だ。あまりにも。

心地の良い軽口。

「約束しなさい、お馬鹿さん。お嫁さんがいるのだから、私より早く死なないこと。あれだけできた女性を、死、なんていう普遍的でくだらないもので失わないで。一生添い遂げ、同じ墓に入り、死途でも冥世でも彼女を愛しなさい。できていないと判断したら、黄泉の国から這い上がってでもあなたを殴りに行ってやる」

ク、と笑みがこぼれる。これは回想の話じゃない、今現在の話だ。

全く以て言った通りになったものだから、少し面白くなってしまった。……ああ、ちなみに進史さんへは前世における名詞なんかは全てぼかして伝えてある。聞かれているのは友人のことだけだからな。

「……そうだな、進史様。私からも問題を出そう。今の言葉を吐いた私に、大親友はなんて言葉を返したと思う？　そこまで長い言葉じゃなかったぞ」

「いきなり来たな。……しかし、そこまでさっぱりした性格の友であれば……死ぬなよ、とかではないのか？」

「逆だよ逆。〝お前が這い上がってきたら全力で踏み潰して追い返してやる〟だと。ハ、あんなものとよく親友をやっていたものだ。私でさえ私の正気を疑うよ」

ま。

だから……その後に、こう続くのだが。「現世になど戻ってこないで、お前は冥世の王にでもなっていろ、横暴大魔王」と。

懐かしい話だよ。思わず箸を咥えてしまう程度には。

幸あれ。幸あれ。どうか幸あれ。

大親友にして……私が唯一、家族と呼ぶことのできた者。

彼とその妻の子を抱いたこともあった。その子供に名を呼ばれ、不覚にも顔を赤らめたこともあった。その後にした、「やっぱりお前も幸せになった方が良いよ」という諭しは、届かなかったけれど。

「あいつを友と見定めたことに、欠片(かけら)程度の後悔もない。私というものを形成する中の、とても大事な部分にあいつはいる。……友をそこまで称えられる己をまた、誇らしくも思う」

決してこちらには来るな。私もそちらへは戻らない。

名も知らぬ友よ。大親友よ。

ようやく手に入った〝都合〟を使い、私はこちらで——。

「……祇蘭」

「なんだ」

「互いに、良き友人を持ったな」

「ああ。恵まれているよ、心からな」

夜が更けていく。酒の入らないお月見は、けれど場の雰囲気に酔って酔って、酔いしれて。

また、次の朝が始まるのである。

あとがき

というわけで、はじめまして霧江牡丹です。この本を手に取っていただき、誠にありがとうございます。

この『女帝からは逃げないと。』という作品は、西暦二〇二四年七月十五日から同年十二月十五日までの約五か月の間、小説投稿サイトにて連載を行っていたものを修正・加筆したものとなります。

普段から趣味で数多の小説を投稿してはいたものの、書籍化する、という事柄へは無関心であった私のもとへ、こうして出版していただけるという話が舞い込んできましたのは、サイト内での通知一覧に「書籍化の打診の取次につきまして」というメッセージが来たことがきっかけでした。

株式会社一迅社様より転送の形で届いたメッセージの内容は、その時点では連載開始から半月も経っていなかった拙作を書籍化したい、という旨を示すもの。見つけてくださった編集者様に聞けば、「男性向けの中華モノ小説を探していた」、「ようやくこういう作品に出会えた」とのお話で、それはなんとも幸運が重なったものだな、と感じました。

幼少の頃より詩歌や小説など様々な作品を書いてきた私ですが、ここまでがっつりとした中華ジャンルを書いたのは初めてで、当時はまだ完結もしていなかった『女帝からは逃げないと。』は先行き不安な状態。「作品」として成立するかどうかという点において編集者様にも不透明感を与えてしまっていた時点ではないかな、と今でも考えております。とはいえ「物語を完結させる喜び」を知っている身ではありますもので、ありがたくお話を受けさせていただき、こうして出版していただける形にまで運ぶことができた、という次第になります。

……そうでありながら尚も不安だったことは、この『女帝からは逃げないと。』が異世界中華ジャンルを謳ったSF作品である、という点をお見せしきれていない所でした。ウェブ上で何度かやり取りをさせていただいていく中で、この作品はがっつりとしたSFであり、異世界であり、中華ジャンルを求めて手に取っていただいた方にはある種の「コレジャナイ感」を与えてしまうのではないか、と、SF部分を大きく削った方が良いのではないか、と編集者様に相談したこともあったのですが、なんとも寛容なことに「作品の根幹部分を変えてしまうことは作品にとって必要なこととは思えない」とのお言葉をいただき、設定のほとんどを変更することなく書籍に仕上げることができました。

また、イラストというものに一切触れない人生を送ってきたが為にキャラクターのデザインなどどう頑張っても出力できなかった私の作品に色と命を吹き込んでくださったイラストのｏｘ様、そしてウェブ連載時に拙作を応援してくださった読者の皆様、心より御礼申し上げます。

そして、今この本を手に取り、ここまで読んでくださった皆様にも感謝を。私と皆様方のこの幸運なる出会いが今回限りのものでなく、次巻以降も続いていくことを心より願っております。

最後に、この物語の根幹にして、しかし皆様が抱いているであろう疑念を私自ら一つ。

「結局女帝って誰なんですか？」

霧江牡丹

軍人少女、皇立魔法学園に潜入することになりました。

～乙女ゲーム？ そんなの聞いてませんけど？～

著：冬瀬　　イラスト：タムラヨウ

前世の記憶を駆使し、シアン皇国のエリート軍人として名を馳せるラゼ。次の任務は、セントリオール皇立魔法学園に潜入し、貴族様の未来を見守ること!?　キラキラな学園生活に戸惑うもなじんでいくラゼだが、突然友人のカーナが、「ここは乙女ゲームの世界、そして私は悪役令嬢」と言い出した！　しかも、最悪のシナリオは、ラゼももろとも破滅!?　その日から陰に日向にイベントを攻略していくが、ゲームにはない未知のフラグが発生して——。

チートスキル『死者蘇生』が覚醒して、いにしえの魔王軍を復活させてしまいました～誰も死なせない最強ヒーラー～

著：はにゅう　　イラスト：shri

特殊スキル『死者蘇生』をもつ青年リヒトは、その力を恐れた国王の命令で仲間に裏切られ、理不尽に処刑された。しかし自身のスキルで蘇ったリヒトは、人間たちに復讐を誓う。そして古きダンジョンに眠る凶悪な魔王と下僕たちを蘇らせる！　しかし、意外とほんわかした面々にスムーズに受け入れられ、サクッと元仲間に復讐完了。さらにめちゃくちゃなやり方で仲間を増やしていき——。強くて死なない、チートな世界制圧はじめました。

ふつつかな悪女ではございますが
~雛宮蝶鼠とりかえ伝~
中村颯希
イラスト:ゆき哉
一迅社ノベルス

精霊学園の隠れ神霊契約者

〜鬱ゲーの隠れ最強キャラに転生したので、推しを護る為に力を隠して学園へ潜り込む〜

著：あおぞら　イラスト：長浜めぐみ

鬱ゲー『精霊契約』の世界に転生したシン。公式公認の隠れ最強キャラの彼は誓った、この力、推しの為に使おうと。推しのヘラが冷徹令嬢だろうとラスボスだろうと関係ない。シンだけが彼女の可愛さを知っている。ヘラを闇堕ちさせない為に、シンは入学前に能力を極限まで鍛え、設定にない神級精霊ゼウスと契約！　万全を期して精霊学園に潜入するが、早々にヘラに絡まれるし、主人公の親友キャラに最強キャラとバレるし——!?

仲間が強すぎてやることがないので全員追放します。え？　パーティーに戻りたいと言われてもまだ早い

著：縁日夕　　イラスト：きんし

冒険者アデムは膨大な知識を駆使しリーダーとして仲間を育てていた。でも彼女たちが強くなりすぎてしまい、アデム自身がパーティーにいる意味を見失うと、仲間を手放す決断を下した！　しばらくはソロを楽しむつもりだったが、パーティーを追放された精霊術士リンファと出会う。彼女は自身の欠陥のせいで何度も追放されていた。アデムは見捨てず、彼女の秘めた能力を引き出すために踏破済みの迷宮【魔晶洞】へと潜るのだが!?

ICHIJINSHA

女帝(じょてい)からは逃(に)げないと。

2025年5月5日　初版発行

初出……「女帝からは逃げないと。」
小説掲載サイト「ハーメルン」で掲載

【著者】霧江牡丹(きりえぼたん)
【イラスト】ox

【発行者】野内雅宏

【発行所】株式会社一迅社
〒160-0022
東京都新宿区新宿3-1-13　京王新宿追分ビル5F
電話　03-5312-7432（編集）
電話　03-5312-6150（販売）

発売元：株式会社講談社（講談社・一迅社）

【印刷所・製本】株式会社DNP出版プロダクツ
【ＤＴＰ】株式会社三協美術

【装幀】AFTERGLOW

ISBN978-4-7580-9727-7

Printed in JAPAN

おたよりの宛先
〒160-0022
東京都新宿区新宿3-1-13　京王新宿追分ビル5F
株式会社一迅社　ノベル編集部
霧江牡丹 先生・ox 先生